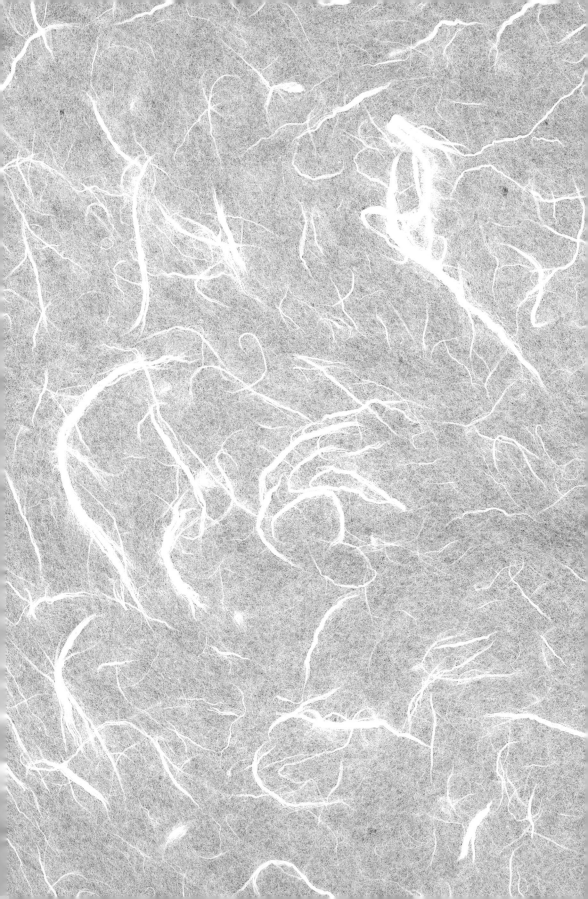

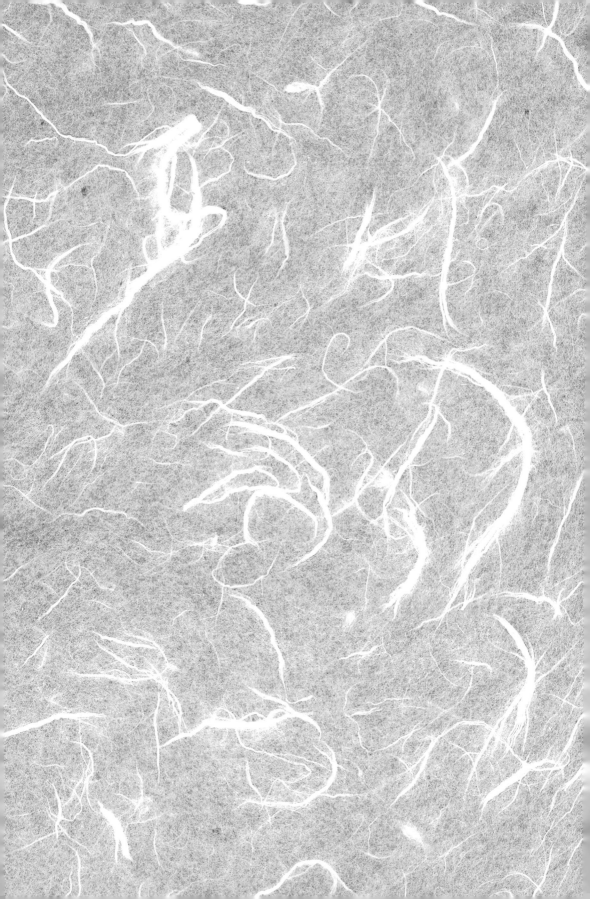

咀華漫錄

天鵞

郑欣淼文集

咀华漫录

郑欣淼艺文序跋集

郑欣淼 著

北京出版集团
北京出版社

图书在版编目（CIP）数据

咀华漫录 ：郑欣淼艺文序跋集 / 郑欣淼著. — 北
京：北京出版社，2023.5
（郑欣淼文集）
ISBN 978－7－200－17244－7

Ⅰ．①咀… Ⅱ．①郑… Ⅲ．①序跋—作品集—中国—
当代 Ⅳ．①I267

中国版本图书馆 CIP 数据核字（2022）第 111560 号

郑欣淼文集
咀华漫录
郑欣淼艺文序跋集
JUHUA MANLU

郑欣淼　著
*
北 京 出 版 集 团
　　　　　　　　　　　　出版
北 京 出 版 社
（北京北三环中路 6 号）
邮政编码：100120

网　　址：www．bph．com．cn
北 京 出 版 集 团 总 发 行
新 华 书 店 经 销
北京雅昌艺术印刷有限公司印刷
*
170 毫米×240 毫米　　16 开本　　24.75 印张　　333 千字
2023 年 5 月第 1 版　　2023 年 5 月第 1 次印刷
ISBN 978－7－200－17244－7
定价：248.00 元
如有印装质量问题，由本社负责调换
质量监督电话：010－58572393
责任编辑电话：010－58572383

自序

　　为他人作品写序是一件难事也是一种乐趣，尽管顾炎武有过"人之患在好为人序"的告诫，笔者也深知自己学养的不足，但需要说的是，在阅读这些作品过程中，笔者获得了多方面的收获，其中有对艺术的感受、知识的增长、人生的启迪以及感受到的乡情的呼唤、故人的心声等。由于多种原因能与这些作品结缘，享受品尝的乐趣，也是十分珍贵的。

　　笔者检点了一下，从 1998 年至今的 20 年中，除过为文博界同人及诗友作品写的序跋外，有关艺文著作的序跋约百篇，现收集起来，汇为一编。这些作品种类多样，根据内容，大致分为 4 个部分，现略作说明如下：

　　一是"艺思如骛"，62 篇。涉及书法、绘画、篆刻、雕塑、紫砂、摄影、古代建筑艺术等门类以及非物质文化遗产传承等，其中 38 篇涉及书画，有古代书法、古代壁画、中西绘画比较等，但主要还是当代书画创作。作者既有声名卓著、世所公认的大师名家，也有崭露头角、潜力无限的雏凤新秀，还有沉潜磨炼、自得其乐的游艺者。

　　二是"文心如绣"，25 篇。这些作品，有散文、随笔、文艺理论，以及地方、姓氏、人物、博物馆等专题文化的研究。这里特别要介绍开首的两篇，一篇是《高原笔意》，一篇是《盈耳笙歌期大雅》。这两篇都写于 1998 年，是我为他人作品所写最早的序言。《高原笔意》是为武玉嶂同志的散文集《漂泊者的故土》所作的序。当时我在青海省政府工作，武玉嶂是政府办公厅的处长，这个处直接为我所分管的工作服务，我也同他经常下乡。他是在开发大西北热潮中来自山东的建设者的第二代，沉稳好学，有志于散文创作，是青海文坛的后起之秀。时光匆匆，20 年过去，他现在在青海省果洛藏族自治州挑着重要的领导担子。

《盈耳笙歌期大雅》是为熊元义同志《回到中国悲剧》一书写的序言。熊元义与我交往多年，21 世纪初他攻读文学理论博士时，我是他的指导老师，后来他担任了《文艺报》理论部主任。他有着很好的文学理论基础，且才思敏捷，针对当代文坛写出了一大批颇有分量和影响的评论文章，是一位有着发展前途的优秀的文艺评论家。不幸天不假年，2015 年病逝。英年早逝，我有诗怀念：

> 方随霾雾抵西京，霾夜凶闻惹触枨。
> 自是鄂人当谔谔，已跻文苑更铮铮。
> 庸平放笔犹能拒，悲剧及身安可更？
> 桂子山头香桂子，依依最忆友生情。

三是"家山如梦"，15 篇。我是在老家陕西省澄城县参加工作的，并在澄城与渭南市工作过多年。华山夕照、渭水秋波、水盆羊肉、黄土沟壑，是深藏我心中的乡愁。后来离开家乡数十年，但庆幸的是我和澄城、和渭南一直保持着联系。我关注着家乡的发展变化，家乡也没忘记我这个在外的游子。我有幸经常参加一些有关家乡的活动。这是家乡对我的厚爱，也是我应尽的责任。这一部分就收录了我为有关出版物写的序跋以及有关活动的祝词，内容也多与艺术有关。

四是"故人如玉",15 篇。这是我为老朋友、老同事以及老领导的诗文集、回忆录等写的序言。这些作者大多是在本县生活、工作一生,从岗位退下来后拿起笔来,回顾人生之路,写起回忆文章,而且不打算正式出版,只是印发亲朋好友。我很看重他们的作品。我在为赵文海同志 80 岁时写的《漫漫人生路》所作的序言中的一段话,表达了我对这些作品价值的认识:

> 县是中国古代地方行政区划中的重要层次,像文海同志这样在县级领导岗位长期工作的人士,他们都有丰富的经历,其中的顺利与挫折、成绩与失误、经验与教训等,整理出来,都是宝贵的精神财富。特别是这些人见识过无数的风雨,从叱咤风云到习惯于晚年的优哉休闲,心态更为平和,他们写回忆录、写其他东西,当然有种责任感,但并不视其为"藏之名山"的事业,往往更多的是兴之所至,因此笔端更为从容,记述中也不自觉地多了几分反思。读者从这些生动的事实、切身的体会中,自会受到启发和教益,也从一个侧面体会到 60 年来我们对中国特色社会主义道路的探索。这就是这类回忆录的重要价值,也是口述历史。

因为是曾经的老领导、老同事,这些文章也常触发我的思绪,使我倍感亲切。这些序言我也是满怀感情写出来的。

"沉浸浓郁,含英咀华",这是阅读的一种境界。因缘际会,笔者能读到这些作品,自是有幸。揭示作品的要义、体味作者的用心、抒发笔者的感受,是为序的基本要求,笔者也在努力,但真正能做到什么程度,实在不大好说,弄不好,也难免佛头着粪,因此,诚恳地期望读者诸君不吝赐教。

郑欣淼

2018 年 11 月 10 日

目录

CONTENTS

第二编　文心如绣

第三编　家山如梦

第四编　故人如玉

第一编

艺思如鹜

《金缕》三阅记卫老

太史公总以为张子房是个"魁梧奇伟"的人，及见其图像，始惊"状貌如妇人好女"。我在初次谒见卫俊秀先生时，头脑里也生发了如太史公般的惊奇，因为在我想象中，先生应是个器宇轩昂的人，或带有许多名人常有的矜持的样子。

这已是10多年前的事了。当时我在西安大雁塔旁的一个机关工作，公余搞点鲁迅研究。《野草》是研究鲁迅思想和艺术的重要著作，卫先生20世纪50年代初出版的《鲁迅〈野草〉探索》，是国内《野草》研究的开山之作。谁知"福兮祸之所伏"，这部享有盛誉的著作因由上海泥土社出版，卫先生便被荒唐地与所谓"胡风集团"扯上了关系，后又被打成"右派"，遭受了长达23年的厄运，1979年始获改正，重返陕西师范大学。因为鲁迅的缘分，我与先生便有了这10多年忘年间的交往。

卫俊秀先生当时已80多岁，瘦弱的身材还很结实，清秀的面庞上总挂着温润的微笑，看去神清气朗，如春山秋水。和朋友在一起，他的话不多，也很少提及个人遭遇，喜欢静静地听对方讲话。他常穿中式服装，系着腰带，活脱脱乡间的一个老农民形象。交往中才知先生还是研究《庄子》的专家，更是一个名气很大的书法家。我对书法是外行，但也喜欢欣赏。在我的好朋友阎庆生教授（他是卫先生书法的虔敬的崇拜者）的影响下，我与卫先生的来往，竟然谈书法多于

正气冲星斗　文光射日虹

书�335

欣淼道兄雅存即政

一九九九年九月三日杜陵两昩大

东涝九十又一卫俊秀

卫俊秀书法作品

谈鲁迅了。先生自幼喜欢书法，新中国成立前即有《傅山论书法》行世，而真正在书艺上矻矻钻研并日渐精进，则已届垂暮之年了。长安文风特盛，书法家甚夥，先生却不喜欢凑热闹。这不是故作高蹈，而是天性使然。

　　20世纪90年代后期我在青藏高原工作，因患眼疾，在北京八宝山附近一所医院的病榻上辗转了半年。朝夕相对的西山，由满目青翠到层林尽染，再到冰封雪裹。踏遍昆仑梦想的破灭，日复一日打针吃药的无聊日子，使我十分苦闷。这时，忽然收到卫先生的千里飞鸿。先生在信中鼓励我安心养病，早日痊愈，并书写了杜甫《登楼》中的名句"锦江春色来天地，玉垒浮云变古今"赠我。先生那凝重而又奔放的书法，使杜诗中笼天地、涵古今的高阔境界更鲜明地呈现在我面前。诗句与病似无关，但我看后，却如《七发》中楚太子听了"要言妙道"而"霍然病已"一样，精神为之一振。个人的一点小病小灾算得了什么？人生短暂，但事业无限，天地悠悠，于是胸次渐为开朗，恹恹之气尽扫。遂以一阕《金缕曲》回复先生，绝口未提自己的病，只是赞叹先生的书法，虽未必中肯，但相信还是道出了一些特点，词曰：

> 腕下龙蛇走。但须臾、隃麋香溢，月辉风骤。金石为师勤摹写，造化殷殷参透。卫氏样、根深土厚。无意成名名更著，岂晋秦、薄海流芳久。谢雅意、受琼玖。　　书坛自是风猷有。亦相知、迅翁真谛，傅山操守。野草寂幽漫漫路，兀自风中抖擞。荣槁际、心惟依旧。秀骨庞眉肠尤热，对夕阳、八八承平叟。金缕赋、祝遐寿。

在新的千年到来之际，中国青年出版社决定把我主要在高原工作期间写的诗词结集出版，书名《陟高集》。我的第一本诗词集《雪泥集》书名是请尊敬的赵朴初老题写的。这个集子请谁呢？首先想到的自然是卫俊秀先生。先生的字好，可令拙作增色，尤其是先生字中所蕴含的那种昂扬、大气、至刚的精神，是与苍茫雄浑的高原风格相通的。先生是一名战士，犹如鲁迅笔下荒野中迎风抖擞的小草。战士自有战士的胸怀。即对以"超然""保身"为特点的庄子的人生观，先生所阐扬的只是奋翮南溟的雄迈气概，摒弃的则是曳尾涂中的苟活哲学。积极进取的品格，使先生能始终笑傲逆境，执着如一，荣辱不惊，虽年过九十，仍精神健旺，真力弥漫。这正是我心向往之并努力学习的。人过九十，每增一岁，都是可贺的。我遂给先生致信，敬请便中为拙作署题书名，并填《金缕曲》为先生祝寿，亦略述自己的近况：

回首三年倏。又欣看、九旬晋一，夕阳霞蔚。笔下风华犹凤羶，不负支离瘦骨。齐物我、休嗟荣辱。蝶梦鹃声消虽尽，惟仁人、挚爱千千斛。期颐寿、同心祝。　　病中总羡摩天鹄。更难追、学书学剑，水流时月。半路出家寻门径，国宝尤堪娱目。今且待、谈文论物。向慕先生如云水，任尘嚣、赢得清芬馥。草自绿、玉回璞。

先生很快复函，寄来写法稍有不同的 5 幅"陟高集"让我选择，并说："命题《陟高集》书名，盖取《卷耳》'陟彼高冈'之意耶？高雅可风，诗人高怀，并词作，得吾心矣！快何如之。"

耄耋之年，卫先生的书艺已臻于化境，为世人所重，且声誉日隆。2000 年中国书坛权威刊物《中国书法》杂志，曾刊有一篇论述 20 世纪中国草书的文章，列出 4 位"基本标志着 20 世纪草书艺术的顶峰"的杰出代表，其中唯一健在且仍挥毫不辍的即是卫先生。我不敢说此说就是定论，但先生在 20 世纪卓成一家的书法成就及其地位的重要，

《当代书法家精品集——卫俊秀》

当是不争的事实。"庾信平生最萧瑟，暮年诗赋动江关。"卫先生的遭际，令我每每想起杜甫的这两句诗。"最萧瑟"的人生，使我们失去了本应可以做出更多贡献的学者和教育家，却阴差阳错地成就了一位书坛大家。幸耶？不幸耶？抑或不幸中之大幸耶？似都很难说。但依我来看，无论是学者还是书法家，两者之中自有共通之处，对卫先生而言，不管在哪方面多下功夫，都会成就一番大事业。这是肯定的。

素以"文化积累"为己任的河北教育出版社，其年轻的社长王亚民先生以其睿智的目光，决定斥巨资出版卫先生的书法集。这无疑是书坛之盛事，出版界之壮举。2000年一个秋阳娇媚的日子，我坐在古城西安卫先生简陋的小书斋中，先生一边翻着即将整理告竣的书法稿，一边略作介绍，欣喜之情溢于言表。在有生之年能看到自己作品付梓出版，献给社会，传诸后人，既是先生的愿望，亦为他诸多友朋的夙意。

这次见面，先生赐我一本新出版的《卫俊秀碑帖札记辑注》。书不厚，150多页，收集先生20世纪80年代以来散见于所读碑帖上的评语、札记。语录式的片言短语，似散金碎玉，弥足珍贵。有感悟，贯通古今，出入传统；有评议，臧否名家，锋芒恣肆；有探索，取法自然，碑帖相容。我似乎窥见了先生书法理论的堂奥，那是丰饶的海，那是奇崛的山。他最重的是人的精神，追求的是"书人合一"，因此不只把书法视为专门的技艺，而且当作生命的体验，始终升腾着一种不可遏止的鲜活的力量。至此，我才发现过去对先生的认识是太肤浅了，才感受到先生瘦小身躯里涌腾的掀天波浪，"状貌如妇人好女"，而充盈着大丈夫的浩然正气。如此平淡而又何等热烈，远离嚣尘而又不失至性，这就是先生。在卫先生书法集即将出版的时候，特敬献《金缕曲》一阕，谨申贺意：

　　　　当世惊瑰玮！墨淋漓、势如寸刃，意如流水。丘壑胸中堂奥广，尽扫书坛巧媚。其有自、研唐探魏。章法百千求意趣，会于心、札记天花坠。雄且丽，草书卫！　　不堪回首艰辛淬。任天游、大鹏南徙，道家深味。景迅崇傅风与义，尤见昭人磊磊。哪顾得、红尘嚣沸。莫谓平生萧瑟甚，对晚景、一片云霞蔚。梨枣灿、共欣慰。

（《当代书法家精品集——卫俊秀》，河北教育出版社，2001 年）

紫砂壶种种

宜兴古称"阳羡"，阳羡茶早负盛名，唐代即有"天子未尝阳羡茶，百草不敢先开花"之誉；宜兴也有一种可以制作紫砂器的原料紫砂泥，这种埋于深山腹地的"泥中泥"却长期寂寂无闻。历史的脚步到了明代，紫砂泥则一鸣惊人。它的出名，与茶有缘。原来，这时我国饮茶方式由煮变为沏泡，用紫砂泥制成的壶能使茶叶的美质充分发挥出来，于是紫砂壶、阳羡茶，相得益彰。这一特有功能的被发现、被认识，使紫砂器不仅风靡天下，而且饮誉全球。

紫砂壶是陶文化与茶文化的结晶。它不只是实用的器具，从问世以来，就是陶艺家艺术创造的对象。历代制陶高手辈出，名品迭现，不少"堪与三代古器并列"。紫砂器以其质朴的雅韵、深邃的文化品位以及精湛的工艺，成为中国陶瓷艺术的一朵奇葩，不仅受到文人雅士、富绅官宦的钟爱，也使明清两朝的皇帝为之倾倒。故宫至今仍珍藏着400余款精美绝伦的紫砂壶、盆、瓶等器皿，数量不算太多，但品类相当齐全。清代的康熙、雍正、乾隆诸帝，对紫砂器倍加重视，为突破紫砂制作工艺的传统，增强它的美感，特让宫廷造办处艺匠们在宜兴紫砂胎子上画珐琅彩进行烧制，或制成珍贵的雕漆茗壶，或下旨让景德镇按照宜兴壶式样烧制瓷器。这些大胆的探索，收到了极好的工艺效果。

中国紫砂陶器的发展历程，就是紫砂艺术薪火相传的过程。改革开放为紫砂工艺开辟了更为广阔的天地。上海鸿运斋为推动这一行业的发展，在 2003 年春节后，与中国博物馆学会、故宫博物院、《中国收藏家》杂志共同发起"首届中国十大紫砂茗壶"的评选活动。短短一个月，就得到江苏宜兴、常州，浙江长兴以及上海 4 个城市的 100 余位工艺师的热烈响应，其中有 60 余岁的省级工艺大师，也有 20 岁刚出头的年轻紫砂艺人，有的是夫妻双双参展，有的则是"父子兵"齐上阵。他们用饱满的热情激发创作的灵感，用灵巧的双手精心制作，献出了 208 款造型各异、装饰独特、富有时代美感的紫砂壶。这是新的历史时期我国紫砂行业不断发展的生动体现，也是紫砂艺术水平的一次集中展示。

回顾紫砂壶数百年发展历史，我们看到，创新是发展的灵魂，唯有创新才是推动这一艺术进步的源泉。从这次参展作品看，有好几位工艺师的认真探索是非常成功的，其富有艺术独创性的设计构思赢得了人们的好评。浙江长兴的叶亚琴工艺师，把世界地质学的二叠纪与三叠纪分界线作为紫砂壶的创作题材，制成了造型独特新颖、文化底蕴十分丰富的"金钉子壶"，也是我国第一把取得国家专利证书的茶壶。"金钉子壶" 4 个字由中国科学院院士、我国地质学的泰斗杨遵仪教授题写。有的茗壶专家感叹地说，这把壶的功能不仅供人品茗，而且使人们在把玩中直观地了解了 2.5 亿年前地球由花岗岩演变成土壤，孕育出生命这一地质知识。这几年，全国不少地方的文人学者热衷收藏紫砂壶，也许这就是它的魅力所在。

首届中国十大紫砂茗壶，历经 100 天的参评，由于奖项的限制，只有 50 余把壶获十大茗壶以及金奖、银奖、铜奖的殊荣。但是，那些没有获奖的紫砂壶，其中不乏优秀的作品。对收藏把玩者来讲，不见其壶也许是件遗憾事。为弥补这一不足，同时更为推动中国壶艺的发展，鸿运斋将参选作品汇编成书，将这些茗壶"凝固"起来，让更多的把玩者"收藏"。这自然是件好事。

（黄栋华主编《当代紫砂茗壶》，文汇出版社，2003 年）

心逐白云

    尽管韩亨林先生已出版过数本书法集，尽管他在书法界已有一定的地位和影响，但这本《白云山赋》隶书字帖的问世，无疑是他在攀登书坛高峰漫漫长途中迈上的又一个新台阶，是他书法艺术日益精进、渐臻妙境的代表作。

    如果说成就任何一番事业都要付出一定的心血和代价，那么要步入书法艺术的殿堂并达到相当的造诣，不管有多高的"灵性"与"慧根"，勤奋与执着则更是通向成功的不二法门。书法家是"练"出来的。韩亨林先生自然也是如此。

    他6岁就开始习书，不知是少有大志，还是偶然涉足，抑或是父亲的意愿，指望他"薄技"在身，日后聊以糊口？我没有请教过韩亨林先生。要知道，对于一位毛乌素沙漠南缘的贫寒的农家子弟来说，这是个了不起的决定与开端。而更了不起的是，他居然坚持了下来。从放牛娃到电影放映员，从普通地方干部到中央机关的中层领导者，从偏僻的山村到繁华的京城，他经历了人生舞台上跌宕起伏的变化。书法是他的慰藉，在某种程度上也是他的生命。在艰难困顿的日子里，他没有放弃过这一追求；在命运之神向他垂青时，他心无旁骛；在身居领导职位时，他更钟情自己的这一爱好。他耐得住寂寞。在忠于本职工作的同时，他从未辍止过手中的湖笔，勤奋与执着终于有了丰厚的酬报。40余年的不懈探求，他四体皆能，造诣日深。"点在秦汉，

《白云山赋——韩亨林隶书》

划在唐宋，眉目在宋元"，这是人们对他书法传承前人的肯定。而在传统面前重探求，于法度之间出新意，更为评论家所乐道。

韩亨林先生的字不拘一体，比较起来，更长于行草。但品味《白云山赋》字帖，其隶书的卓尔不群似乎不让行草。韩先生的隶书，清逸活泼，稚拙遒劲，宽博雄浑，敦厚有力。这幅作品，通篇看结体严谨，布局得当，处处体现着轻与重、方与圆、浓与淡、放与敛、徐与疾、动与静等诸多矛盾的对立统一。值得一提的是，《白云山赋》是著名辞赋作家高志其先生的力作，优美的辞赋与苍劲的书法珠联璧合，相映生辉。这本字帖，既可供书法爱好者临习摩挲，又可从中悟到赋体的一些门径，它的出版自然是一件极有意义的事。

《白云山赋》中的隶书不但氤氲着灵动的生气，而且洋溢着饱满的激情。我感到对韩亨林先生来说，自有其特殊的原因。这要说到雄踞黄河之滨的佳县白云山，它是道教的名山，拥有西北最大的宫观建筑群，为全国重点文物保护单位，而一代伟人毛泽东在此抽签、看戏的逸闻，更使其声名大噪，并蒙上一层神秘色彩。山脚到山顶的600多级坡度陡峭的石阶，人行其上，惊心动魄，山上白云缭绕，宛若仙境，山下桑麻田野，红尘人间。每年农历四月初八的庙会，山谷间、石阶上，聚集着附近5省区众多的民众，最多时一天可达10万余人。本人曾躬逢其盛，那壮观而又热闹的场景，那郁勃的山野灵气与乡民激情，至今难以忘怀。

佳县与韩先生家乡靖边县同属陕北榆林。著名的大夏国国都统万城就在靖边。几千年来榆林就是多个民族、多种文化交融的地区。韩先生生于斯，长于斯，并在斯地接受了深厚的传统文化与浓郁的民间文化的哺育。他又是个艺术天分极高的人，我曾听他清唱过一曲信天游，那苍凉柔美的歌声，令人回肠荡气。他与白云山的感情，是一位铮铮陕北汉子与陕北大地文化传统水乳交融的内在联系。他是怀着崇敬的心情去写这篇东西的，一笔一画，挥洒着对白云山独有的感悟与体验，蕴含着对家乡深深的感念。当我把自己的这一想法质之于韩先生时，他笑了，认可了。

（《白云山赋—韩亨林隶书》，中国画报出版社，2003年）

于右任墨迹

2004年是我国民主革命的先驱于右任先生125周年诞辰和逝世40周年。于右任先生早年积极投身辛亥革命，亲历民元、护国、护法之役，为推翻清朝封建统治，建立民国，做出了巨大贡献。

早在1906年，为筹办《神州日报》，于右任赴日本，得友人之引见，在东京访见孙中山，由此加入同盟会，投身于反帝反封建的民族民主运动行列。《神州日报》发刊时不用清年号，而改用干支纪年，以示与清王朝势不两立。其后，由他创办的《民呼日报》《民吁日报》《民立报》三报，抨击时弊、鼓吹革命，倾诉民族积弱之苦，抒发爱国情怀，有力地揭露外国列强侵华及清廷卖国罪行，推动了反清斗争。武昌起义后，孙中山专访民立报社，题词"勠力同心"。翌年，孙中山又以临时大总统名义，为《民立报》颁赠"旌义状"，表彰其对革命之贡献。

袁世凯称帝时，于右任积极组织讨袁斗争，痛斥祸国殃民的反动势力。他不惧威逼，不为利诱，历尽艰险，坚持斗争。

北伐战争时，于右任在李大钊的支持和帮助下，不辞劳苦，跋山涉水，赴苏联敦促冯玉祥回国，建立国民联军，策应并有力地支持了北伐战争的胜利进行。

他不愧是民主革命的斗士，不愧是中华民族的脊梁。

于右任先生毕生十分重视教育。他曾说过："欲建设新民国，当先建设新教育。"1905年春，他奉著名教育家马相伯之命，筹组创办了"复旦公学";同年12月，又与他人创办了"中国公学"。而对家乡建设尤为关心的他，更是倾尽精力和财力，先后创办了三原中学、民治中小学、渭北中学、渭北师范、陕西省立女子中学、陕西中山军事学校、西北农林专科学校、敦煌艺术学院等各类学校。于右任先生以"教育家盈天下"，身体力行，倾心培养莘莘学子，为近代中国培育了一批杰出英才，可谓功德千秋！

于右任先生积极执行孙中山"联俄、联共、扶助农工"的三大政策，始终赞同国共合作。1922年10月，他同共产党人一起创办了上海大学，他任校长，瞿秋白、邓中夏、恽代英、萧楚女等共产党人均在该校任教，上海大学成为共产党培养干部、传播马克思主义的园地。后来，他又支持史可轩、邓希贤（即邓小平）等共产党人创办陕西中山军事学校，为中国革命培养了不少人才。为了反对国民党右派分裂活动，1924年1月，于右任发表《国民党与社会党》一文，强调国共两党"合则两益、

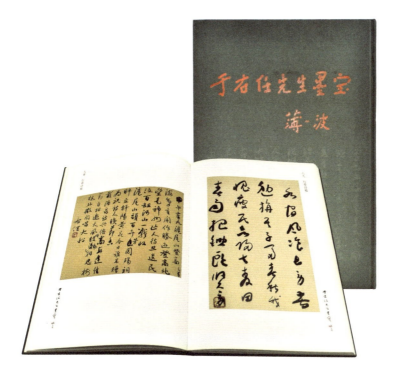

《于右任先生墨宝》

离则两损"，坚持与共产党真诚合作。

抗日战争时期，于右任坚持抗战，反对投降，积极推动国共二次合作，团结抗日。他曾亲笔为中共中央机关报《新华日报》题写了报头。1945 年 10 月，毛泽东赴重庆谈判，于右任设宴欢请，公开支持两党再一次合作，和平建国。1949 年，国共两党在北平和谈，他一如既往，积极促进。和谈破裂，他极为沉痛。于右任先生赞同国共合作、盼望祖国统一的诚意是值得我们永远纪念的。

于右任先生是著名的爱国诗人。他的诗词气概雄伟、真挚豪放，且饱含爱国之情。他在青年时期写过一首杂感，表现了他热爱祖国、忧国忧民的情怀：

> 柳下爱祖国，仲连耻帝秦。
>
> 子房抱国难，椎秦气无伦。
>
> 报仇侠儿志，报国烈士身。
>
> 寰宇独立史，读之泪盈巾。
>
> 逝者如斯夫，哀此亡国民。

他善于以诗词歌颂祖国的大好河山，如 1941 年 9 月 18 日的《诉衷情》：

> 云间眼底现平川。最好是今天。摩天岭上飞过，诗未就，以词传。词不尽，写空间，漏人间。河山壮丽，无计形容，挏断苍髯。

1944 年底，于右任的一首《满江红》，真切地表达了对抗战胜利的坚定信心和对祖国未来的美好憧憬：

> 无数英雄，应运起，争赴战场。惊心是，执戈无我，祖国为殇。喜马高峰飞过去，怒江前线打回乡。看马前开遍自由花，天散香。

新时代，新国防。新中国，寿无疆。把百年深痛，付太平洋。世界和平原有责，中华建立更应当。待短时、告庙紫金山，祈宪章。

于右任先生一生诗作无数，但最令人震撼的还是他谢世前两年所写的椎心泣血的《望大陆》：

葬我于高山之上兮，望我大陆；大陆不可见兮，只有痛哭！葬我于高山之上兮，望我故乡；故乡不可见兮，永不能忘！天苍苍，野茫茫；山之上，国有殇！

于右任先生思乡思亲的浓烈情感和渴望神州统一的殷切之情，在此发出了悲痛至极的倾诉和呐喊。这首用血和泪写就的诗作是于右任先生对国家、对民族无限忠贞的表露，是他至死不渝的爱国爱乡情操的最真实体现。

于右任先生不仅是杰出的近代教育家、著名的爱国诗人，还是传统文化的巨匠，是中国书法史上少有的、终生都在发展着，并且永远进取的书法大师，是我国近代书坛的灿烂巨星。他在书法上的成就，得力于毕生的精研苦练。正如他所说的："朝写石门铭，暮临二十品。"他在中国传统的书法艺术中博采、约取、融会、创新，自成"于体"。于右任先生在书法上的成就，更体现在他长期钻研、不断修改而创立的"标准草书"，已经成为中国文化史上的杰作，为我国书法艺术宝库做出了巨大的贡献。

如今，为了纪念这位国民党元老，纪念这位淹贯古今的文化巨匠和令人高山仰止的一代书法大师，故宫博物院紫禁城出版社出版这本《于右任先生墨宝》，它将使更多的人得以欣赏到于右任先生的手泽，深切缅怀先生的一生；同时，也是对繁荣我国书法艺术、促进祖国早日统一做出的菲薄贡献。

（《于右任先生墨宝》，紫禁城出版社，2004 年）

影像的力量

　　故宫博物院在迎接建院 80 周年华诞的前夕，以"文明对话"为主题举办"紫禁城国际摄影大展"。这本摄影画册就是参展作品的选集，收录了全球 40 多位著名摄影家的 300 多幅优秀作品，其中不少是传世之作。

　　这些摄影家的作品取材于世界不同的国家和地区，带有不同的文明背景和不同的风格特征，但深切的人文关怀是他们共同的视角，对

《影像的力量：紫禁城国际摄影大展作品集》

18

人类命运与前途的探索是他们共同的焦点。用摄影语言做文明的对话，使我们有机会通过这些令人震撼、感动的画面更加真切地认识世界，更加细致地观察不同文明的生存现状，从而引发我们关注人类文明的历史和未来的更大激情。

故宫博物院为什么要举办以"文明对话"为主题的国际摄影大展？为什么要以这样的方式拉开庆祝它 80 华诞的序幕？这恐怕是翻开这本摄影画册的读者都禁不住要问的问题。答案很简单，故宫博物院 80 年的历史，就是文明对话的历史。

80 年来，故宫博物院一直以促进文明对话，促进东西文明的互相理解为己任，开展了数以百计的国际性展览和文化交流活动。早在故宫博物院建院之初的 1932 年，故宫博物院就以精选的 65 件（册）书画复制品参加芝加哥世博会，首次走出国门。1935 年又以 700 多件精美的文物参加了伦敦中国艺术国际展览，在西方引起极大轰动，并形成了持久的中国艺术热。

当人类进入 21 世纪，故宫博物院组织的凝聚着中华文明的多种文物展览，已经走遍了世界五大洲。与此同时，故宫博物院打开紫禁城的大门，引进多个国家的多种文物展览。来自世界各地的各具特色的文明与中华文明在中国的紫禁城中交相辉映。

作为文明对话的一种特殊形式，从新中国成立之初到现在的 50 多年间，故宫博物院接待了全世界几乎所有国家的元首，总计 240 多人次。时至今日，凡是与中国友好交往的国家，其国家元首访问中国时，几乎无一例外地会参观访问故宫博物院，这已经成了中国和世界外交活动领域的一个重要内容。文明对话从当初打破政治僵局、缓和紧张气氛的一缕清香，进而成为增进了解、达成谅解、结成友谊的纽带和桥梁。这种世界政治文化现象充分说明，以一个国家、一个民族最具有代表性的文化遗产为媒介的文明对话，在世界和平与人类进步的事业中发挥着极其重要的作用。不只是举足轻重的外国政要，包括来自世界任何一个地方的普通公民，都可以作为各自文明的使者，通过参观访问

『紫禁城国际摄影大展』

故宫，来和东方及中华文明平等对话，并用这种特殊的方式来表达对中华文明的尊重和对中国人民的友好感情，故宫博物院也因此成为人类文明对话的重要舞台和吉祥胜境。

摄影所运用的图画语言，是人类最古老的语言，也是当今最鲜活的语言。摄影语言没有国界，不受民族语言的局限，无论老人还是小孩，无论文盲还是知识分子，都能从优秀的摄影画面中感受到对和平的渴望，对成长的希望，对美好明天的盼望和对真善美的共同追求。因此，我们希望通过"紫禁城国际摄影大展"，既让世界通过摄影大师的镜头更好地了解故宫，了解博大精深的中华文化，同时也让中国人民透过摄影大师的作品，更真切地感受与我们同时代的外部世界的律动。

故宫博物院所在的紫禁城，从1420年建成到20世纪初的近500年间，是24位皇帝的宫禁；从1925年建立故宫博物院之日起至今的80年，这座世界上规模最大、保存最完整的皇宫及其丰富的珍宝属于人民，这里的文化成为中华民族的宝贵精神财富；1987年，故宫作为人类文化遗产被联合国教科文组织列入《世界遗产名录》，这意味着紫禁城作为全人类的文化遗产，在人类文明及其对话中具有了新的历史地位。

　　21 世纪的故宫博物院，对人类文明的传承和世界的和平与进步要承担起更大的责任。

　　因此，我们以文明对话为主题举办"紫禁城国际摄影大展"而承前启后，并以这本摄影画册向世界打开故宫的大门。

　　（《影像的力量：紫禁城国际摄影大展作品集》，紫禁城出版社，2004 年。本文曾载《紫禁城》2004 年第 11 期）

壶里有乾坤

在中华民族的历史长河里，涌现出了无数的奇人逸事，使中华文化更加璀璨夺目。宜兴紫砂艺术就是这种璀璨文化的奇妙章节。人造紫砂，紫砂亦在造人。这种文化互动催生了灿烂的中国紫砂艺术。在几百年紫砂艺术的嬗变过程中，名家辈出，代有高手，他们以其逸群的技艺，自由驰骋于艺术创造的天地，留下了一批批富有艺术魅力的茗壶珍品。看到这些艺术珍品，我们不由感叹人类创造力的神奇。

吕尧臣就是中华人民共和国成立以来成就突出的紫砂大师。他天性聪颖，勤奋好学，对书画、戏曲、音乐等艺术门类的爱好为他打下

《尧臣壶传》

了深厚的艺术修养基础。他一入艺门即在师辈引领下刻苦钻研，锲而不舍。他拟古而不泥古，推陈而不忘赓续。艺无止境，吕尧臣没有陶醉在大师这个耀眼的光环中，敢于不断否定自己，推陈出新，"衰年变法"，用神奇的紫砂语言创造了一个美丽的世界。

吕尧臣在紫砂艺术上形成了鲜明的特色。他早年师承近代壶艺大师吴云根，后又得朱可心的指导，"转益多师"，摒弃门户之见，在紫砂工艺上扩大了眼界。他勤于探索，利用紫、红、黄、绿陶土绞在一起，形成变化无常的自然纹理而独创出了"吕氏绞泥"，揭示出了五色土的颜色搭配规律和深层次的内涵。如果说画家是用笔和墨绘世界，那么，他则是用紫砂泥造世界。吕尧臣注重学习和研究造型的形式法则，不断提高艺术修养，广泛涉猎古代陶瓷、青铜器、玉器、漆器等造型，锤炼精当，为紫砂艺术的探索打开了一道神奇的法门。这样，在紫砂艺术的创造上，吕尧臣完成了从工艺大师到艺术大师的飞跃。

故宫博物院藏有一批精美的明清两代紫砂器。最早进入宫廷的宜兴紫砂，是明代制壶名家时大彬的紫砂胎雕漆四方壶。故宫博物院在20世纪七八十年代又收藏了吕尧臣等大师的一批紫砂作品。故宫所收藏的紫砂珍品，既反映了紫砂艺术在中华民族工艺美术的历史长河里的发展和现状，也反映了我国民族艺术事业代有才人出，于今为盛。

我们这个时代是能够出大师并应该出大师的时代。因此，我读了当代紫砂工艺大师吕尧臣的传记，很受启发，欣然为之作序，以祝愿我们的时代涌现更多的像吕尧臣这样的艺术大师。

（徐风著《尧臣壶传》，上海文艺出版社，2005年）

当代中国书画的收藏

　　故宫博物院走过了80年的历程。80年间，尽管历经风雨，屡遭坎坷，但是故宫博物院始终典守蕴含中国传统文化的艺术杰作并将其公之于众，向世人传播博大精深的中华文明，从而使源远流长的中华文明汩汩流动，生生不息。

　　金秋时节，故宫博物院主办了"纪念故宫博物院建院八十周年中国当代名家书画展"，作为院庆活动的一项重要内容，也表明故宫在未来的岁月里，在收藏、展示、研究中国古代书画的同时，将积极推动当代中国书画的收藏、展示、研究，从而不断扩大故宫学的时代内涵。

　　20世纪，是中国传统书画艺术发展的重要转型时期。在这100年间，由于社会形态的变化，加上外来文化的渗透、影响和融合，中国书画艺术的面貌发生了巨大的变化，表现出了时代的新风。从晚清、民国到中华人民共和国的各个历史时期，国画艺术都得到了不同于前代的新的发展，一改清代陈陈相因的旧习。20世纪初，海派、岭南派所表现出的新的风尚与京派所承续、发展的传统，建构了20世纪初国画艺术的繁荣景象。20世纪中叶，国画更多地结合现实生活，表现出了时代的主题，同时也表现出了因为时代的变化而不得不变的新的笔墨。书法方面，因为实用性功能的萎缩而带来的整体的颓势，经过"文革"之后的振兴和近年来以专业教育为基础的拓展，也显现出了新的发展前景。在这时代的变化之中，中国书画一方面在传统的道路上继

神武门城楼上的「纪念故宫博物院建院八十周年中国当代名家书画展」

续前行，另一方面融合西法另辟蹊径，它们都为 20 世纪中国书画多样化面貌的形成贡献良多，为中国书画艺术的当代发展积累了经验。当然，我们也应该看到，传统国画的笔墨语言和书法的形式内容所发生的变异，特别是在审美形态上的变化，反映到中国书画的文化内涵上，比之清代以前的书画也有很大的不同。这种与时俱进的特点更多地反映了时代的变化，而这之中与艺术本体相关的展览、收藏以及公共艺术的要求等，也是促成变化的一个方面。

正确认识当代书画的成就以及发展中的问题，将有利于中国书画艺术的 21 世纪发展，而对于像故宫博物院这样的以收藏古代书画为主的专业单位，通过对比，也有利于认识古代书画艺术的特点和成就。本次展览的意义由此可见一斑。我们在 21 世纪之初举办这样的展览，既是对 20 世纪后半叶中国书画从传统到现代的发展历程的回顾和总结，也是对当代书画名家的艺术状态、艺术精神和艺术面貌的展示和宣扬，以期中国艺术有美好的未来。

此次展览，得到了作为协办单位的中国书法家协会、中国美术家协会的大力支持。在筹备阶段，故宫博物院邀请专家组成了征集委员会，对征集工作提出了具体的要求。此次展览也得到了众多书画界朋友的高度重视，他们纷纷将自己的优秀作品送交我院参加展览。故宫博物院十分感念书画界朋友以及社会各界的厚爱。截止到征集日期，共收到 200 余件书画作品，其中有李可染、李苦禅、卢光照、刘炳森等已故著名书画家的家属捐献的精品，也有秦岭云、娄师白、沈鹏、欧阳中石、李铎、王明明、冯远、杨力舟等当代书画名家的力作，还有饶宗颐、马寿华、刘国松、何怀硕、周澄等港台书画名家的佳构。

故宫博物院意识到，作为世界文化遗产单位又是国家级博物馆，自己的历史使命不仅要在已有的宫廷文物收藏的基础上开展各项工作，还要具有前瞻性的发展眼光，认识到当代的艺术精品在未来的历史和文化价值。所以，故宫博物院应在保持历代书画收藏的基础上，不断扩大当代书画的收藏，使藏品能够保持其发展的脉络，反映出历史延续的特点，这也将是故宫博物院在 21 世纪发展的契机。故宫博物院也深知当代书画艺术在审美上的多样性和复杂性，因此本次展览在选择书画家的时候，难免挂一漏万；而在选择作品的时候，所选的范围限于可能，也难以优中选精。这些虽然都是遗憾，但此次展览作为开展当代书画收藏工作的开端，无疑将有利于故宫博物院在总结经验的基础上继续做好这方面的工作。

（故宫博物院编《纪念故宫博物院建院八十周年——中国当代名家书画》，紫禁城出版社，2005 年）

孙杰的墨竹

孙杰先生的墨竹画，以其独有的风格和超卓的造诣，日益受到艺术界的重视和高度评价。《孙杰墨竹》，比较完整地收录了他的佳作精品，既可看到书画名家对他作品的品评称誉，也是他作为艺术家50年不懈追求的足迹的记录，凝聚着一生的心血。

对于画墨竹，孙杰先生特别强调"贵在真诚"。这"真诚"二字，不仅体现了作者敬竹、爱竹的态度，而且是了解他的创作成就的一个关键。竹子虽是一种常见的植物，但很早就成了中国画家关注的题材，竹画在宋代已成为一个独立的画科。当时许多文人喜好画竹。这种喜好里已有了深层次的东西，即赋予了竹子一些独有的情感象征意义。在他们看来，竹子象征高洁的品格，既有虚心、谦和的君子之风，又有正直、坚韧、乐观的大无畏精神，正如中国墨竹画最重要的代表人物宋代文同在《咏竹》中所称赞的："心虚异众草，节劲逾凡木。"竹与其他几种花木一起，被誉为"四君子""岁寒三友"等。宋元以来，画墨竹便成为文人画的重要内容，大凡士大夫能画几笔的，尽管未入堂奥，也都以墨竹遣兴。竹画从独立成科时起，便浸渍着文人的意趣。孙杰对竹的态度，他的爱竹、敬竹，继承了中国文人画的这一传统，十分重视竹子所具有的这种情感象征符号的意义。因此，画竹对他不仅是绘画兴趣的选择，而且是人生理想和价值的追求；不仅是人生的一种体味，更是融入其生命的一个组成部分。正如他一首诗所说：

秉性生来酷爱竹，风吹雨打笔不收。

何惜花甲银雪首，似竹骨节更风流。

    不施粉黛的修竹与画家心灵是相通的。孙杰的画竹，"重笔趣、求气韵、画骨气、表真心"，从而达到"我融于竹，竹融于我"的境界。这是孙杰艺术创作的灵魂所在。

    孙杰先生的故乡在陕西渭北旱塬。北方少竹，尤其渭北一带，更难觅竹的踪迹，偶或有之，也甚少南国那种常见的森风万竿、一顷含绿的景象。孙杰却成了墨竹画大家。不难想象，为了达到这种造诣，这位一直生活在北方的汉子付出了多么艰辛的努力。家乡缺少日常观察竹子的条件，但凭着对竹子的挚爱和痴情，近半个世纪以来，孙杰走遍了祖国的名山大川，深入到竹山竹乡竹海，认真研究竹的生长规律与特点，仔细捕捉竹的物态美和意象美，结合体味前贤画竹的理论与创作实践，精于琢磨，勤于摹写，不断有所进步。对孙杰来说，画竹的过程，不只是技艺的日臻成熟，而且是自己品德的提升与意志砥砺的过程。他有一首题画诗道出了自己的衷曲：

    吾写墨竹任笔狂，苦练风雪雨露霜。

孙杰墨竹代表作

只求劲骨出尘世，不登大雅有何妨。

在中国传统的文人画创作中，强调个性表现和诗书画印等多种艺术的结合，因此作者多属具备较全面深厚的文化修养的文人。孙杰先生在孜孜不倦的墨竹创作中，重视学识的积累，重视诗、书、画的相互促进与整体提高。多方面艺术素养的结合，就使他的作品充盈着一种书卷气，一种在继承中不断创新的蓬勃的艺术生命力。

竹是文人画的重要题材，有那么多的人画竹，也因竹之造型易于掌握的特点，便于作者自由抒写。正由于如此，一些作者难免忽视对竹本身特点、形态的把握，多凭自己的感受，只追求"神似"，这样的作品自然难以形成特色，也缺少生命力。孙杰先生的可贵之处，在于他注重长期的精细观察，并在表现形式上努力探索。他不重"形似"，认为好的作品在"似与不似"之间。对真的竹子弄明白了，其千姿万态了然于胸，作品看去纵笔潇洒，一气呵成，有则有度，深谙其中三昧，很好地解决了"形似"与"神似"的关系。孙杰还把自己的心得体会写成《画竹四字口诀》，公诸同好，亦金针度人。这篇"口诀"强调了书法、意境、情感在画竹中的重要性及其相互关系："欲画精妙，须懂书法；意境为先，以书入画；情出于心，笔意畅达。"又分竿、枝、节、叶4个部分，分别从书法、用墨及具体技法等方面进行论述，通俗而又实在，是他一生创作实践的总结，也是他在前人经验基础上的新探索。

孙杰先生的墨竹画多姿多彩。他画了风中的竹、雨中的竹、雪中的竹、月夜的竹、抽笋的竹，这些竹各具情态，表现了作者的功力。有些画重点是表现竹叶，或柔叶滴翠，或数片飘逸，或随风飞动，或新梢苗茂；有些重点是画竹竿，或壮骨刚直，或修竹挺拔，或霜皮劲节，或披雪傲立。虽然笔墨灵动多变，但总的看，孙杰墨竹画的基调是清刚跌宕。读他的墨竹，使人似乎看到竹节的旋转，听到飒飒风声和铮铮竹鸣，感受到凛凛正气，从而体味到作者感情的寄托。墨分五彩，孙杰很注意用墨来显示各种色彩，《潇湘风雨》就是一例。用浓墨突出的一竿竹子，修长的枝干与纷披的叶子给人以强烈的视觉冲击，其他的竹子虽寥寥数笔，却因着墨色的深浅不同，与主枝显得层次分明，似有无尽竹林隐没在烟雾之中，整幅画运笔迅疾，看似散乱，由于浓淡掩映得宜，而浑然一体，生动有致。

画如其人。孙杰先生形诸笔墨，抒写了自己对竹子的崇敬，在社会生活中他也以竹子的品格和精神自励。他有一颗爱心，经常无私地捐献出自己的作品，为一些重大公益活动尽绵薄之力。他待人谦和，虚心好学。他办事认真，有种锲而不舍的顽强精神。这是一个画家的新境界。我们相信，永不满足的孙杰先生一定会日渐精进，不断取得更好的成绩。

（《孙杰墨竹》，陕西人民美术出版社，2005 年）

文明对话中的故宫印象

　　举世瞩目的故宫博物院建院 80 周年庆典是由 2004 年 10 月 1 日的"紫禁城国际摄影大展"拉开序幕的。皇帝的宫殿变为人民的博物院，此种历史巨变的 80 周年纪念，值得用现代影像作永久记忆。30 多位来自世界各地的摄影师有机会在中国伟大的紫禁城里展示他们的代表

《印象故宫：紫禁城国际摄影集》

作品——对人类不同文明的个性记录。更重要的是，深入到内部拍摄
紫禁城是他们每个人一生的梦想。当他们把各自的镜头，把那些曾经
对准过不知多少人多少事多少自然风光的镜头对准已经有近 600 年历
史的紫禁城的时候，我知道，他们仍然无法掩饰内心的激动。法国的
阎雷（Yann Layma）先生就不止一次地告诉过我，他们深知这是一
座什么样的城池：这是一座曾经活跃过 24 位中国皇帝，现在每年有不
少于 800 万游客拥入，世界上现存规模最大保存最完整的古代建筑群。
他们既不肯放过分分秒秒的机会，又不肯匆匆忙忙。他们仔细地寻找
各自的焦点，认真地调整各自的焦距。他们一次次地按下快门，瞬间
成为永恒——故宫印象就这样鲜活地留存下来。

　　紫禁城就是这样一座伟大的城。从图像学角度看，它毫无疑问，
经得起任何一位挑剔的摄影家的挑剔，经得起拍摄，经得起寻找，经
得起发现。一位已经拍了上万幅关于紫禁城图片的中国摄影家，他的
名字叫李少白，他说他任何时候走进故宫，每一次每一刻总有每一次
每一刻的感觉与发现。他说他的这种感觉是拍摄其他任何一个地方所
没有的。他说他自己也觉得奇异。他相信无论怎么拍，都无法穷尽故
宫。世界上有些景观是适宜用宏大的场景场面来表现宏大的气势的，
有些是适宜精雕细刻地表现细致与精致之处的，而故宫是二者皆宜的。
特别让摄影家们震惊的是，以故宫为代表的中国古代建筑在不同时空
不同背景不同光影下的千变万化，此种情景与属于每一个人的摄影语
言相组合，那是怎样的无穷无尽。《紫禁城》杂志的《故宫图像》栏
题上有这样的话：

　　　　紫禁城的伟大在于它早已凝结为经典图像，既凝固又变化的
　　　紫禁城图像属于它的创造者，属于近 600 年来所有见到它的人们，
　　　属于每个人的眼睛和心灵。

　　我喜欢每一位摄影者把他对故宫的发现与理解用他的摄影语言强

化给我，因为那些精美的个性的图片总会引发我对故宫的特别的感受，尤其是平时本不注意的地方突然因此变得特别出彩、精彩，甚至成为特别经典的细节。

照相机、照相术是西方发明的，传入中国后不久就进入紫禁城。最先感兴趣的是喜好新奇的光绪皇帝的珍妃，据说她偷偷地从宫外弄进一架照相机。"不拘姿势、任意装束"地照了不少化妆相而遭慈禧不满，说不定这也是苦命短命的珍妃获祸的一个诱因。可是没过多久，慈禧太后却成为那个时候留取个人真实影像的最时髦最铺排的中国人。档案记载，慈禧留下的照片计30种近800张，连玻璃底片也大都保存完好。除了珍妃和慈禧的照片，日本摄影师跟在八国联军的枪炮后面进入紫禁城，也给紫禁城宫殿留下了最早的图像记忆。模糊的历史因此而清晰起来。图片图像能够以自己不可代替的方式记忆和传递历史，更能够以不可替代的方式表达和传递对现实现状的观察和感受。随着影像拍摄与传播的高科技数字化发展及个人审美素质的提高，每一个喜欢摄影的人都可能成为大家的摄影师。到了那种境地，已有600年或更长久历史的紫禁城，不可移动的伟大的紫禁城就变成自由行走、满世界行走的紫禁城了。中国的皇宫就可以和世界上任何一个国家的皇宫随时随处地面对面地交谈了，中国的建筑艺术就可以和世界上任何一个国家的建筑艺术随时随处地面对面地交谈了。

"紫禁城国际摄影大展"开展之初，曾编辑出版过一部来自世界各地参加摄影大展的摄影师们的代表作品集，以"文明对话"为主题；现在，以"故宫印象"为主题的展览在紫禁城展出，作为紫禁城国际摄影活动的圆满结束，并出版《印象故宫》作为纪念。故宫是世界文化遗产，故宫是全人类的，除了参与活动的摄影师们的作品，还挑选了在世界范围内征集来的作品。这样，这册《印象故宫》，就成为名副其实的"文明对话"中的"故宫印象"了。

（《印象故宫：紫禁城国际摄影集》，紫禁城出版社，2006 年）

吴冠中的奉献

    吴冠中先生是蜚声中外的中国当代著名画家。他数十年来历经坎坷而又苦恋家园，勤奋劳作且锐意创新，在多个方面产生了深远的影响。

    吴先生早年负笈法国，对于西洋绘画的理论与创作有坚实的基础，后来又认真研究中国传统绘画理论，从中汲取丰富的营养。中西融合、古今贯通，使他视野开阔，素养丰厚，以自己大量的水彩、油彩、水墨研究的创作成果，努力建造着一座横跨中西的艺术新桥。

《奉献——吴冠中捐赠作品汇集》

他勇于革新，强调绘画"变法"，反对陈陈相因，反对画家自己重复自己。他在漫长的创作实践中不断地突破自己、超越自己，由此形成了自己的风格。

他特立独行，不怕被人误解，勇于纠正时弊，敢于提出一系列鲜明的艺术观点、艺术主张，例如土洋结合，为人民作画，群众点头、专家鼓掌，风筝不断线，"笔墨等于零"，绘画的形式美，等等。他的这些观点和主张经受了考验，为新时期中国美术的不断演进提供了思想的动力。

他又是一个才情横溢的散文大家。他用笔回顾自己的一生，记述他的生活情趣，而他的艺术美文则在找寻着自己绘画创作中的心路历程或体悟心得。他的文章能打动人心，就在于向往真善美，在于蕴含着中国文化的精神。

这些都是吴冠中先生的不同侧面。只有把各个方面综合起来，我们才能看到完整的吴先生，也才能更为深刻地认识他的价值和贡献。吴冠中先生不负丹青，不负中华沃土，因而赢得历史的眷顾，获得人民的青睐。

我在吴冠中先生的画作和文字里，在他的言行中，总感到有一种充盈其间的精神，有一股支撑着他的力量。在拜访吴先生时，在与他的交谈中，我得知这个精神、力量的一个重要来源是鲁迅先生。他受到鲁迅思想的哺育，受到鲁迅伟大人格的感召，醉心于鲁迅那富有韵味的丰富的意境、深刻的笔法和洗练的文字。鲁迅的强烈的爱国精神，疾恶如仇的性格，勇往直前、奋斗不止的意志，刚直不阿的硬骨头精神，都在吴冠中先生身上打上深刻的烙印。鲁迅对吴冠中的影响是多方面的。鲁迅一贯重视美术，他认为，中国的艺术，既要有民族的特色，又不要受旧的传统思想和手法的"桎梏"；既要吸收外国艺术的精华，适应时代的潮流，又不能全盘照搬西方的一套。他希望中国的艺术能革新和发展，创造出具有崭新内容和民族风格的艺术作品。鲁迅对美术家陶元庆的绘画评价很高，他在观看了陶元庆的西洋绘画展览后说："他以新的形，尤其是新的色来写出他自己的世界，而其中仍有中国

吴冠中代表作品《石榴》

向来的魂灵——要字面免得流于玄虚，则就是：民族性。"吴冠中先生一生致力于油画民族化与中国画现代化，他的努力与探索，他的成就与贡献，也完全适用鲁迅对陶元庆的这个评价：勇于打破旧日的和外国的"两重的桎梏"，"和世界的思潮合流，而并未桎亡中国的民族性"。从这个意义上理解他的"风筝不断线"，就不只是保持与人民群众的关系，而且是坚持中华民族的魂灵的大问题。

吴冠中先生先后把自己 80 多幅绘画作品无偿地捐献给国家的有关博物馆、美术馆。无私的奉献，高尚的情怀，早为世人所称道；如今，他又把 3 幅作品捐给国家，由故宫博物院永久收藏。这 3 幅都是精品，是他的代表作，尤其是《一九七四年·长江》更以其特定的创作时代、

精湛的艺术特色，在吴先生的创作生涯中具有特殊的意义。32年前的这幅作品，是未完成的巨幅壁画的底稿，吴先生做了如是的说明："我作长江，整体从意象立意，局部从具象入手，此亦我70年代创作之基本手法。江流入画图，江流又出画图，是长江流域，是中华大地，不局限一条河流的两岸风物，这样，也发挥了造型艺术中形式构成之基本要素，非沿江地段之拼合而已。"这说明此画幅的价值，它是吴先生20世纪70年代艺术实践的总结，是他风格的典型体现，又是尔后30年来新画风的序曲，因此它被有的专家称为"里程碑式"的作品。同样作于1974年的《石榴》，画了暴露出籽粒的累累果实，那饱满的石榴，表达了生命的充实与无限。在《江村》中，小桥流水，白墙黛瓦，漂荡的孤舟，有鲁迅小说的影子，有作者童年的梦境与记忆，是乡情的寄托与慰藉，也充分体现了形式美与意境美的结合。这3幅无疑都是吴先生的力作。

对故宫博物院来说，收藏吴冠中先生的绘画代表作具有标志性意义。人们知道，故宫博物院的收藏，绝大部分是清宫旧藏，是中国历代艺术的精品。但是，艺术发展的长河是不会停止的。我们前人所经历的一切是历史的一个部分，我们今天所经历过的一切同样是历史的一个部分，这就是通常所说的现、当代。在当代文化发展史上有价值的艺术品，与古代的艺术品一样，同样具有文物的价值。"后之视今，

吴冠中代表作品《一九七四年·长江》（局部）

亦犹今之视昔。"今天的艺术精品就是明天的"艺术史"。我们应从传承民族文化的视角审视当今的艺术品，从保护民族文化财富的认识高度来承担征集、收藏当代艺术精品的时代重任。如果在这个问题上缺乏应有的认识，坐失时机，我们就会犯下不可原谅的历史错误。

收藏当代艺术精品绝非易事，不仅因为艺术门类的广泛，而且由于风格、流派的多样，以及人们认识的各种局限，都需要我们采取十分严谨的态度，使新的藏品经得起历史的检验。我们尊崇的是那些在艺术上获得真正成功的大师们在各个阶段的铭心之作，以便于我们和后人完整地研究他们的成功之路，也能充分领略艺术长河的汩汩不息。人们好用"国之瑰宝"4个字来赞崇文物珍品，并常常将此与故宫博物院的藏品联系起来。因此，我们收藏的当代艺术精品，也应当不辜负社会公众的期望。也就是说，故宫的收藏，应有更高的标准，更高的门槛，它本身是中国当代艺术发展水平的最高体现，同时通过征集、收藏活动，又应对中国当代艺术的发展起到积极的引导作用。

基于上述原因，收藏吴冠中先生作品，在故宫博物院就有标志性意义。不是说故宫博物院过去没有收藏过中国现当代的艺术精品，应该说收藏得还不算少，但由于没有从延续中华文化艺术发展长河的高度去认识，不是有计划地、主动地去征集，因而带有很大的盲目性。吴冠中先生代表作的收藏，则是在明确的指导思想下的自觉行动。故宫博物院对收藏吴先生的3幅作品非常重视，围绕捐献活动，又特地举办"奉献——吴冠中历年捐赠作品汇展"，从吴冠中先生捐献给香港艺术馆、上海美术馆、中国美术馆、北京鲁迅博物馆的作品中借调展出。为了充分认识吴冠中先生此次捐赠和举办历年捐赠作品汇展的重要意义，研究吴先生的艺术成就，特邀请中外学者，举办"传统与创新·收藏与弘扬"国际学术研讨会，并在会后出版学术文集。

（故宫博物院编《奉献——吴冠中捐赠作品汇集》，紫禁城出版社，2006年）

贯通融会　领异拔新

　　饶宗颐教授博学多才艺，治学之余，兼通诗词、书画、音乐及琴艺，涉猎之广，造诣之深，即使各领域专业名家，恐怕也难望其项背。此为人所共知，无须多说。至于饶教授为何能有如此成就，仁者见仁，智者见智，解说各不相同。如依拙见，似可归纳为8个字：贯通融会，领异拔新。前者需要以大学问为基础不断探求，后者需要以大智慧为底蕴坚持创造。其中书画一门，可为范例。

　　首先，应该注意，古往今来，即使书画名家，也大多重实践而轻理论，知其然而不知其所以然。而饶教授于书画，不仅长期实践，且有

《饶宗颐艺术创作汇集Ⅳ：腕底山川》

丰富理论。关于书，饶教授曾著《选堂论书十要》，《荷俊集》中又有《论书》七古一首；关于画，饶教授曾著《画领》，《选堂诗存》中又有《题画诗》专集，《选堂乐府》中还有"题画词"若干。这些均为从事书画创作数十年后，功力、学养俱臻化境之作。故咳珠唾玉，极见匠心。实践创造理论，理论指导实践。要了解饶教授书画成就，非从饶教授书画理论着手不可。

其次，应该注意，只有像饶教授这样的大学问家、大智慧者，才能将所学贯通融会，合炉而冶，领异拔新，发人未发。譬如饶教授在

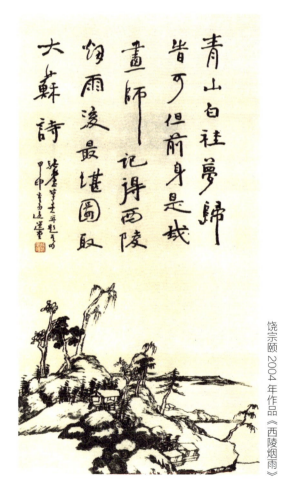

饶宗颐 2004 年作品《西陵烟雨》

饶宗颐 1989 年作品《红树疏林》

《画馈》中，将以往"艺术同源"旧论，升华为"艺术换位"新说。不满足以书入画，以画入书，还要求以律入书，以诗入画。《选堂论书十要》不仅提出"书道与画通"，还提出"书道如琴理"。《论书》七古亦称"一波一撇含至乐，鼓宫得宫角得角"，又称"以书通律如梦觉，梦醒春晓满洞天"。《睎周集》卷上识语有云："曾谓词之为物，仿佛今之抽象画。"词乃诗之余，反之亦可以诗词入画。又譬如饶教授在《画馈》中，有感于当下"学、艺隔阂"，提出学、艺应该"携手"。其中，将在"中国精神史"上占有重要地位的释、道之学，与艺术全面"携手"，尤其值得关注。虽然，以禅理论艺，始于明末董其昌（华亭），但若论深谙禅、艺关系，却无人能出饶教授之右。如云："以禅通艺，开无数法门。"又云："熟读禅灯之文，于书画关捩，自能参透，得活用之妙。"又曾论及《庄子》及道教对于书画创作之影响，自亦参透道、艺关系三昧。

饶教授理论指导实践，创作大量独具新意的书画作品。欣赏饶教授书画作品，自然成为一种至高、至美的享受。这些书画作品，不仅用墨、用笔均甚讲究，如《论书》七古称"墨多墨少均成障，墨饱笔驰参万象"，又称"乍连若断都贯串，生气尽逐三光驰"，使人于欣赏之余，切实感受到一种酣畅淋漓的墨韵和刚柔相济的笔情；还将抚琴手法转化为书画笔法，将诗词"幽夐"意境转化为书画"空灵"意境，将琴心、诗心甚至禅心、道心统统转化为书心、画心，使人于欣赏之余，恍若听到抚琴、吟诗，进入一种参禅、悟道的虚幻境界。直至近年，饶教授对其书画技法，仍在不断创新和变化。饶教授九秩华诞之际，有关方面拟将饶教授 70 余年来在书画方面的艺术成就，编辑一套皇皇 12 册的《饶宗颐艺术创作汇集》，不仅以为庆贺，亦欲饱世人眼福。欣淼不才，有幸受邀，成为《饶宗颐艺术创作汇集》推荐人。在此，谨祝《饶宗颐艺术创作汇集》出版成功，并祝饶教授健康长寿！

（《饶宗颐艺术创作汇集Ⅳ：腕底山川》，香港大学饶宗颐学术馆，2006 年）

罗坤学的书法

　　我和罗坤学先生接触时间并不长，但印象却很深。那还是2004年参加甲申年清明公祭轩辕黄帝典礼的时候，在沮水河畔新落成的轩辕祭祀大殿内，耸立着一通5米高的花岗岩巨碑——轩辕黄帝碑，碑上镌刻着由罗坤学书写的节录司马迁的《史记·五帝本纪》，其古朴凝重的汉隶书法受到海内外各界人士的盛赞，与白色大理石构建的汉式风格建筑轩辕殿浑然一体，在遍山的苍松翠柏辉映下，为公祭盛典增添了庄严肃穆的气氛。我为其书法艺术所感动，从此便结下了翰墨

《罗坤学书法选集》

之交。

罗坤学在黄帝陵书写的不止这一通碑刻。早在1993年，当时的国家主席江泽民、国务院总理李鹏先后拜谒黄帝陵并为黄帝陵基金会题词，罗坤学就代表省政府用工整的魏楷书写碑注，刻立在轩辕庙内；黄帝陵基金会曾在全国范围内征联，亦由罗坤学用行楷书写8副楹联，精刻后悬挂在黄帝陵及轩辕庙的殿、堂、亭、廊；1997年香港回归时，他又用魏楷为黄帝陵书写了"香港回归纪念碑"等。为黄帝陵写字，要求自是不同寻常，也是很高的荣誉，当然不是个人的意愿，而是经省政府几个有关机构认真研究，好中挑好。多次都能选中罗坤学，绝非偶然，他的书法造诣就可想而知了。

罗坤学书作石刻、制匾布满三秦大地的名胜古迹、旅游景点，并且远涉省外、国外。在西安八仙宫西墙刻着30多平方米的《阴符经》和《黄庭经》，湘子门、湘子庙、大雁塔、兴善寺内的楹联，大唐芙蓉园内的对联和石刻，骊山明圣宫的《老君清静经》，华清池的《温泉铭碑记》，宝鸡姜太公钓鱼台山门匾额和《姜太公碑记》，汉中摩崖石刻《褒斜栈道铭》，榆林镇北台石刻以及湖北元极碑林、安徽怀远涂山禹王庙等处诸多碑刻，无不渗透着他的辛勤汗水，显示着他的书法功力。他的作品曾多次在全国获奖，并被毛主席纪念堂和数十家博物馆、图书馆等处收藏；也经常在《书法》《书法报》《中国书画报》等专业报刊发表，入选《全国百幅优秀作品集》《全国著名书法家百人展》《陕西历代名人书画精品选》《中华名胜图览》等图书。陕西人民美术出版社曾出版了他书写的《做人至要》《教子十章》和书法挂历。1992年罗坤学在中国台湾举办"罗坤学书法作品展"，并由台湾出版发行了《罗坤学书法作品选》。1994年罗坤学出访日本进行书法交流。2005年他受美中友协主席陈香梅及美国纽约现代艺术博物馆邀请，由陕西文史馆组织的中国陕西现代书画名家代表团出访美国，进行文化交流，其中罗坤学的作品在美国引起很大反响。

罗坤学1947年出生于西安郊区，从小酷爱文学及书画、音乐等艺术。1979年上海《书法》杂志举办"全国群众书法征稿评比"大赛，他脱颖而出，1982年调入西安碑林博物馆（原陕西省博物馆），从事书法专业工作。罗坤学进入西安碑林博物馆工作，真是如鱼得水。西安碑林博物馆珍藏历代名家碑石3000余通（方）。他深知，虽倾其毕生精力也难得其万一，只有老老实实临习，只讲耕耘，不问收获。在这座文化内涵博大精深、名碑荟萃的书法宝库中，他虔诚地拜先贤为师，朝临夕摹，惜时如金，不敢稍有怠惰。也正是碑林这四堵高墙把罗坤学与外界隔离，只知秦篆、汉隶、南帖北碑，对于其他很少过问。他的办公室有自己题写的座右铭挂轴中堂，就是他潜心研习的写照："半世钻碑不出声，朝摹《圣教》夕《兰亭》。墨池笔冢铭座右，大海深处觅真龙。"

罗坤学在西安碑林博物馆工作30年来，对历代名碑意领神会，苦心经营，真、草、隶、篆无不涉猎，尤其是对北魏墓志和集王圣教序用功甚勤，经过十几年的探索、研究、反复实践，从阮元强调的"南北书派""南帖北碑"之分中，找其共同点，熔为一炉。变王羲之字的出锋、露锋为藏锋，使其浑厚且能写成大字也同样潇洒而不显纤弱；变魏碑粗犷为雅致，使魏碑既雄强又不失秀润，从而形成了强烈的实用与艺术二者兼备的自家风貌。这恐怕便是陕西省政府多次请罗坤学为黄帝陵作书刻石的根本原因。

罗坤学作书时，看的人都觉得很累。他行笔极慢，如溯急流，好像毛笔粘在纸上一样不向前移动，对于每一个字的点、画都从不马虎，认真精到。就是写行草都是精气内敛、意气沉稳、落墨凝重、行笔健稳、重内涵的深沉，省外形的花哨，更无抖扭、矫揉造作、抛筋露骨的粗俗墨痕，每个字都神完气足。难怪好多人说："罗坤学的字是凝神固气，用气血写的而不是用墨汁写的。"看罗坤学的字就像老陕人吃羊肉泡馍，在厚实中感悟醇美；又如饮西凤酒，在浓烈中回味幽香。

罗坤学为人笃厚，字如其人。他少言谈、寡交游，淡泊名利，不事张扬。老老实实地写字，老老实实地做人。但功夫不负有心人，大凡勤奋耕耘者，终有所获，付出愈大得之愈多。天道酬勤是自然规律。罗坤学书法已有所成就，风格日显，为书坛公认。但他从不自满，仍然坚持每日临帖，不断地在先贤的经典中汲取营养，充实自己。我相信，罗坤学只要不断进取、勇于创新，在继承和弘扬传统书法艺术上定能创造新的辉煌。

（《罗坤学书法选集》，陕西人民美术出版社，2006 年）

白云观壁画

　　佳县地处黄土高原腹地、毛乌素沙漠南缘、黄河中游秦晋峡谷西岸，独特的地理环境造就了这里极富特色的民俗民风、民间艺术和地域文化。宗教文化和红色文化是盛开在这块古老土地上的两朵奇葩。

　　农民歌手李有源的一曲颂歌《东方红》，毛泽东率中共中央机关转战陕北在佳县生活战斗的100天里所发表的一系列重要文献，部署扭转西北战局的沙家店战役，给佳县县委"站在最大多数劳动人民的一面"和群众剧团"与时并进"的题词，构成了佳县红色文化的主要内容，

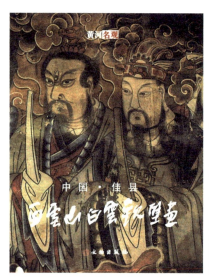

《中国·佳县白云山白云观壁画》

奠定了佳县在中国现代革命史上的重要地位，也使佳县声名远播。

同时，佳县又有着丰富的历史文化资源。两处全国重点文物保护单位、5 处陕西省文物保护单位以及约 270 处可供观瞻游览的名胜古迹中，宗教文物占了较大比例。宫观寺庙是佳县文物的重要组成部分，宗教文化是佳县地域文化的突出内容，其中当数白云山白云观影响最大。

位于佳县城南黄河之滨的白云山，古称双龙岭，亦名嵯峨岭，后因终年白云缭绕而称白云山，山上的庙也因"山门无锁白云封"而叫白云观。作为道家圣地，自从明万历皇帝亲赐御制《道藏》4726 卷以后，白云观就声名大振，几百年来香火长盛不衰。白云观包蕴着丰富的文化内涵，集建筑、雕刻、泥塑、书法、绘画、音乐、舞蹈等艺术于一体，是一座宗教文化艺术宝库。

白云观 1300 余块壁画是白云山最有艺术价值的民间艺术之一。壁画内容丰富，形式多样，有色彩艳丽的大型工笔画，有描述神话传说的彩色连环画，有中堂、条幅式山水风景画，有色调淡雅的水墨花草画。这些壁画，都出自民间画匠之巧手，大都为明清之作，技法纯熟，保存了古代陕北民间绘画艺术的特色。据专家研究，三清殿《老子八十一化图》是全国道观中同一题材绘制较早、保存最好的壁画，关帝殿关羽征战故事的连环画在国内外其他道观中甚少见到，碧霞宫民国年间的壁画在全国道观中也很少见，真武大殿《真武祖师修道图》颇有价值。如此数量众多、极具价值的宗教壁画集于一山一观，在全国亦是不多见的。

应该看到，由于年代久远、墙体开裂、香火熏烤以及疏于管理等因素，白云观壁画也受到不同程度的损毁，急需得到有效保护。因此，整理出版白云山白云观壁画图册，提高人们对白云山宗教文化艺术价值的认识，增强文物保护意识，加强对物质以及非物质文化遗产的有效保护，不断涵养壮大中华民族文化的根脉，就有着特殊的意义。这无疑是一个有远见的举措，是值得称道的。

（《中国·佳县白云山白云观壁画》，文物出版社，2007 年）

诗魂书骨　大美不言

　　先生为当代中国画坛巨擘，诗词、书法、文章及学问亦颇负盛名。他对自己的评价是：痴于绘画，能书；偶为辞章，颇抒己怀；好读书史，略通古今之变（《范曾画传·题辞》）。他也颇受时贤的推崇。季羡林先生说："我认识范曾有一个三步（不是部）曲：第一步认为他只是一个画家，第二步认为他是国学家，第三步认为他是一个思想家。在这三个方面，他都有精湛深邃的造诣。谓予不信，请阅读范曾的著作。"（《抱冲斋艺史丛谈·庄子显灵记序》）

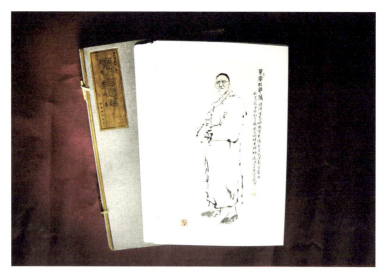

风云庆历见
纮里减粲无
忧莴古斩一
叶扁舟长浪
袅柱末江上惆
渔人

范仲淹与渔父

范曾作品《范仲淹与渔父》

　　"以诗为魂，以书为骨"，这是范曾绘画的显著特色，是他几十年创作甘苦的体味与总结，也是他为中国画提出的箴言。这里的"诗"，非直指古风近体，而是指诗的意蕴境界。范曾认为，举凡中国先哲深睿高华之感悟，史家博雅浩瀚之文思，诗家沉雄逸迈之篇章，皆为中国画源头活水。加之画家对宇宙人生，入乎其内，出乎其外，以诗人之眼观物，以诗人之舌言事，胸次既博大而格调又清新，其所创制故宫识珍，自非一般（《中国近现代名家画集·范曾·自序》）。范曾生长于诗人世家，一直接受诗歌环境之熏陶培养，且有厚实的儒、释、道等中国传统文化的滋养，因此其内心就蕴含着一份涵养深厚的诗魂，

49

这份诗魂又氤氲在他的笔墨深处。

所谓"书"，可以宽泛地理解为"笔墨"。范曾指出，中国画状物言情，必依托于笔墨。笔墨之优劣则视画家书法功力之深浅。古往今来，有笔虽遒健而未成大气象者，此失魂落魄者也；如笔疲腕弱而企成大气象者，则未之见，此魂无以附者也。中国笔墨为最具形式构成之特质、最具独立审美价值之艺术语言，中国画坛凡称大家作手，无一不以笔墨彪炳于世。魂附骨存，骨依魂立，诗、书于中国画之深刻影响于此可见（《中国近现代名家画集·范曾·自序》）。

就中国画的整体效果而言，范曾认为，中国画的诗意不只是体现在整个画面的意蕴风神中，同时也体现在每一笔的点画流美之中。诗、书、画在中国画上高度统一所构成的气氛，正是东方艺术最可自豪的特色。一个诗思滞塞的人，不会有灵动的情采；而一个笔力羸弱的人，画面也必然缺少凛然的风骨。凛然的风骨和灵动的情采之最深的根源，在于画家自身崇高的品德和博大的修养（《范曾诗稿·自序》）。

从一个艺术家的社会责任感和知识分子的良知出发，范曾近年来力倡古典精神的回归。物欲汹汹的商品经济大潮，对中国艺术发展带来很大冲击，一切与传统道德理想、价值判断联系在一起的社会审美旨趣均发生动摇，灵性渐失、精神无寄的现象日益严重。范曾认为，衡量艺术亘古不变的原则是好与坏，而不仅仅是新与旧。他全面思考了从老子、庄子以来的中国美学精神，《老子心解》《庄子心解》等一系列文章就是思考的结果。《庄子显灵记》则是他全面的艺术主张和对全部文化艺术问题思考的结晶，是对"回归古典"的艺术主张在理论上的构建。回归古典，就是要从自己民族的文化中寻找那些生生不息的活力，增强自身的造血机能，使古老的文明发出新的光耀。唯其如此，中国有指望在 21 世纪高张文艺复兴之大纛，使天下云集而景从，从 20 世纪人类艺术的诸多败笔中匡正扶危，自辟蹊径，大美不言。范曾指出，2500 年前的老子看透了生命成熟的危机，提出"复归于婴"，其实人类远古的纯净，确在宇宙的浑朴之中，在它和谐的大智慧之中，我们只有坚其内质，刻苦地掌握传统，然后才有可能去发展传统。

回归古典还有更为深刻的内容，即人文关怀精神的回归。这种人文关怀精神是对地球和人类命运的终极关怀，是着眼于追求全世界的和谐共生。这也是中国传统的忧患意识在新的时代的发展和提升。同样，它所要回归的古典文化，也超越了狭隘的民族主义和国家主义，需要以一种恢宏的眼光、一种健全开放的文化心态，对人类所有文化精华的摄取与回归。知识分子是责无旁贷的人文关怀精神的载体。范曾认为，这样一种人文关怀精神恰恰是应该在当代艺术家中提倡的。艺术家往往得社会风气之先，他们在和谐社会时代精神构建中可以发挥更多的作用。从根本上说，这也是艺术和当代社会、当代精神以及当代生存关系的体现。

范曾先生以画名世，认真读他的书、画、诗、文，会感到他在各个方面成就都很大。范曾艺术其实是一个整体，一个具有鲜明中国艺术、东方艺术精神的整体。体现民族创造力和民族精神的中国书画艺术的不断提高，与中国文化的建设与发展息息相关。范曾先生以自己40多年不懈的艺术追求、坚实的创作实践、丰硕的创造成果以及多方面的卓越成就为世所瞩目，不仅在中国书画的发展上起着有力的推进作用，而且为中国文化的建设和积累做出了积极的贡献。

故宫博物院举办的"回归与超越——范曾书画作品展"，集中了范曾1999年以来创作的书画精品，其中10幅捐献给故宫博物院收藏。人们从这些作品中将会得到美的享受，并领略画家在中国画发展道路上一往直前的风采。"天意君须会，人间要好诗。"（白居易《读李杜诗集，因题卷后》）我们期望范曾先生不断有好诗问世，不断有诗魂书骨的画作出现，庶几不辜负这伟大的时代、这充满希望的社会，以及为美好的未来而奋斗的人民。

（故宫博物院编《回归与超越：范曾书画集》，紫禁城出版社，2007年。本文曾载《紫禁城》2007年第4期、《美术》2007年4月10日）

从观念更新到艺术创新

　　故宫博物院是庋藏中国传统艺术的宝库，也应该是荟萃当代中国各个地区艺术创新精品的殿堂。因此，我们十分关注中国台湾美术界在继承传统和艺术创新方面的成功之作。

　　早在 20 世纪 80 年代末，故宫博物院已经接触了来自台湾的许多艺术家。1993 年，我们曾为台湾著名画家和艺术史家、台北故宫博物院前副院长江兆申先生举办了"江兆申山水画展"。2003 年又为他的弟子周澄先生举办了"台湾画家周澄书画篆刻展"。2004 年故宫博物院接收了台湾知名人士马寿华先生的后代捐赠的马寿华先生的 3 幅书

《宇宙心印：刘国松绘画一甲子》

刘国松作品《后门》

画精品。2005年10月，我们为庆祝故宫博物院建院80周年举办了"纪念故宫博物院建院八十周年中国当代名家书画展"，一批著名的台湾画家刘国松、周澄、何怀硕、江明贤等向我院捐赠了新作精品。在近20年里，我们还多次举办了有台湾画家参加的书画联展和来自台湾收藏家们的古代艺术品展。

今天，故宫博物院为刘国松先生举办他60年艺术生涯的回顾展，反映了老艺术家在各个历史时期的绘画新创，许多展品是来自国外博物馆收藏的刘国松先生的代表作，其中3件作品《后门》《静秀山庄》《四季册页》（A组）是刘国松先生向故宫博物院捐赠的力作，弥补了我院缺乏台湾绘画创新的精品之作的缺憾。随着时代的发展，这种弥补做得还不够，我们深情地关注着台湾同胞未来的艺术成就。

在两岸文化交流处在冰封的时期，刘国松先生克服了种种艰难险阻，是第一个打破坚冰、实现两岸艺术交流的台湾画家。1981年11月，经诗人艾青先生的推荐，49岁的刘国松先生作为台湾地区画家的代表从香港到北京参加成立中国画研究院开幕式的活动。1983年2月，刘国松先生在中国美术馆成功地举办个人画展。随后，在大陆的16个城市进行巡回展出，轰动了整个中国大陆的美术界。刘国松先生充满创意的水墨新风给当年正处在改革开放之初的中国画坛带来了一个新颖的天地。今天，刘国松先生的展览依旧迸发出强烈的艺术感染力和震撼力，充分显现出画家饱满的创作热情和持久的创新精神。

刘国松先生60年的艺术生涯是一个不断反思、不断探索的艰苦历程。他在艺术观念上的革命，发生了3次大的嬗变，经历了从崇尚民族传统到刻意追求西画的曲折阶段。他在1952年上大学二年级的时候否定国画，以7年的时间研习西洋画。20世纪60年代初，刘国松先生大彻大悟："模仿新的，不能代替模仿旧的；抄袭西洋的，不能代替抄袭中国的。"他重新回到东方绘画的笔墨世界，最终以中西合璧的绘画观念表现中华民族博大精深的文化精神。他开始尝试用笔以外的工具与技巧来作画，形成了"拓墨"技法。1968年12月，美国太空船阿波罗8号进入月球轨道，拍下地球和月球弧形表面的照片，刘国松深受影响。1969年初，刘国松的绘画和人类一并进入了太空时代。1986年，他经过了4年多画"太空画"的大胆实践，试验出"渍墨画"画法，开辟了一个崭新的绘画空间，表现出大气磅礴、深邃悠远、雄奇伟岸和迷离无际的宇宙世界。

刘国松先生成功的艺术实践来自他独到的艺术见解，其艺术理论的核心是树立反叛精神，他认为："'反叛'本是现代精神的一部分，其本质是反对一切既成的形式，其目的是创造一些世上所没有的，用以丰富人类精神的世界。"他认为技法的创新与材质的开发是一致的，也是同等重要的，是艺术创新的一个整体。刘国松先生所经历的技法革命，证实了这样一个道理：艺术家不是绘画工具的奴隶，而是绘画工具的主人，还应该是新工具、新材料的创造者。

刘国松先生所创造的新的绘画观念和空间、内容和表现手段及绘画材料，对一切从事创新型事业的人们，都具有深刻的启迪意义。艺术创新是没有极限的，除非艺术家的思维受到了禁锢，就和博物馆的收藏也是没有极限一样，除非我们收藏艺术品的观念停止了发展。

（故宫博物院编《宇宙心印：刘国松绘画一甲子》，紫禁城出版社，2007年。本文曾载《紫禁城》2007年第5期）

中比绘画 500 年

在中华人民共和国文化部与比利时王国总理办公厅合作筹划的"中比文化之春"活动中，"中比绘画 500 年"是一个必将引起人们关注的重要项目。

有历史学家认为，世界史应从 1500 年开始，因为 1500 年以前，人类基本上生活在彼此隔绝的地区中，直到哥伦布等进行远航探险才改变了这种状态。1500 年是人类历史上的一个重要转折点。不管怎么

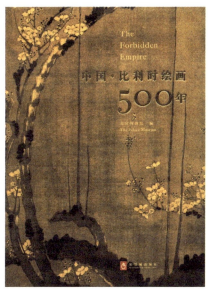

《中国·比利时绘画 500 年》

看待这个观点，从 1500 年以来的 500 年，世界确实发生了巨大的变化。因此，对 500 年来的中比绘画进行联展，本身就很有意义。500 年来中比两国绘画都有重大的发展与演变，都有新的特色，具有一定的可比较性和对话性。

这次展览的中国绘画的 500 年，大致是 15 世纪初至 20 世纪二三十年代，即明代初期至中华民国初年。中国古代绘画具有悠久的历史、丰富的遗产。到了明清两代，封建统治的基础没有变，但从明中期开始，资本主义萌芽已经出现，城市商业、手工业发达，商品经济活跃，市民阶层兴起，物质和精神产品的需求迅速扩大。与当时的经济发展、哲学思潮相适应，绘画艺术出现了平民化的趋势，受市民文艺影响的文人画勃兴且长久不衰，并出现了许多以地区为名或以风格相区别的绘画派别，如明中期的吴门画派、明晚期的松江画派和明末清初的遗民画家、清初期的"四王"、康乾时的"扬州八怪"，以及清宫廷绘画的"中西合璧"的尝试，产生了大批张扬个性、风格独特的画家。19 世纪中叶，上海经济迅速发展，许多画家云集上海，形成了"海派"。20 世纪二三十年代，一批画家努力探索中西画风的融合，中国画进入传统与现代、东方与西方共同繁荣的新时期。

同样，500 年来的比利时绘画也经历了一个不平凡的历程。促进比利时美术事业重大发展的契机是风靡欧洲的文艺复兴运动。在这场欧洲新兴资产阶级的思想文化运动中，艺术家在审美理论和实践中做出的开创性努力，标志着整个西方世界艺术风格和艺术进程的转折点。文艺复兴时期的比利时画坛，各种风格、手法竞相争艳。艺术巨匠鲁本斯是比利时的骄傲，他那强有力的个性和旺盛的创作活力促进了比利时巴洛克艺术的发展。从比利时独立以来，美术呈现出多样化的发展，并曾一度是新建筑和新艺术运动的先锋。比利时画坛一直充满生机与活力。

由于上述原因，将中比两国绘画进行陈列及比较，当然有着重要的意义。来自比利时国家美术宫筹集的西方绘画包括油画、水彩画、

［明］丁云鹏《三教图》轴

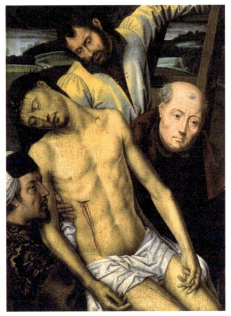

仿汉斯·梅姆林《基督降架和圣安德里亚》

素描、速写等画种，涉及人物画、静物画和风景画等画科，较为完整地展现了从佛兰德斯时期的凡·爱克、凡·戴克、勃鲁盖尔、包西、鲁本斯到比利时的麦尼埃、麦绥莱勒等数十位艺术大师的成长历程。

展览中的70余件中国绘画作品是从故宫博物院庋藏的5万多件绘画中精心遴选的，展现了自明代初、中叶历经整个清朝至民国初期中国画坛的艺术成就。在艺术史上，本展览囊括了中国500年主要画派领袖的代表作品，如明代宫廷的院体和浙派、江夏派、明四家和吴门派、松江派、武林派、勾花点叶派、青藤白阳派和波臣派，清代除了一批宫廷画家之外，涌现了四王、四僧、金陵派、常州派、扬州派（包括扬州八怪），直到清末民初的岭南派、海派、京派等等，还有许多游离于画派之外的名师巨匠如明代的陈洪绶、程邃，清代的吴历，近现代的黄宾虹等。

本次中国绘画的展陈，旨在使广大观众在艺术欣赏中感悟到东西方绘画在艺术观念、表现形式上的互融共通之处和各自不同的民族特色。具体来说有这么 3 点：其一，通过欣赏中国绘画，形象地感受古代中国的艺术哲学、人生观以及古代社会生活的诸多方面；其二，使西方艺术家了解中国古代画家艺术思维的基本方式，中国绘画的传承手段、创作程式、表现技巧和诗、书、画、印之间的艺术联系，以及中国绘画的展陈形式、装裱形制和保护措施等；其三，使艺术史爱好者较为系统地了解到 500 年中国各主要绘画流派和各主要画科的艺术发展，其中包括中国绘画在东西方艺术交流中所出现的新变。

以上几个方面的目的构成了本次展览不同凡响的重要意义：通过形象化了的艺术对话从理性认识上和感性认识上增进东西方文化艺术的互相了解，通过绘画艺术这个单一层面实现立体化的文化交流，使广大西方欣赏者感受到古代中国传统的人文思想。

故宫博物院确定了这次展览的主题，即体现在古代绘画中的"和谐世界"的艺术理念。由于中西绘画艺术的差异性，对于西方观众来说，要了解这一点，就需要和中国的传统哲学思想与审美观念结合起来，才能在欣赏中国绘画时达到一定的理解深度。

中国古代绘画与中国传统哲学关系十分密切，中国绘画中的许多概念，如道、气、心、物、神、意、韵、静、势、实、虚、风、骨、理、质等，原本就是哲学范畴。因此，中国传统绘画是一种哲学化的艺术。中国古代哲学家们认为，世间包括了天、地、人、物、我等，其相互间有着不可分割的内在联系，处理这些关系的最高原则，是"中和"为贵，追求和谐。儒家的"中庸之道"讲的就是这个道理。所谓"中"，就是指统一体的协调性和均衡性，适度，中允，不偏不倚，反对过与不及。"和"是传统的哲学概念，也是传统的美学概念，美就是和，和也就是美。西方哲学中的"和谐起于差异的对立"与这个观念基本一致，但不同的是，西方美学更侧重于对形式美法则的探讨，而儒家的中和思想与社会的政治伦理、修德养性则有密切的关系。

中国古代哲学所要解决的是三大关系问题：一是人与自然的关系，这在山水画里有充分体现，为"天人合一"，即人与自然相和谐的世界观。

天人合一观是中国古代的一种哲学思想，认为人和自然的关系不是对立的，而是亲密无间、相互统一的关系，认为"天地和谐"是最高的境界。因此，艺术家应将自己融入自然，在自然界中感受生生不息的生命力和诗情画意。在这种思想的影响下，许多文人画家隐居山林，追求自然情趣，重视天然之美。由于崇尚自然，中国的山水画得到很大发展，隋唐时期，山水画已经成熟。二是人与人之间的关系，强调"和为贵"，在人物画里显现出"人我合一"，以及中国特有的儒释道"三教合一"的诸教平等的思想等。因此，中国画很少反映激烈的阶级冲突和社会冲突，追求中和，多表现山水树木、鱼虫花鸟，即便是人物画，也多是"成教化、助人伦"的作品，表现人和自然的风土人情。三是关于个人的内心世界，重视道德的修养，主张心境的和谐。在中国文人看来，只有以虚静明澈的心灵，去观照、感悟大自然的美，才能达到"天人合一"的境界。而要具有这种心灵，必须抛弃功利杂念，进入"物化"之境，重视主体心境的和谐，以及这种心境与自然的契合。当然，中国绘画绝非图解哲学命题，而是以形象感染欣赏者，使之在审美享受中获得哲学般的教益。

这种传统哲学思想又与传统的审美观念结合在一起。其中最有代表性的是"意境"。"意境"是中国古典美学的重要范畴，也是中国传统绘画最富民族特色的审美标准。中国古代绘画追求意境与传统哲学的相互生发。意境是情与景的完美交融，它根本的美学特征是不满足于对有限事物的外在形式的模仿，而要在有限中去表现无限，塑造出"象外之象""景外之景"，从而能引发观众的审美想象。从这一要求出发，中国古代绘画强调"心物统一"。"心"表示审美主体，"物"则表示审美客体。"心"与"物"的交融统一是中国古代画论的重要范畴，但"心"并不是被动的，"心"可以驾驭"物"，在"心"服从"物"的前提下，"物"也要跟着"心"而转动。顾恺之的"迁想妙得"论就是对心物关系的生动论述。"迁想"就是画家要把自己的感情移入所描绘的事物，并发挥丰富的想象能力，才会有所"妙得"。崇尚意境的审美趣味，认为景越藏意境越大，景越露意境越小，从而把"虚、白、空、灵"看成是绘画追求的目标。要了解中国古代绘画，对这些美学特征是应该有所掌握的。

"中比绘画500年"展览是中比两国人民文化交流史上的一件盛事，是一次别开生面的东西文化的对话。它的深远影响，当然绝不仅仅在文化方面。我想这是肯定的。

（《中国·比利时绘画500年》，紫禁城出版社，2007年）

杨新的诗书画

在中国传统艺术门类中，诗歌、书法、绘画很有代表性。中国是一个诗的国度，层出不穷的诗人留下汗牛充栋的诗篇，传统诗歌至今连绵不绝且有复苏之势。书法艺术是伟大的华夏文化所孕育的一种独特的艺术种类，最典型地体现了东方艺术之美。中国传统的绘画艺术具有悠久的历史和鲜明的民族特色。书法与绘画又紧密联系。两者除了艺术工具相同外，在线条的节奏、笔墨的运行、意境的创造和生命意识的倾注方面，都有着相通相近之处。追求诗歌、书法、绘画兼擅的艺术活动，反映了中国古代文人的生活方式、艺术素养和审美情趣，

《杨新诗书画集》

61

也是中国艺术特有的奇葩。

在当代中国，诗、书、画兼擅者不在少数，但既事艺术创作又攻艺术研究者则不多，成就斐然者更是寥寥，启功、谢稚柳、徐邦达诸先生卓成一家，堪为此中代表。在这种情况下，《杨新诗书画集》的出版就值得关注。

杨新先生首先是一位学者。他在故宫博物院工作 40 余年，主要从事中国古代美术史论和书画鉴定研究，曾师从金维诺、王逊、徐邦达、启功等著名美术史论家和书画鉴定家。由于他喜好读书，文史知识涉猎较广，有比较好的基础，因此在古书画的研究上颇有成绩，为世人所瞩目，并被聘为国家文物鉴定委员会委员。例如在大英博物馆关于《女史箴图》研究的演讲，从断代入手，结合内容考证，推翻了千年以来认为是东晋顾恺之作品的说法，确定为北魏孝文帝时期的宫廷画，引起很大反响。又如对被传为顾恺之的《列女仁智图》，他根据考古

杨新作品

发掘出来的大量图像对比，再据文献考证，定为东汉时期的宫廷绘画，认为不是顾恺之所能描绘得出来的。杨新先生撰有百余篇研究论文，对"故宫学"研究做出了很人的贡献，出版有《杨新美术论文集》，将要出版的有《杨新书画鉴考论集》。

杨新先生曾担任故宫博物院副院长 14 年，主管全院业务工作，在提升和促进博物院的业务方面也同样做出了成绩。他所主持策划的"清代宫廷包装艺术展览""中国陶瓷真仿对比展览"，都被评为国家文物局当年十大优秀文物展；组织并亲自担任讲课的三期"中国书法古画鉴定高级研讨班"，在国内产生了很大影响；组织策划编写的《龙的艺术》、《藏传佛教艺术》以及《故宫博物院藏文物珍品全集》60卷等，为推进故宫的学术研究和人才培养做出了贡献。

以上所说杨新先生在书画研究和鉴定方面的成绩，已为人们共知，至于他在诗、书、画创作上俱有擅长，则很少为人所清楚。主要原因是他把精力多用在学术研究及领导工作上，艺术创作只是偶一为之。另外，即是他为人不喜张扬。退休以后，工作压力减小了，才有时间从事创作。杨新先生幼好绘画，曾以木炭于粉墙作人物树屋，父母不以为过，乡人多所夸奖。后就读于广州美术学院附中，打下了较好的绘画基础。中央美术学院的深造，使他得到更大的提高。他是中国美术家协会会员及中国书法家协会会员。画风既不保守，也不追求时尚。作风写实，格调清新，富于诗意。书法擅长行书，不专学哪家哪法，尚意、唯美而已。至于写作旧体诗，遵守格律，感事抒怀，寄情山水，以诗论画、评画，能传情达意。

杨新先生的书画，是对传统的文人书画精神的继承，可以说是新文人画。在古代中国，书画艺术并非为职业书画家、画工所专有，封建文人士大夫也大多沉浸其中。在宋代，文人士大夫把书画视为高雅的精神活动和文化素养，文人画开始形成。元代的绘画艺术更加重视主观意趣和笔墨风格的表现，文人士大夫的绘画跃居主导地位，此后影响数百年，绵绵不已。文人书画讲求自娱、高雅、适意、纵情、放逸。

生活在当今时代的杨新先生，虽受传统文人画影响，尚意、自娱、唯美，但又在创作中自觉地注入新时代的内容，反映着特有的感受，寄托着自己的情感和理想，因此又在继承中有所发展。这些都是我们在欣赏中不能不注意的。

（《杨新诗书画集》，文物出版社，2007 年）

师古人之心

文化艺术存在的基本要素之一是必须有人为之传播，使之繁衍。在传播、繁衍的过程中，既保留了先前的文化艺术，又孕育出新的文化生命，生生不息、代代相传。一个民族，一旦没有人为之传播其文化，这个民族的文化遗产甚至这个民族的精神都将濒临消亡；一种艺术，一旦没有人为之传播其形态和精神，这种艺术的表里亦将消弭。可见，传播者是民族文化的典守者，正因为有了他们，中华民族才有了五千年的文化历史。

中国的绘画艺术则更是如此，其传扬的基本方式是临写和模仿，这是继承绘画传统的重要方法之一。绘画史上出现的许多名师巨匠都是从临摹先贤名作入手的，直至暮年，终获成功，这深刻地说明了继承绘画传统是一个多么漫长的寂寞之道。譬如，在民国至新中国成立初期，绘画界有一位功力型的艺术高手，要不是国家文物局在 1989 年将他的绘画精品列为国家限制出境的对象，他几乎要被当今的年轻人忘却了。

我们应该永远记住这位长者的名字，他就是吴桐（1894—1953），原名桐生，后改名为桐，字琴木，号冷风居士，取唐代诗人崔信民诗句"枫落吴江冷"之意，别号苍梧生，江苏吴江震泽人氏。吴琴木先生从小酷好绘画，成年后在家乡当私塾先生。吴先生继承传统绘画与当时江南的大收藏家庞元济的缘分密切相关。1914 年，吴先

生到浙江湖州南浔镇庞元济的虚斋里研习、临摹和管理他收藏的历代
书画，可知吴先生研习绘画的起点是很高的，这影响了他一生的艺术
生涯，与他几乎同时在庞虚斋那里获益的还有陆恢、张大壮等海派高手。
1924 年，吴先生随着庞家收藏地点的转移也来到了上海，在交游、师
承、写生等方面进一步开阔了艺术眼界，在那里举办了多次个人画展，
与当时同在上海的吴湖帆、张大千结交甚密。

吴桐作品《万横香雪》

　　吴先生的本质是一位传统文人，20 世纪 30 年代在上海诗坛颇有声望，系"鸣社"成员，其古体诗的风格雄壮沉郁，读来令人感奋。他的书风与其诗风相合，行笔劲爽，飘逸洒脱。这些，在吴先生的画中多有体现，形成了他继承、研究传统绘画的基本素养。

　　吴先生画风较为广博，工笔、写意、山水等皆为其长。他主擅山水，兼作花鸟，旁涉人物。他临仿先贤的名迹绝不偏于一家，而是博采众长，甚至两种对立的画派他都能够兼收并蓄，如他能将清代开拓型的石涛和传统型的王原祁两家的山水画风融会在其心里。他由临仿清初"四王"、"四僧"、龚贤、"扬州八怪"等名贤的真迹起步，直到明代"吴门画派""青藤""白阳"，以及元代赵孟頫、高克恭和"元四家"等人的笔墨精粹，上探北宋的李成、范宽、郭熙、李公麟、米芾的艺术程序，最后一直上溯到五代的董源、巨然等山水画巨匠的画风之源。

　　值得注意的是，吴先生在 20 世纪 40 年代中期以后的绘画，已经将所师法和模仿的历代名家的造型、画法、笔墨等融为一体，十分自然地从自己的腕底流出，开始形成了画家个人清逸雅洁的绘画风格。在他生命的最后 10 年里，画家走出书斋画室，面向大自然直接写生，漫游大江南北，遍览名山大川，胸罗丘壑已是万万千。在他的笔下出现了许多艺术创新的端倪，如他的《和退醒庐诗游黄山诗意册十八开》，笔墨十分清新朗润。画家还开始关心当时的乡村生活，作有《农家乐》，并关注国家前途和民族命运，特别是 1952 年他为抗美援朝捐画以购买飞机大炮，表明了他的爱国热忱。不幸的是，在他 60 岁正要迈上衰年变法的路程时，便永远倒在了 1953 年的艺术里程碑旁。如果天假以年，他也会像衰年变法的黄宾虹那样，在晚年创造出一个崭新的艺术天地。

　　半个多世纪之后，现代社会的生活节奏日益加快，物质财富的积累速度成几何级数增长，投资者在数月之内甚至在更短的时间内成为暴富的事例屡见不鲜，在运作规范的条件下，这对社会的发展无疑有积极的作用。但是，艺术道路上，如果缺乏恒心，急功近利，很容易产生在短期内获得艺术成功的投机心理，伴随而来的是浮躁、焦虑、自满等情绪，在这些情绪下创作的作品，不可能留下功垂千载的笔墨艺术。绘画艺术的发展既有赖于经济的发展，也有其自身的发展规律，一个成功的艺术家不经过数十个寒暑的磨砺和积累，是不可能得到社会公众的认可的。

《吴琴木画集》的出版，再次肯定了继承中国古代绘画传统的艺术道路。这并不是鼓励年轻一代的艺术爱好者一味模仿古人，更重要的是希望欣赏者不妨沉浸一下他们温文尔雅的心境，不妨体味一下他们恬淡平和的心态，不妨感受一下他们对先哲笔墨的理解。吴先生实践了石涛关于师古人之心重于师古人之迹的画理（见《大涤子题画诗跋》）。"师古人之心"不等于排除"师古人之迹"，关键在于要通过"师古人之迹"达到"师古人之心"的目的，这个"心"，就是古人所蕴含的艺术创造力。

吴先生的可贵之处在于，他并不拘泥于古人的某家某派，而是一位得"古人之心"的集大成者，也是一位渴望创新的艺术家，这是通向艺术成功最艰苦的路途。吴先生没有走完的艺术道路，是当今艺术发展的趋向。虽然过去了半个世纪，以文化传统为基础，以艺术创新为目标，依旧是每一位画家面临的艺术前程。

（本文为作者应吴桐先生家属之请，2008 年为《吴琴木画集》所写的序言。）

不古不今　亦古亦今

　　饶公选堂先生尝针对陈寅恪先生自言平生为"不古不今"之学，而自称平生喜为"不古不今"之画（《选堂八十回顾展·小引》）。此"不古不今"四字，原出自西汉扬雄《太玄经》，称"童牛角马，不今不古"，为世所罕有。自北宋苏轼称许宋子房之山水，谓"不古不今，稍出新意"（南宋邓椿《画继》），后之学者画家，遂常以此四字品评人物。但所谓"不古不今"者，实则"亦古亦今"也。

　　相传孔子尝曰："吾闻老聃博古知今，通礼乐之原，明道德之归，则吾师也。"（魏王肃《孔子家语》）后世儒者遂皆崇尚"古今"之学。西汉名儒公孙弘称博士弟子应"通古今之义"（《史记·儒林传·序》），东汉班固谓司马迁著《史记》乃欲"通古今之变"（《汉书·司马迁传》），盖为其显例。故所谓"不古不今""亦古亦今"者，与夫"古今"之学，其义一也。而选堂先生作为一代大儒，其潮州颐园学术馆，尝以"陶铸今古"为门联，此次故宫博物院举办先生学艺历程展览，又以"陶铸古今"为主旨，不仅将"古今"陶铸于学，亦且将"古今"陶铸于艺，亦为世所罕有而稍出新意也。

　　此次故宫博物院举办之"陶铸古今——饶宗颐学艺历程"展览，凡有书画展品108号（前68号为画，后40号为书），虽不同时期皆有代表，但以近年新创为夥。内有10号（前8号为画，后2号为书），将捐献故宫博物院珍藏。其展捐之品，均经过严格遴选，释道书画不少，尤见选堂先生"不古不今""亦古亦今"之陶铸"古今"特色。

释教人物花卉甚多。人物以《达摩》《印度风格佛像》最具特色。《达摩》为20世纪60年代旧作，2007年补题清石涛"迷时须假三乘教，醒后方知一字无"诗句，所谓以后人禅偈诠前人禅心者也。《印度风格佛像》为2008年新创，自称"以古天竺壁画描法"，即以外国笔法描外国人物者也。花卉主要为荷花。选堂先生尝融泼彩、泼墨、白描、金碧、双钩、没骨、浅绛、减笔诸法，另创饶氏画荷新法。2001年于国家博物馆展出高8尺、宽18尺之巨幅荷花，数尺荷梗一笔而就，观之令人惊心动魄！此次所展《金笺荷花》《荷花六连屏》，分别为2007年、2008年新创。《金笺荷花》题北宋王荆公（安石）"能了诸缘如幻梦，世间惟有妙莲花"诗句，《荷花六连屏》题唐释齐己"大士生兜率，空池满白莲"全诗，皆所谓以古人诗意寄今人禅意者也。另有巨幅书法北宋周敦颐《爱莲说》，亦为2008年新创，自称"以唐宋人草法成之"，则所谓以古人草法抒古人心法者也。

道家山水意境以《金碧仙山楼阁》《目送飞鸿》最具特色。《金碧仙山楼阁》为20世纪70年代旧作，2008年补题画名。元张渥有《题金碧仙山图》诗："丹崖翠壁五云间，此是蓬莱第一山。笑指碧桃花发处，玉鸾曾载月中还。"（元顾瑛《草堂雅集》）可知为道家山水。选堂先生皴法（似已融披麻、卷云、解索、牛毛、雨点、小斧劈、大斧劈诸氏皴法，另创饶氏新皴法）与泼彩法并用，盖欲以新笔法写旧山水也。《目送飞鸿》为20世纪60年代旧作，2007年补题三国魏嵇康"目

送飞鸿，手挥五弦"诗句。此诗后两句为"俯仰自得，游心太玄"。可知为道家意境。史称东晋顾恺之重嵇康四言诗，画为图，尝云："手挥五弦易，目送飞鸿难。"（《晋书·顾恺之传》）选堂先生避易就难，盖欲以今之人心游古之道心也。另有巨幅书法《道君余馥》，亦为2008年新创。"道君"为北宋徽宗。史称徽宗尝"讽道箓院上章，

《焦墨西麓小湖诗书画卷》（局部）

71

饶宗颐代表作品

册己为教主道君皇帝"（《宋史·徽宗纪》）。《道君余馥》所写为徽宗"秾芳依翠萼，焕烂一庭中"全诗。徽宗此诗原用"瘦金体"书之。此体相传出自唐代薛稷。选堂先生题曰："徽宗书出自薛稷，融贞干之笔，为窈窕之姿。余以爨龙法树其骨，可免荼弱。"北宋米芾《海岳名言》尝讥薛稷"大字用笔如蒸饼"。故选堂先生须以南朝宋《爨龙颜碑》折刀之笔救之。此盖欲以前人笔法树后人书骨也。

余尝撰文评选堂先生《布袋和尚》及《青城山水》二画，名为《儒生本质，释道情怀》，论者以为颇中肯綮。自唐以降，儒生寄情释道，所以成为风气，亦与儒释道三教融合大势相关。选堂先生之学艺，不仅陶铸"古今"，亦且融合儒释道三教。故所谓陶铸者，与夫融合，其义一也。而所谓融合者，与夫和谐，其义亦差近焉。此次展捐之品，有选堂先生 2006 年以水墨画布大写"和谐"二字，及 2008 年新创《和谐、长乐花卉画联》。则选堂先生陶铸"古今"，融合儒释道三教，追求之精神，莫非"和谐"二字欤？

是为序。

（《陶铸古今：饶宗颐书画集》，紫禁城出版社，2008 年）

行彼大道

　　中国的传统文化是一个积累、渐变的过程，研习中国传统艺术更是要厚积薄发。正如前人所讲，艺事须有高尚之品德、卓越之识见、厚重渊博之学问等。子恺从事艺术创作研究 20 年，深深领会了其中的道理。他在勤于笔耕的同时，能更加重视理论与实践的同修、艺品与人格的升华、传统与现代的结合，体悟古人佳作的高妙之处。有了上

马子恺篆刻作品

述积累，子恺在创作上就日见精进了。他的作品可贵之处在于意境不仅高古，而且清气畅和，在锐意创新的同时又没有落入时俗套路，挥洒自如的笔迹之间展现出一派生机。这种寓动于静的艺术观点，十分符合东方的传统艺术精神，这在当今十分难得。

有艺术的美妙境界就不会缺乏知音。认识子恺多年了，能感觉到他一直勤奋地行进在艺途大道上。看到许多当代名家对他的人品、艺品做出了高度的评价，真为他能得到这么多人的认可而感到高兴。在他新作即将出版之时，我祝愿子恺取得更大的艺术成绩，不辜负这个时代与大家的期望！

（《马子恺艺术作品集》，中国美术学院出版社，2008年）

品味生活

　　"天地有大美而不言。"更多的时候，美，是需要用心去感受的。看张晖女士的摄影集《流淌的时光》，可以感受到她用心带来的美和意境。唯其"真"是意境，是美，也是诗；唯其"真"，是认真生活，认真摄影。

　　张晖女士走上摄影之路，时间不算很长，却不断前行，进步很大。不论是参加协会社团组织的各种外出采风活动，还是向摄影界诸多前辈，如吕厚民老先生，朱宪民、胡颖等老师请教经验，都秉承了"认真"的执着劲头。世上的事就怕认真，认真就会有进步，就是成功的基础。到今天，张晖的摄影作品多次参加国内国际摄影展出，并颇受好评。

　　一幅好的摄影作品讲究的是意境。好的意境可以引导观者深入其中，品读和领悟，进而体味人生。张晖的这本摄影集主要收集了她这几年的黑白作品，她擅长彰显在逆光的状态下被摄主体的美感，画中有诗，诗中有画。摄影作品往往也是个人情感的体现。张晖性格热情开朗，作为事业成功的新时代女性，她的作品不少是在沉稳的画面上展现主体的灵动性，给人动静皆宜的美感，透着清雅和谦和的风格，这也是她高品质生活的写照吧。

　　所以，读这本摄影集，你最好在有阳光的午后，品着一杯清香的茶，慢慢地读。

　　（《流淌的时光》，香港中国旅游出版社，2008 年）

也无风雨也无晴

    在 20 世纪中国美术史上，张仃先生以其 70 余年多姿多彩的艺术人生及卓越的艺术贡献而蔚为大家，影响甚巨。他的建树是多方面的，盛名历久不衰。他作为当代著名的国画家、漫画家、壁画家、书法家、工艺美术家、美术教育家、美术理论家，在每一个领域都有世所公认的成就，是 20 世纪中国艺坛上难得的通才。

    张仃先生有着传奇般的人生经历。从辽北农村一个热血沸腾的爱

《丘壑独存：张仃画集》

张仃作品《故宫雪柳》

国少年，到北平美术专科学校的年轻学生，后又孑然一身漂流于南京，继而成为大上海小有名气的漫画家。1938 年，21 岁的张仃到了延安，执教鲁艺，从此开始了他的革命文艺生涯。新中国成立初期，张仃先生设计了全国政协会徽，领导中央美院国徽设计小组参与国徽的设计，并担任了开国大典中天安门广场的总设计。1979 年，他主持了首都国际机场候机厅的大型壁画工程，创作了大型壁画《哪吒闹海》。而他作为中央工艺美术学院的院长，在艺术教育、人才培育方面的贡献，亦为人们所称道。张仃先生身处时代的激荡之中，始终充满着理想与激情，坚持着探索与追求，守望着精神家园与艺术底线。他不仅亲历了一系列重大事件，而且用艺术记录了历史烟云和社会变迁，用艺术反映了审美理想和人生意义。

张仃先生崇拜鲁迅。他在北平美专上学时就读过鲁迅的作品，耄耋之年还在读，他深有感触地说："还是鲁迅的好。"他当年画漫画，批判时政，正是从鲁迅先生的杂文里得到的启发。鲁迅对绘画艺术有许多精辟的论述，"五四"时期就期待中国美术界出现"进步的美术家"，认为"美术家固然须有精致的技工，但尤须有进步的思想与高尚的人格"。鲁迅的崇高人格和立足本土、熔铸古今东西的巨大创造力，深深地影响着张仃先生。而张仃先生就是鲁迅所希望看到的"进步的美术家"。张仃先生发表于1942年10月18日延安《解放日报》的《鲁迅先生小说中的绘画色彩》一文，反映了他对鲁迅艺术思想的深刻认知。鲁迅始终关心人类命运、关心民族兴亡，张仃先生的一生就是在鲁迅的旗帜下，不断将自己的艺术和人类命运、民族兴亡联系在一起的。在他的作品中，倾注着人文关怀、家国意识。晚年的焦墨山水画，则贯穿着人与自然这一亘古不变的基础主题。

"它山之石，可以攻玉。"这句体现了中华民族智慧的古语，被张仃先生用作警诫自己的座右铭，并以"它山"作为自己的别号。"它山"反映了一种艺术理念，即开阔的艺术视野、兼收并蓄的艺术气度。"它山"，包括各种有益于艺术素养提升的方面，既有滋养自己一生的作为母体艺术的民间艺术，也有西方现代艺术。他对毕加索、凡·高、鲁奥等西方艺术家作品的喜爱，与对中国传统民间的门神、剪纸、泥人等民间艺术的喜爱如出一辙，而且在他看来，这些东西方艺术有着相通的精神渊源。张仃先生的这种艺术追求被称为"毕加索＋城隍庙"，其博采众长，厚积薄发，不仅使他打通了各个艺术门类之间的内部关联，集多种艺术于一身，而且走出了一条自己的路子。

张仃先生作为国画家，对于20世纪山水画的发展做出了重要贡献。1954年，他和李可染、罗铭的水墨画写生与联展，破解了中国画改造的难题，为传统中国画在新社会的发展开辟了一条新的道路，被誉为"中国画革新的里程碑"。多年来，他坚信生活是艺术源泉的观点，并认为这个观点即使到将来都不会过时。明清以来山水画之衰落，原因很多，但最根本的原因就是脱离了生活，闭门造车，强调师承，绝少创造，形成公式化、概念化的山水八股，受到了以鲁迅为代表的新文化运动精英的批判。张仃先生强调画家要到生活中去，到自然中去，通过写生获得新感受，处理新题材，发展传统技法。因此，他践行着自己的艺术信仰，跋山涉水，面对自然，把每次写生都看成是朝圣。可是，他坚持写生，并不主张照搬生活。他说，写生过程就是艺术创造过程，有取舍，有改造，有意匠经营，有意识地使感情移入，以意造境，达到"情景交融"。

张仃先生是一位勇于探索、不断创新的艺术家。他尊重传统，热爱传统，但讨厌公式化、概念化地画画，实际上他一直是在向传统挑战，希望从传统中跳出来。他不重复别人，也不重复自己，晚年焦墨山水的实践与成就，就表现了他巨大的创新能力。焦墨作为一种绘画语言，从未在"水墨为上"的中国画传统中居于重要地位，因此，对于焦墨山水，前人也只是偶尔为之，而张仃先生却发掘出焦墨的艺术表现力，倚重传统笔法，吸取民间艺术养分，把焦墨笔法和墨法发展成一套完备的艺术语言，呈现出代表他的个人风格。其所作山水，笔力遒健，构图缜密，画面苍健却显腴润，风格朴拙而雄强。这种浑厚华滋的视觉语言，既发展了西方风景写生的再现眼前实景的方法，又延伸了中国山水造境的表达胸中丘壑的传统，极大地开拓了中国山水画的艺术空间。

张仃先生也是与故宫博物院有缘分的人。故宫所藏历代名画，他最为钟爱。20世纪50年代他在中央美院任教时，为了强化学生的中国画基本功，曾带学生到故宫来上课。他笔下的故宫、景山，渗透着他对中华传统文化深深的情愫。这次故宫博物院举办张仃先生的书画展，其中又有他捐献给故宫的10幅珍品，对于故宫及张仃先生来说，都具有不同寻常的意义。

2008年初夏的一天，我曾去京西门头沟山中一栋石头砌成的居所拜访张仃先生。树木葱茏，环境幽静，先生或读书，或写字，或抽着烟斗凝思，心境平和，宛如返璞归真的童子，安详而达观地栖息于自己的精神家园之中。这是绚丽、激越至极所归于的单纯、恬静。此时，我想起了苏东坡的一句词："也无风雨也无晴。"

（故宫博物院编《丘壑独存：张仃画集》，紫禁城出版社，2009年。本文曾载《紫禁城》2009年第5期）

泥火燃情

　　中国文化发展的历史是一个连续体。在其源远流长的文化历史进程中，艺术的各个门类生灭继替，演化流传。或许，正是这众多的因素相互碰撞、相互激荡，生发出来、飞溅起来的思想浪花，才形成了多元的文化格局。

　　所有的艺术形式都有其自身独立的艺术语言。宜兴均陶堆花艺术，以其独特的成型方法、特有的表现工艺，在浩繁的中国陶瓷文化史中与宜兴紫砂、宜兴均陶并称为"宜兴三绝"。传统的均陶堆花艺术之所以成名，是因为它使"均釉"与"堆花"两大工艺形式集中于一体，既有"堆花"的堆贴工艺，又有"均釉"的釉色特点，表现出来的作品、视觉感受极其独特。

　　明代创始期的均陶堆花手法，表现为简单的"堆塑法"和"印模贴法"，使用极少的辅助工具，制作程序也相对简单。发展到清中期，则同样经历了"堆塑法"和"印模贴法"，后来逐步形成了"平贴法"，辅助工具也增加了，工艺手法从探索中逐渐走向成熟。成熟期的均陶堆花则从"平贴法"的浅浮雕状，拓展到比较精细的薄雕状的堆贴方法，这时艺人们开始尝试用腕力功夫与大拇指技巧进行堆花创作，并逐渐形成了被后世普遍采用的、纯大拇指技艺的均陶堆花工艺手法。

　　我们从传统的均陶堆花工艺看，采用最多的是"平贴法"。凸起的画最多仅有数毫米厚，其深浅、浓淡的区别也只在毫厘之间。为了充分发挥均陶堆花可塑性强的特点，更好地展现其艺术魅力，当代均陶堆花大师李守才先生在继承传统工艺的基础上，首创了"立体高浮雕堆贴法"及"累雕堆贴法"，增强了均陶堆花艺术作品灵动俊美的视觉效果。由于这一突破，使均陶堆花冲出了原来仅仅作为陶器作品上点缀装饰的范畴。作品坯体的形态变成了从属于艺术主体的载体，而堆花则成为主体艺术的首要表现形式。均陶堆花从传统的、以实用为主的装饰用器，走向以表达作者情感想象的艺术作品，提升了均陶堆花这一品种的文化内涵。其工艺表现手法又被广泛移植到紫砂、青瓷等门类作品的装饰表现中，对当代从事均陶堆花的创作者，从表现和艺术观念上都产生了很大影响。

观守才先生的作品，无论是器形的大小，还是主题的变换，他都能绝妙地把握材质特性和工艺特点，并将其进行淋漓尽致的发挥。他在泥性的肌理中，自然而然地贯注了自身的艺术想象和追求。在这里，主题的流变，也可以说是历史、文化发展的必然性与偶然性的交相作用。

在国际性与民族性中，他努力找寻结合的可能，从其他的民族艺术形式中汲取养分，丰富了均陶堆花的艺术语言。他深知只有保持民族文化的魅力和本土风格的特色，才能使作品具备足够力度。当然，明确民族身份绝不意味着民族文化元素的生搬硬套。

他坚守着泥与火的质朴，捕捉与观照着他所钟情的均陶堆花艺术，最终形成了色彩斑斓的艺术世界。

（《泥火燃情》，紫禁城出版社，2009 年）

蕴藉与洒脱

　　我与学超先生相识于 40 年前。那是一个充满狂热与浪漫的年代。我们两人一个是骊山脚下华清中学的"笔杆子"，一个是秦都咸阳第二中学的"大秀才"；一个是《新临潼报》的编辑，一个是《新咸阳报》的主笔。"恰同学少年，风华正茂"，都自以为是"天将降大任"的"是人"。当年我曾去咸阳访问，在学超的办公室兼宿舍联床夜话，不知东方之既白。聚在一起，就会编织出一大堆梦想。不管说了多少傻话、

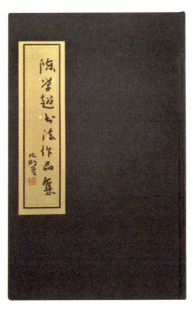

《陈学超书法作品集》

梦话，但那向上进取的青春激情，至今让人回味、眷念，温热可感。

学超出身书香门第，幼承庭训，随父亲习欧、赵、二王，后赴京师求学，师从启功、郭豫衡等国学大家，更上追甲骨、金文、汉简、六朝名作，下探唐、宋、明、清及近代翰墨佳构，读帖、临帖，篆、隶、楷、行、草各体皆习，奠定了良好的书法基础。

我知道学超在北师大读博士研究生时的专业为中国现代文学思想史，以后更涉及比较文学、文艺美学、中国文化史、汉语国际教育、国际汉学等人文社会科学领域，并未有心做书法家。然"书为心画"，有学问家的蕴藉，有艺术家的洒脱，有良好的书法功底和国学涵养，一旦静心临池，其境界即非一般文字匠所能比拟。学超长于行草、篆、隶，其行草师法二王，自然流畅，秀逸清奇；篆隶学习两汉书简，淡雅古朴，温润含蓄。各体均不失法度，而又自成一体。他对自己，对学生，均要求悉心临碑，摹写名家作品，在继承传统的基础上创新；对坊间以乱涂、狂怪为创新，以投机取巧、虚张声势炒作的风气，学超则视为恶习，目为歧路，不以为然。学超认为，有些没有书法功底的所谓现代书法，其实古人也都有过类似的尝试，并为时代所淘汰，我们没有必要再重复古人的错误。

学超在美国、日本和中国香港执教 16 年，又回到古都西安，担任陕西师范大学国际汉学院院长，亦足见他对中国传统文化的钟爱和眷念。国际的视野、家国的情怀，共同铸就了他当前的文章、文字，难怪贾平凹先生称之为"海归书法"。愿学超的书法以他独特的境界、独特的人格、独特的追求、独特的技法，在当今浩如烟海的书法世界独树一帜。

（《陈学超书法作品集》，陕西师范大学出版社，2009 年）

天地的痕迹

应力先生的《天地痕迹》摄影集即将付梓，嘱我作序，作为他的朋友，自是由衷地高兴，不禁欣然命笔。

应力先生多年政务繁忙，尽职尽责，为人称道。然岁月奄忽，如今终能有些许闲暇倾心于摄影，以轻松心态亲近大自然，神与物游，感受喜乐与祥和，既是人生的乐事，也开始着摄影艺术的探求。

观应力先生的摄影作品，大气磅礴，精彩纷呈，人们能从光影交织中看到他灵性的感悟与表达。应力先生虽不是摄影大家，但多年游走于世界各地，对天地自然有着更多的阅读和体验，这本《天地痕迹》只是他见证地球的一个个瞬间表达，但从中也可看出他独有的眼光、他的审美趣味。总的来说，他的作品沉潜多思、内敛含蓄、朴实真诚，饱含着对大千世界的喜悦与感动。他的作品与他的为人一样，共同彰显着对美好事物的渴望和追求。

摄影不仅是时间的定格，每张照片其实也在印证着时间的绵延。它提醒我们生命必将消逝，而以摄影捡拾历史和生活的碎片则让我们更为珍惜现在。期望借助摄影艺术，留下刹那的美好图像，以供我们细味昔日情怀，感怀春秋更迭，也期待应力先生有更多更好的作品问世。

（《天地痕迹》，长城出版社，2009 年）

美的创造

　　任国恩先生是一位独特的艺术大师，将风光摄影家和邮票设计家的双重角色集于一身，勤奋而专注，敏锐而严谨，数十载潜心磨炼，厚积薄发，取得了很高的创作成就。

　　生为中国人，既搞摄影，又做邮票设计，专业责任非同小可，一定要有大视野，展现泱泱大国的审美风度。遍察世界风貌，我们国家享有最丰富的自然景观；尽览人类社会，我们民族保持了最完美的历史文化。神州山河诚如古诗所赞："窗含西岭千秋雪，门泊东吴万里船。"炎黄传统更似云龙播雨，撒下无数胜迹。怎样表达祖国的自然景观和民族的历史文化？这是十分困难的问题。然而，任国恩先生敢于承受考验，不断地用他的创作提供令人惊喜的答案。

　　在祖国的自然景观中，黄河名声最响，毫无疑义地居代表地位。对于这条母亲之河，摄影家必须调动极高的智慧和才华，执着地探索它的内在潜力，才可能真正展示其壮美。任国恩先生的作品《黄河壶口》达到了这种神奇的境界。据说，他是系着绳子吊坠到峡谷水面，选择了极端的低视点，采用仰拍手法，将右侧水雾和岩石的亮光与左侧瀑布的暗影组合起来，构成生动的壶口轮廓，加上前景纹理清晰的波涛，让所有的画面元素完整地推出一个主题：以"黄河之水天上来"的雷霆万钧之势，使人联想到中华民族自强不息的伟大精神。

　　在民族的历史文化中，长城保存了2000余年定边抚远的梦想，是东方儿女的性格和命运的典型象征。对于这道父亲之墙，许多摄影作品从分歧的立场进行了阐释。任国恩先生的作品《长城烟云》别具一格，给人突获新意的强烈感受。他站在长城顶端，选择了陡峭的高视点，采用俯拍手法，强调夸张的前景，让深色的山林衬托浅色的城堞，使长城苍凉残缺的遗容尽现眼底，然后把视线引向楼台平稳的中景和烟云迷蒙的远景，仿佛在启发人们深沉地思考从过去到未来的路程应该如何走下去。这正是我们改革开放初期时代风貌的真实写照。

　　任国恩先生的摄影作品不仅表现激情澎湃和忧患意识的主题，更多的还是追求比较纯粹的美感。在《黄山梦笔生花》的画面里，他将中心内容大胆地作为右侧中景的小焦点，让左侧挂缀冰雪的大块松枝占据前景而倾斜着发挥引领作用，使你去关注孤立于云海之前的岩峰及其头顶的树影，妙趣横生，出人意料。《西藏阿里月升》用浓重的阴影作为前景的底部，托起被月光照亮的左小右大的两座嶙峋山岩，形成围拢月亮的框架，强有力地突出了悬挂半空的月之美。整幅作品构图简洁、主题明确，有显著的高原特色，细节特别逼人。再看《腾

《任国恩摄影艺术与邮票设计》

任国恩邮票设计作品

格里沙漠》，沙海的褶皱在前景若隐若现，沙丘的弧线优美地斜贯中景和远景，而在远景左侧的尽头走来两峰骆驼和一位行者，虽然舍弃了天空，但是封闭的画面极有生气，令人神往。

将摄影作品导入邮票设计，这是任国恩先生得心应手地融合两类专业的特长之处。他为此钻研工作了 30 多年，夙兴夜寐，孜孜不倦，永远不满足，总想更上一层楼。

邮票是近代文明的产物。1840 年 5 月，在欧洲工业革命的推动下，英国印制发行了世界上第一枚邮票——以维多利亚女王头像为中心图案的"黑便士"邮票。1878 年，清朝向西方学习，印制发行了我国第一枚邮票——以龙为中心图案的"海关大龙"邮票，距今已有 130 年之久。邮票作为邮资凭证，属于有价证券；作为审美对象，又属于艺术作品。各国政府都喜欢将本国最有代表性、最引以为骄傲的事物变成图案印制到邮票上，因此，邮票被称作"国家的名片"。它必须准确塑造预定的主题形象，如实传播各种事物的知识，采用老百姓喜闻乐见的表现形式，顺应社会生活潮流，精巧地控制原作缩小到方寸之内的视觉效果和印制效果。可以想见，邮票设计很严格，具有科学性、艺术性、群众性、时代性和特殊性的诸多要求。

任国恩先生深入地掌握了摄影艺术规律与邮票设计规律的相互作用，能够把最好的摄影作品转化为最佳的邮票作品。他的邮票作品剪裁精确、构图严谨、布局大方、主题突出、色彩明快、图文和谐，保持着丰厚的文化底蕴，令人过目不忘。

无论风光摄影或邮票设计，都是创造美。美可以提升自我，美也可以造福社会。因此，对于美的创造，就有理由成为艺术家的个人权利和社会使命，成为一种高尚的感动人心的追求。艺术追求永无止境。我祝愿任国恩先生，即使地老天荒，也要继续前行，走得更远更远。

（《任国恩摄影艺术与邮票设计》，长城出版社，2009 年）

与大海对话

认识大同是在 2008 年的首届全国水乡"琉璃庄园杯"旅游摄影大奖赛颁奖活动上。这个活动由深圳企业家摄影学会与南浔琉璃庄园文化产业旅游有限公司合办，地点在浙江南浔。当时已是深秋，细雨迷蒙，古镇笼罩在如诗如画的氛围中，这时我结识了浑身充满活力、豪气的庞大同，收到他赠送的《纽埃邮票集》，给我留下深刻的印象。这是以纽埃海浪为主题的 4 套 16 枚邮票。纽埃、海浪，大同引起了我的好奇与关注。

在之后的多次接触中了解，大同出生于北京通州，家境一般，学绩不俗，1963 年考入北京航空学院（今北京航空航天大学），作为文体骨干，尤喜书画与摄影。1968 年毕业分配到北京 798 厂，勤俭节约，不久买了台海鸥 120 相机，喜欢给家人、朋友留影，把湖光山色、名胜古迹收入其中。为降低费用，常买来几包药粉，几张相纸，在家里用红布蒙在灯泡上，显、定影后，贴在窗玻璃上，暗房技术自此无师自通。

1976 年清明时节，大同常去天安门广场，感受和捕捉了那国殇民愤的历史瞬间。之后在举国清查"天安门反革命事件"时，极力声称菲林与照片都已销毁（实际上由夫人藏在老房子的顶棚里），但当时所在支部则宣布此人今后不得入党，不得重用，并记入档案。

20 世纪 70 年代末，大同受命组织并任厂摄影组长，"武器"也精良和扩展了，开始操作 200 毫米的镜头了。

随着时间的推移，无论是在 798 厂宣传与文化展示，还是企业宣传、会刊或摄影比赛电子部机关工会活动、深圳中康电子玻璃公司"今日要闻"、深圳赛格日立公司"每日要闻"、经发局承办的高交会深圳展团的名片、深圳投资管理公司的摄影比赛、深圳商业联合会的会刊等，都能看到他的作品和身影。大同还长于组织工作，所到之处，都能形成摄影的阳春小气候。

近 40 年摄影的行走，受益于众影友和不少老师的指教与鼓励。大同常说，按时间顺序，特别要感谢小陈、小赵、曾石泉、陈春明、刘伟雄、袁婷、林勤、吕厚民、朱宪民、任国恩、王琛等。

"日月之行，若出其中；星汉灿烂，若出其里。"

《浪击天涯》是大同对浩瀚大海的崇敬与热爱，讴歌与赞诵。这是我看到用摄影手法集中专题述说大海的第一部作品。无论是"声如千骑疾""气卷万山来"的磅礴，还是"海上涛头一线来"的喧腾，或是万顷海天碧的平静，大同都是充满激情，不畏劳苦，向大海致敬，与浪花对语，和峭岩相依，不倦地触摸、捕捉、描写着。

从这一系列作品可以看出大同行迹遍布五大洲几十个国家，对所经大海的细察、思考、感受和情怀，大同心是与大海相通的，是用心与大海对话的。

我企盼大海能成为人类和平、快乐、发展的永恒圣域，我也感受到大同不懈追求真、善、美的情怀与品格。

（庞大同著《浪击天涯》，长城出版社，2009 年）

觉苑寺壁画

　　觉苑寺，位于剑门蜀道西南端。古人皆知蜀道之难莫如栈，南栈艰险又胜于北栈。它北起陕西宁强，南达四川剑阁武连，钩山带河绵亘 300 余公里，是蜀道最艰险的一程。武连觉苑寺就处于险程的末端。它既是险程与坦途的交会点，又是古代京华冠盖、商贾由秦入蜀进入大西南的歇脚处。诸葛武侯北伐亦曾在此停留。

　　武连镇，在南北朝时曾将辅剑郡、武功县，安都郡、武连县建置于此，有过繁荣的历史。元世祖至元时，县荒废，而集市不久便得到恢复。

《剑阁觉苑寺明代壁画》

剑阁觉苑寺壁画

由于武连地理位置特殊，商贸繁荣。唐贞观时这里已建有寺庙。宪宗元和时，名弘济寺。北宋神宗元丰年间有敕牒赐名为觉苑寺。南宋理宗绍定中，僧人发昌创建藏经阁，造梯桥、石桥，元末毁于兵燹。

明英宗天顺初年，僧净智与其徒道芳住持于此，重修殿宇以奉佛祖像，并延聘绘画艺人绘释迦年谱于壁。明代中期，佛寺曾一度易名为普济寺。清代修缮后，又恢复觉苑寺名。

觉苑寺现存三重殿宇及厢房。以大雄宝殿为中轴，前为天王殿，后为观音殿，东西配殿皆对称排列，体现出中国寺庙建筑格局的中和美。

大雄宝殿的雕塑、壁画，所有礼仪仪器的陈列，均为明代遗物，其精美的香炉顶部有铭文：

> 师净智，天顺间，云越蜀川，睹祀峨山，复回至此，蒙彼檀
> 那各舍资粮，请师焚修，树立宝殿，妆严圣像，功欲将完，师辞归逝。

又言：

> 贻徒道芳住持，弘治二年谨同合山僧侣化诱檀那镌炉一鼎，
> 供养三宝如来。

其铸香炉，记寺庙完工时间为弘治壬子（1492 年），即明孝宗弘治五年，距今已 500 余年。

觉苑寺殿宇中，不仅所塑阿弥陀佛、三宝如来、迦叶、阿难、观音、文殊、普贤诸佛像及殿内樟木额枋圆雕的二十四诸天神像均形象生动、艺术水平极高，尤为珍贵的是殿中四壁所绘的 209 幅佛传故事绘画，其面积总计 173.58 平方米，无论是绘画规模、艺术品位，还是保存的完好程度，在我国同时期同类题材的壁画中也是罕见的。而武连觉苑寺处于蜀道南栈末端，历经沧桑，寺庙殿宇和壁画却能比较完整地保存下来，可谓是幸运的。

广元市市委常委、宣传部长王振会先生，为使壁画能留存后世，屡次利用春节等节假日，放弃与家人欢聚的机会，住进觉苑寺，搭梯安凳，精心地将 209 幅壁画一一拍照，其精神难能可贵。此次，他将这些照片编辑成集，更是一件极有益的事。

上海艺术研究院阮荣春先生在考察觉苑寺后，将觉苑寺壁画粉本源流、绘画艺术风格，包括人物、动物、山水、林木的绘画技法、流派做了研究，并对 209 幅佛教故事壁画，按画面图像一一诠释解读，这对人们认识壁画无疑大有裨益。我考察觉苑寺后，又阅读《剑阁觉苑寺明代壁画》，甚为欣喜。人们常以历其地不能详其事为憾，而今

有了《剑阁觉苑寺明代壁画》，有了王振会先生的精美图片和阮荣春先生的研究论述，可以大大弥补游览者和研究者的遗憾了。在壁画集付印之际，笔者特赘言于此，以说明文物保护的责任，及其在传承和弘扬中国优秀传统文化中的意义。

（王振会、张德荣、阮荣春主编《剑阁觉苑寺明代壁画》，文化艺术出版社，2010 年）

翼城古建筑

　　博大精深的中国古代建筑是中华民族优秀文化的重要组成部分。中国古代建筑崇尚天人合一，讲求自然和谐，注重审美与实用的完美结合，在其发展过程中，因时、因地制宜，用材广泛，形制多样，积淀深厚，折射着社会、经济、政治、军事、文化的变迁，是中华五千年文明的重要符号。研究中国古代建筑发展史，对于我们传承中华文明，更好地保护和利用丰富的民族文化遗产，促进人与自然的和谐，以及加快科技、文化创新，促进科学发展，无疑具有重要的历史借鉴和启迪作用。

　　翼城县位于山西省南部，地处黄河中游，自然条件优越，历史文化底蕴丰厚，早在旧石器时代即有人类居住，距今7000年前的新石器时期的枣园文化彩陶被考古界认定为"华山玫瑰"，成为区域性考古学文化的标准花纹。翼城上古时期为古唐国之地，是唐尧部族活动的重要区域之一，晋国早期都城始建于此，自隋开皇十八年（598年）设县至今亦有1400多年的历史，境内现存的文物古迹达1428处。

　　近年来，翼城县政协致力于地方文史史料的研究与整理，着力打造本地的"唐晋文化"品牌，相继编纂完成了《翼城晋商史料》《翼城县人物录》《翼城县工商企业资料》等，在服务当地的经济建设、促进文化及社会事业发展方面取得了许多成就。自2009年开始，他们又组织人员，寻根访源，查实求证，编辑完成了《翼城古建图鉴》

一书。

《翼城古建图鉴》收录了大量民居、古塔、牌坊、照壁、寺庙观宇、古堡、钟楼等古建筑图片，并以简洁的文字概略介绍了各类建筑的形制、结构、技艺、始建年代与修缮过程，以及它们的文物价值、人文传说，可谓图文并茂、雅俗共赏。这些古建筑在充分展现中国古代建筑选址、设计、布局、构造、装饰等遵循的传统理念、美学思想外，地方特色明显，贴近基层百姓的世俗生活，其中亦不乏独具匠心的杰作，凝聚着古代劳动人民的勤劳与智慧。如被列为国家和省级文物保护单位的西闫四圣宫、武池元代舞楼、南撖东岳庙、马册永定桥等，堪称精品。为此书拍照的几位摄影作者，严谨细致，以独特的视角，运用现代摄影技术彰显中国古代建筑布局艺术、空间艺术、装饰艺术、色彩艺术的独特魅力，绝大多数作品真实自然、亲和感人，为本书增色不少。在阐述探求这些古代建筑所蕴含的美学思想、人文理念、社会意义等方面，编者也做了大胆尝试，值得肯定。

中华文明源远流长，地方历史文化更是内容丰富、种类繁多。由于种种原因，我们对地方历史文化还缺乏系统、深入的研究，一些珍贵的文化遗产更由于认识的误区、保护的缺失而濒临灭绝，亟待抢救挖掘。近年来，在各级政协的协同努力下，全国政协的文史研究和编辑工作取得了十分可喜的成绩。在今后的工作中，政协文史工作还应该在突出地方特色、挖掘抢救、弥补空白上下功夫，特别是在一些珍贵的民族、民俗、民居以及经济、文化、人物史料上下功夫，多出成果，多出精品，存史、资政、团结、育人，为促进中国特色社会主义文化建设做出更加积极的贡献。这也是《翼城古建图鉴》一书对我们的启示。

（政协山西省翼城县委员会编纂《翼城古建图鉴》，内部印行，2010 年）

米芾翰墨

书法艺术是伟大的华夏文化孕育的一个独特的艺术门类，最典型地体现了东方艺术之美。中国古代书法又与绘画紧密结合，你中有我，我中有你，如同一对孪生兄弟。中国古代出现了许多书画兼擅的大家，北宋米芾即为其中之一。

米芾（1052—1108）初名黻，稍后更今名，字元章。祖籍太原。早年随父迁居镇江（治今丹徒）。稍后徙襄阳，襄阳有鹿门山，故号襄阳漫士、鹿门居士。中年之后一直定居镇江，在这里登岳观海，故又号海岳外史。去世后亦葬于丹徒长山。虽然米芾何时来到镇江以及在镇江生活多少年，学界仍有争议，但据其子米友仁所绘《潇湘奇观图》并附题识云："先公居镇江四十年。□作庵于城之东高冈上，以'海岳'命名。"米芾与镇江存在一种特殊关系，则是毋庸置疑的。

米芾曾官"书画学博士"，集书画创作、书画鉴赏、文物收藏、学术研究于一身，是我国北宋时期最著名的书画家之一，在书画艺术上取得了巨大的成就。他的书法"风樯阵马、沉着痛快，当与锺、王并行"，被后世推为北宋四大家之首。他的绘画钟情于云蒸霞蔚、雾笼烟霏，号称"米家山""米氏云山"，开宋元以来文人画之先河。他撰写的《书史》《画史》《海岳名言》以及《宝章待访录》《宝晋英光集》，至今仍是书画创作、鉴赏、收藏、研究的重要参考著作。

可惜的是，米芾撰写的著作，创作的书画，仅著作收入《四库全书》，散佚不少。他的绘画真迹则无此幸运，传世者极少，有者亦多为后人仿作。他的书法真迹，包括法帖和碑刻，亦流散于国内外各大博物馆、艺术馆及私人收藏家之手，虽然也偶有整理，零星刊布，但不成规模，境况堪虞。就此而言，编辑出版一部真正意义上的米芾书法全集，无疑有着重要的抢救意义。

现在，故宫博物院与丹徒区政府合作，历时数年，推出了《米芾书法全集》。故宫博物院是我国最大的古代书法收藏机构，同时又是我国古代书法研究最重要的单位之一，收藏米芾书法最多，研究米芾书法力量也最强。丹徒则是米芾的故乡，他们对米芾怀有深厚的人文情感。近年来，丹徒区委、区政府在努力打造米芾文化品牌上做出了可喜成就，特别是在长山生态园创建米芾书法碑廊，受到社会广泛关注。故宫博物院和丹徒区政府合作编辑出版《米芾书法全集》，从某种意义上说，填补了米芾书法编辑出版的空白。

本书共收集故宫博物院，中国国家图书馆，中国国家博物馆，台

《米芾书法全集》

北故宫博物院，上海博物馆，辽宁博物院，中国香港以及美国、日本等地区和国家的米芾法书、法帖和碑刻，共130余种，分为33卷。为了让读者能够深入了解米芾墨迹书法和刻帖书法之间的关系，以及不同时期米芾刻帖的差异，特别收录了两宋和部分明代珍贵的多种版本的米芾书法刻帖。可以毫不夸张地说，本书是历史上迄今为止汇集米芾书法作品最多、最全也最为珍贵的书法全集。

《米芾书法全集》采用目前最先进的印刷技术印制。它的出版发行，不仅有益于我们今天对米芾书法艺术的整体了解，有益于对米芾书法研究的深入开展，而且对于弘扬中华传统文化、促进当代书法艺术的发展，也必将起到积极的推动作用。这是一项名山事业，相信一定会功在当代，利在千秋！

（故宫博物院、江苏镇江市丹徒区人民政府合编《米芾书法全集》，紫禁城出版社，2010年）

清钟远播

　　见到子牧的画是前年的事。据朋友讲，子牧的画有一种陶渊明"良朋悠邈，搔首延伫"的出世豁达之度。自元代以来，书画以逸品为高，而子牧正是以自己的生活和情怀，书写了"逸"的人格，"书自醋畅，笔尽天然"。从山形物象到皴擦点染，无不蕴含着传统文人的淡泊之志、高古之风。

　　子牧画集即将付梓，画集的名字叫《兰生幽谷》，出自《淮南子·说山训》：

　　兰生幽谷，不为莫服而不芳；舟在江海，不为莫乘而不浮；君子行义，不为莫知而止休。

　　这诉说着子牧数十年来为人为艺的心态，虽然经历了多次"入道""出道"的折腾，"拾起""放下"的迁滞，但对文人画的追求和寄情却始终如一。或许，他是孤独的，因为他没有和这个喧嚣的世界并进；或许，他是保守的，他没有像今天的许多画家那样创造自己的符号；或许，他是平淡的，因为他不事张扬，甘于寂寞。但正是这种朴实无华的言语和宁静致远的态度，使子牧用自己的理解和语言对中国传统文化做出了阐释和概括，并让我们看到文人精神在他的血液中流淌着。

《子牧画集》

　　子牧几十年的创作生涯是低调的，书画对于子牧而言更多的是陶冶性情的媒介，而非追求功利的手段，这又是对文人画精神的一种身体力行的写照。子牧早年的创作活动范围主要集中在大型壁画、年画、连环画等公共艺术题材上，每项创作都是不遗余力，精益求精，不按照通行和世人的标准进行创作，只是在内心和生活中守护与捍卫着一片书画的净土，这与中国文人自古以来的隐居情怀如出一辙。隐居，实则是一种体悟与积淀。纵览子牧作品，"善学尽理"是其所长。不但于文学历史、文化习俗、画史画论，甚至大到山川风物、建筑舟车，小到家具陈设、园林环境、器物布置、衣饰纹样等，无不明了知晓，无不"曲尽其妙"，且具出处，绝不杜撰。在大量传统题材的作品中，这资源丰富的巨大"信息库"得之于他漫长一生在社会大潮中心无旁鹜而又超然物外的隐居沉淀。

　　"述而不作，信而好古"，中国文化更多的是一种积淀型的文化，它的价值在于对传统的理解和阐释，因此需要更多的时间去理解和消化。子牧从幼年起便临习古今名作，体察心悟，刻苦力学，更有严格的书法根基辅之。在不同时期对晋唐人物、宋代院体、元明士人、清初名家及近代大家深入研习，痴迷于汉魏以来的壁画、雕塑等，正是这样长期而大量的铺垫与潜默领悟、触类旁及才达到创作时心有丘壑

101

且游刃有余。子牧的横空出世不是一种偶然，这是他的学养、知识、才情、天赋等综合因素的一次大迸发。

高山远水，雪景寒林，松下听音，深山对弈。子牧用诗意的情怀、文学性的语言，勾勒出中国文人与自然"天人合一"的高古境界，描摹着文人在精神意向上的忘情神游，并不像近代写意风格那样沉迷于笔墨意趣。高远的山形和工致的骨法隐聚着宋明遗风，俯拾即是，妙造自然。子牧认为相异的画作题材与意境要用不同的技法描绘，他通过描绘典型的文人生活，传达出自己对中国文化精神和人生价值的感悟，并映射出自己的学习生涯和生活轨迹。子牧作画取材丰富，古典文学中的诗词歌赋多有表现，于古典文学的修养之外更在内容形式方面匠心独运。例如《赋》《亭记》，以细笔巨幅来表现，使文章中详尽的叙事性和论述性通过画面丰富繁密的人物与场景得到进一步阐述，而《元曲画意》诙谐调侃的情调则以简练的写意手法加以戏剧性的描绘。子牧绘画中的文学性与戏剧性无疑成为当下子牧绘画作品的主要风格，更使其摆脱了近代文人沉溺于墨戏的旧习，故而清新雅致，气韵盎然。

驻足于子牧的画前，我们似乎忘却了自己生活的时代，体悟到的是画面的静中之美。此时风格和语言似乎也显得不那么重要，取而代之的是对一脉相承的历史和文化的认同感。我们被这一幅幅画卷带入到几千年诗意的感悟和智慧的心灵之中。以"林泉之志"达"澄怀观道"应该是中国传统绘画的真谛，子牧恪守这一审美准则，也是对所谓"现代文明"的一种超脱和升华。在喧嚣的现实生活中，在绘画优秀传统岌岌可危的现代，子牧有意用绘画延续传统文人精神的理想，是有其现实意义的。

（《子牧画集》，紫禁城出版社，2010 年）

匾额艺术

匾额艺术，其来有渐。相传汉相萧何，秃笔题殿额，榜书苍龙、白虎二阙，为滥觞焉。《说文》谓为"署门户之文"，良有以也。自此以降，遂为盛事，以至宫殿庙宇、街市店堂、亭台楼阁、书斋画坊，无不有匾矣。而天子士夫，大德鸿儒，亦莫不好为题榜。然此毕竟为书家之专利，非他人所能代庖者也。

史载三国韦诞，"诸书并善，题署尤精"，魏明帝筑凌云台，命为榜额；南朝萧子云，"善草隶书，为世楷法"，梁武帝造寺，令飞白大书"萧"字。此类故实甚多，无须赘举。故题匾榜额，亦成书家竞技之所。商甲周鼎，秦鼓魏碑，篆隶真草，花鸟鱼虫，皆各擅胜场，美不胜收；辅以雕漆、镏金诸般工艺，更为传统文化之奇珍矣。

惜乎光阴荏苒，此风渐歇。近世京辇，论及题榜，知名者仅齐白石、张伯英、陈半丁、董寿平、李可染、赵朴初、吴作人等数人。就紫禁城而论，近代亦仅林长民之"东华门"、郭沫若之"故宫博物院"堪称佳构。直至近年，国势日隆，匾额艺术，始稍振兴。襄其事者，虽颇不乏人，然画家杨君为翘楚焉。

杨君名彦，非仅善画，亦且工书。其书先摹二王颜柳，后兼习明清各家，终綦兀耸荡，自成一格。其题榜之作，尤大气磅礴，变化无穷。是故倩为匾额者，络绎不绝。今《中国水墨》杂志爬梳所书，编辑成集，长幅短简，蔚为大观。杨君索序于余，余嘉杨君于传统文化能发扬光大，遂不揣谫陋，欣然命笔，具道所以，兼布贺悃。

（《杨彦书法集·题匾》，江西美术出版社，2010 年）

印象林中阳

　　林中阳先生是当代中国著名的书法家。

　　去过西北大漠的人体会最深的莫过于浩瀚和渴望。林中阳出生于甘肃民勤，那里是腾格里沙漠和巴丹吉林沙漠交会的地方。风沙，一望无际；黄河，奔腾不息；长城，绵延悠远。苍凉与贫瘠，恢宏与苦涩，伴随着他的童年。博大、坦荡的大自然，教化出他的宽阔胸怀；艰苦恶劣的环境，磨炼出他的倔强性格。他立志"与书结伴写一生，写到张芝也吃惊"。"活就活个龙摆尾，写就写个响春雷。纵有九曲十八弯，也向东海狂击水。"掷地有音的心声，体现了他倔强执着的个性、豪迈坦荡的宽阔胸怀、激情高亢的艺术人生。

　　湛蓝的天空下，风平气和。大漠虽浩瀚、苍莽、雄浑，但起伏千里的沙丘如同凝固的波浪，高低错落、曲动舒展着她那非凡韵致的线条，一起唱着婉转的曲调，梦幻般显现出她那半裸的诱人魅力。如果说南国的 5 月是一杯清茶，慢慢品味，便知其香的话，西北的 5 月则是一盏浓郁的醇酒，只抿一小口，就足以让人如痴如醉。林中阳先生的行书，通篇巨作能使人感受到浩瀚、苍莽、雄浑的气度，字里行间可让人体会到起伏、错落、律动的韵律。篆书的古朴、隶书的苍劲，也足以让人领略秦汉遗风。塞北的雄强、江南的婉约、西北的浩瀚、东海的壮阔，我们在作品中玩味咀嚼。海湾的惬意、江岸的壮怀、平川的驰骋、高山的感慨，你我心驰神往，感叹不已。"清风出袖，明月入怀"，这是何等的境界？

　　红绿浓重的秋色，天高云淡，地是彩色的。在北方，走出家门，走向旷野，走进那丰硕的秋里。如果说五谷丰登是农家收获的喜悦，那秋季的银杏、枫树、白杨、青松则是文人五彩斑斓的色彩，更有那火炬树则是最热烈、最浪漫的世界。"看万山红遍，层林尽染"，这是艺术家的收获。一生中，亲情、友情、爱情与心情是人和作品表白的源泉，而真、善、美则是文化艺术创作立身天地永恒的题材！艺术家的丰收体现在对真、善、美的追求，对真、善、美的奉献，对真、善、美的回报。从 2002 年开始，"林中阳书法展"已在全国巡回展出，并在广州建起了林中阳艺术馆，先后为宁夏、西藏、甘肃、重庆、湖北、新疆、江苏、安徽、福建、广东、湖南、四川等省、自治区、直辖市的希望工程捐款或新建希望小学。林中何人尽染秋？这是金秋的问答，这是一个艺术家的收获，这绝非是一般艺术家的收获。

（"林中阳书法展"祝词。本文曾载《收藏界》2010 年第 6 期）

书法精神的追求

　　王志耘先生是资深的军事新闻工作者，同时又是一位有造诣的书法家。他受家庭影响，从小开始学书。此后数十年虽然奔波于南北各地，但并没有停止对书艺的追求，做到了新闻和书艺双促进。现在，他书写的中华美文书法结集出版，就是他书法艺术的一个集中展现。

　　中国传统文化博大精深，其中的文学名篇经千锤百炼，具有久传远播的强大生命力。它不但是书法家书写的对象，也是滋润书法艺术的丰富营养，是书艺之魂。书法艺术中的虚实、奇正、枯润、刚柔、疏密等手法，细究起来其实就是来源于老庄的哲学思想，所谓"有无相生，难易相成，长短相形，高下相倾"是也。而书法艺术张扬的价值观念、伦理道德也正是传统文化的核心。这种"书以载道"的功能，大大增强了书艺的精神力量和艺术力量。还有传统文化的意境、文采、辞章等，都是提高书法家审美情趣和提升书法作品品位的源泉。无论是晋人的韵、唐人的法、宋人的意，还是元明的态、清人的质，都源于传统文化的涵养。晋人王僧虔在他的《笔意赞》中说："书之妙道，神采为上，形质次之，兼之者方可绍于古人。"所谓"神采"即书法艺术中蕴含的文化成分、精神成分，其多寡高下是决定书法品位的重要因素。故前人有"功夫在书外"之说。由此可见，加强文化修养，特别是传统文化修养的重要性。

　　王志耘先生的《中华美文书法作品集》，前半部分为古代记、表、赋、说、铭、志等文学名篇，包括一些名联、警句；后半部分主要是优秀的诗词。从广义上讲，这些诗文都属于中华美文范畴。在这本集子里，王志耘先生采用了多种书体，或真，或隶，或行，或草，或篆，以贴近所书的文学作品的内容，能较好地表情达意；他的书作或朴茂，或简静，或刚健，或婉约，或纵逸，或方正，也是以所书作品内容的风格而定，书法体现文学作品的风韵，两者相得益彰。而能够做到这一点，同书家的文学素养密不可分。

我国的文学名篇是经过千百年大浪淘沙留下来的艺术结晶，精粹光润，世代流布。其间蕴含着丰富的哲理，记述着山川的秀丽，承载着人世的情感，体现着民族的精神，不仅要从字面上理解，而且要潜浸于其间的意境、感觉和精神，得其精髓，方可为其传神写意，形诸笔墨。有人可能觉得这标准定得太高，但对于把书法事业作为毕生追求的人，殊不知这是最起码的要求。只要肯下苦功，经过日积月累，古文修养一定会逐步提高，书法品位也一定会随之相应提升。"糟粕所传非粹美，丹青难写是精神"，王安石在他的《读史》诗中所说的"精神"，应该就是王志耘先生的追求。

（《中华美文书法作品集》，金盾出版社，2010 年）

107

平常之景　真情之笔

在中国现当代画坛上，陈全胜出名较早，他曾以自己独特风格的人物画为世所瞩目。然而近些年来，他几乎消失在热闹的画苑。今天，当他把自己大量作品特别是水墨山水画呈现给观众时，人们才知道，他经受住了喧嚣的市场诱惑，耐住了寂寞，以一颗艺术家的素心潜心于创作，而且勇于创新，不断超越自己，没有辜负这个伟大的时代，取得了令人惊喜但也是意料之中的成就。

陈全胜从人物画入手，自小就打下了深厚扎实的造型基础，培养了敏锐观察生活的能力。1971年，他到部队从事文艺工作并开始发表绘画作品。1974年，他24岁时绘制的水墨设色连环画《猎户人家》《小筏夫》在上海人民美术出版社出版，一面世就受到当时人物画坛的关注。在"四人帮"横行的"文革"后期，美术作品大多处在千篇一律的非正常状态，陈全胜的水墨连环画的清澈透亮之感和胶东半岛的生活气息，像一股清风掠过画坛，被收入在人民美术出版社出版的大开本《连环画选页》内，成为连环画和美术创作的范本。此后，陈全胜在军队和地方的人物画坛越来越活跃。

陈全胜擅工笔人物画，无论是造型、线条还是设色，均形成了自己的风格。随着时代的发展，他像同时代的许多人物画家一样，在现实题材的主题创作之后，开始转向了古代题材的人物画创作，最具代表性的工笔重彩人物画如《玄奘归唐》《洛神赋》等，为当今人物画

《中国当代名家画集·陈全胜》

坛之佳作。

　　然而，陈全胜并没有满足于已经取得的在人物画方面的成就，又转入到山水画创作的领域，沉浸在中国的山水自然之中，用笔墨抒写胸中的丘壑，传承中国绘画的美学思想。在中国文人画的发展中，所谓的文、野之别，就是许多批评家论画中的"才气画"和"功夫画"，前者靠灵气和天分，以巧为胜；后者凭借功力和耐力，以勤为胜。陈全胜则是这两者的有机结合。然而，这还不是他与众不同的全部，更重要的是，他善于以平常之心发现不平常之美。

　　古今的山水画家通常都有游历的经验，熟悉的名山大川和地域资源往往成为其艺术创作的本源，如北宋的北方画家画太行山，明末清初的金陵八家画金陵和江南一带的风景，新安画派画黄山，都反映了山水和生活的关系。及至现代，刘海粟画黄山，李可染写桂林，均表

明了画家喜好的山水自然与作品题材选择之间的关系。陈全胜也曾遍游名山大川，但他并没有画这些眼前即景，而是将焦点聚集在他所熟悉的故乡热土之上。他着力表现泰山山后一带的风光，常以"岱后"冠之，还描绘了泰山以东胶东山区和泰山以南的沂蒙山区的自然风情。即便是画泰山，也不是画家常画的十八盘壮丽景色，而是山后的一山一隅、一坡一沟。他从看似极为平常的沟渠坡渚、杂木荒滩里，发现生活中的美——生动和朴实的自然。

显然，与许多山水画家不同的是，人物画出身的陈全胜并没有完全放弃表现人的兴趣，他也没有忘却自己的专长，他在寻找一种人物与山水的结合方式，以使山水画的创作增加人文的色彩，从而将山水画对自然的关注转向了人文与自然的结合。因此，他以传统中国画中的点景人物来丰富山水画的主题内容，不管是孔子周游、六朝雅士，还是胶东山民，陈全胜所表达的都是对理想生活的礼赞，其中不乏画家对童年生活的感怀。

陈全胜的画大多是以小品画的形式传达出自己对生活的感受，自由自在、无忧无扰。他的画构图相当简洁，追求险中求稳，平中求奇，极富于变化，绝不墨守成规。如《抚琴图》，横线的树枝打破竖线的树干，又以圆线的巨石加以调和，使画面充满变化而无凌乱之感。陈全胜既长于在尺幅之中感受天地之宽厚，又擅长在巨幅大画里驰骋千里之远，如他的《泰山松云》，流云激荡，虬松苍茫，岱岳之雄，尽收眼底。他的《岱后深处有人家》《翠秀丹枫图》均是如此。

艺术的关键在于用爱心去感受生活、发现美感，用自己的语言去表现生活、传导美感。陈全胜注重线条的理性构成与笔墨的感性抒发，因为他领悟了艺术的法则。他独辟蹊径，专以清水淡墨横涂竖抹，强调一次成形、一气呵成，粗头乱服，点画随意自如，轻松坦然，有风吹云动之感。他也善用宿墨，通过墨法增添墨色的层次感，其中所反映出的画家的素描功夫，正有机地转化成丰富、协调的笔墨变化，而层次分明，特别是墨色的鲜活灵动所透露出的自然搏动不休的生命力，为他的画增添了生机。陈全胜的线条变化比较丰富，或粗重，或流畅，妙趣天成，契合了所表现自然的形和神。陈全胜的行笔迅捷和灵活，其笔墨以流畅取胜，腕下的笔墨形象如树石桥屋灯常常形成一个有机的笔墨整体。他在处理交会中的画面形象时亦十分老到，如近树与远山重合，杂木与屋宇累叠，均在杂而不乱的表现中显现出丰富的自然氛围。陈全胜的笔墨造型吸收了八大山人风格，特别是树形，生拙而富有情趣。而在传统笔墨的丰富性方面，既有明代吴门画派的笔墨功底，又有黄宾虹墨法的滋润。

陈全胜笔墨的成就来自多年的修炼，尤其是得力于书法的造诣。其书法以李北海的《麓山寺碑》和《云麾将军碑》为主，特别是参合了吴昌硕的《临石鼓文》，使书法有了老到的金石韵味。而当它们作用于画面上的时候，一方面是化为笔墨的深厚积淀，另一方面是能够服务于他的题画，使画面充满了文人气息。

艺术与人生相伴，人生必定升华。钟爱自己事业的人、热爱自己故土的人、继承自己民族传统的人，终将会从中得到艺术创新的动力和灵机。天道酬勤，陈全胜的艺术将会有不可限量的发展，我们也将充满期待。

（《中国当代名家画集·陈全胜》，人民美术出版社，2011 年）

绵绵艺缘

　　黄苗子、郁风伉俪是中国艺术界备受人们尊敬的两位耆宿。他们以艺术结缘，相濡以沫 63 载，在文学、艺术领域勤奋耕耘，其传奇的人生轨迹、豁达率真的人生态度、丰硕的文化艺术成就和鲜明的艺术风格早已传为美谈。

　　黄苗子先生长期活跃于文化艺术界，交游甚广。他少时受家庭熏陶，喜爱诗画文艺，后在上海从事美术活动。他的书法功力全面而坚实，8 岁学书法，12 岁从邓尔雅习篆书，从籀文取法，而又受到伊秉绶隶书

《艺缘——黄苗子郁风书画集》

影响，作品以篆隶最为精彩。他的绘画技巧兼有文人画与水墨画自由书写的特性，又有重彩画的色泽美。他治学严谨，发表过不少研究吴道子、八大山人等方面的美术史论文章，由他点校或参与校对的《画继》《画继补遗》《法书要录》《图画见闻录》《历代名画记》等书籍，已成为艺术史方面的权威性资料。散文诗词亦广受好评。出版美术论著、书画集、散文集、诗集多种。2004年，中国美术家协会授予黄苗子先生"卓有成就的美术史论家"称号。

郁风先生是著名画家、美术评论家、散文作家。少年时受叔父郁达夫影响，思想进步，爱好新文艺，入北平大学艺术学院及南京中央大学艺术学系学习绘画，早期从事水彩画的创作，晚年则热衷于现代中国画的探索。她的画作构思精巧、色调秀丽、意境清雅，抒情意味浓郁。她还将独特敏感的艺术触觉融入到她优美的散文之中，形成了清新、明丽、质朴的文风，散发着女艺术家的细腻与光彩。

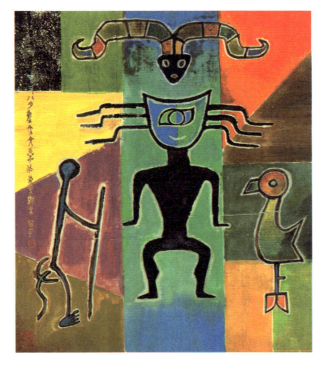

黄苗子书画代表作品

年轻时期的黄苗子、郁风虽然生活环境与社会背景不同，但因有着"对艺术的共同信仰"，而彼此心灵相通，良缘喜结，相互扶持。在沉浮不定的一生中，他们始终坦然笃定，以艺术的宽容去面对坎坷的经历。在他们眼中，艺术创作是"一种心灵游戏"。也如黄苗子先生在一首诗中所写的：

心画根源在写心，激昂绵渺或底沉。

不知时世葫芦样，自理丝弦自定音。

在他们心中，每个艺术家因经历的苦乐不同，艺术上的表达方式、感情、风格也各自不同，而自己只是"平凡的艺术信徒"和"行走在艺术上的票友"。这种发自心灵感受的艺术作品在不知不觉中引发人们的共鸣。

夏衍先生曾评价黄苗子、郁风夫妇为"老少年"，一直"热情奔放，意气风发，不知老之将至"。这是因为他们始终保持着敏锐的思维，跟随着时代前进的步伐，满怀激情地参与到中国传统艺术向现代转型的艺术实践中，不断探索艺术语言的现代感。在长期的书法创作实践中，黄苗子先生广泛吸收各种书法传统，将古篆字、画像砖、石刻、瓦当等传统的文化艺术精华与绘画构成的形式感巧妙结合，独成"苗子体"书法。他们对待艺术无疑是"笃敬的，真诚的，永不满足的"。

2011 年金秋时节，黄苗子先生向故宫博物院慷慨捐赠了自己与夫人郁风的 10 幅书画作品，为故宫博物院的现当代艺术品收藏增添了新的光彩。故宫博物院特在紫禁城神武门展厅举办"艺缘——黄苗子郁风艺术展"，举行学术研讨会，出版二老的书画艺术合集，以此铭记他们对中国文化艺术做出的巨大贡献。

（故宫博物院编《艺缘——黄苗子郁风书画集》，故宫出版社，2011 年）

百重气象

　　郑百重先生的名字就充满诗意，引人遐想："山中一夜雨，树杪百重泉"（唐·王维），充满动感，可以感受生命的律动、气韵的生动；"刻削临千仞，嵯峨起百重"（南朝梁·庾肩吾），天高地阔，能够领略气势的雄浑、格局的阔大。其实，气韵生动而又气势雄浑，也正是百重山水画的特色，是其画作的魅力所在。

　　气韵是境界，是韵味，是精神，是意象。"气韵生动"是中国画的第一要义，为"六法"之首。唐朝张彦远《历代名画记·论画六法》："若气韵不周，空陈形似，笔力未遒，空善赋彩，谓非妙也。"气势是气概，是格局，是规制，是形胜。气势是形，气韵是神，气势与气韵的结合，就是形神的统一。

　　郑百重以山水画，特别是青绿山水为世所瞩目。青绿山水从唐宋的二李（李思训、李昭道）、二赵（赵伯驹、赵伯骕）一路下来，蔚为大观。元代审美趣味丕变，山水趋向写意，青绿山水虽亦开新面，终究发展不快。数百年来，在千峰竞秀的山水画坛上青绿山水不绝如缕，但难免衰微。郑百重钟情于青绿山水，当属难能可贵，但这肯定是一条需要特别付出的艰难之路，需要在继承传统上努力创新的艺术勇气。

　　百重的青绿山水，既追踪前贤，承传中国传统绘画的文脉，又积极探索，融入独特个性语言，逐渐形成自己特色，开创新青绿山水画风。他的画作布局一般格局大，颇见气势，但又注重细节的丰富、繁处的工整、层次的精微，善于将简洁单纯和精细入微相结合，以特有的绘画语言展现多娇的江山。他用笔凝练而有变化，骨法端重而不刻板，并注重多种手法的娴熟运用，显示了不凡的艺术功力。在色彩运用上，既有大青绿的着色浓重，装饰性强，又有小青绿的水墨淡彩，更多的是多种色彩的协调组合，也有强烈色彩对比带来的视觉冲击，但却浑然一体，无炫耀的燥气，带给人的是大自然和谐的启示，是静穆的感受。

　　对每一位画家而言，其作品都是综合素养的反映。百重是幸运的。他曾师从陈子奋、陈俨少先生，得到悉心指点。他悟性又好，进步很快。他转益多师，又有游历名山大川的体验与心得。他广涉多种艺术形式，投入了巨大的精力，进行了长期的努力。勤奋终于结出了硕果。他擅

郑百重作品《门泊东吴万里船》

于中国山水、花鸟画，兼工书法篆刻；他喜欢读书，也喜欢思考。美术史的攻读与文史知识的滋养，绘画理论的研究与一系列论文的发表，使他一步步攀上更高的台阶，使他的艺术创作有了更为深厚的基础。

经历是重要的财富。对于一个中国画画家，10多年的异国生活，异域文化的观照，中西艺术的对比，使他对作为民族艺术重要部分的中国画有了更为深刻的认识，也有了更为深厚的感情，自然也充满了为其发展而献身的激情和担当。他认真汲取西方艺术的精华，融汇到自己的创作中。他庆幸自己处在人类艺术能够广泛交流的时代，也决心不辜负这个时代。

古人认为画虽不能吟哦，但有诗意，就称之为"无声诗"。如果说，在一般的画中都有诗情可觅，那么，我们读百重的画，更会感受到不可遏止的涌动的诗意。他的一些作品，画题就是诗词名句，如"江山如画，一时多少豪杰""风吹草低见牛羊""碧云天黄花地""巴山夜雨"等；还有一些自拟的题目，本身也是诗意盎然，如"秋江织锦""春水初生""月白风清""天风振衣""龙飞万涧动""春与青溪长"等。作者以这些诗句进行艺术创造，同时兼具画家与诗人的身份，画家眼中的丘壑与诗人胸中的诗意相结合形成具体可感的画面，也为欣赏者提供了更为宽广的联想的空间。这得益于作者的古典诗词素养，也表明了中国传统诗、书、画艺术间的密切关系。

百重的山水明丽醇美，但市场经济下的大千世界红尘滚滚。作为一名真正的艺术家，要有提高群众审美趣味的责任感。鲁迅先生说过："我们所要求的艺术家，是能引路的先觉，不是'公民团'的首领。我们所要求的美术品，是表记中国民族知能最高点的标本，不是水平线以下的思想的平均分数。"（《热风·随感录四十三》）时代需要美，需要精美的艺术品，百重正在美的创造中不懈地努力，在美的追求中不断地前进，我们有理由相信他会取得新的更大的成就！

（"郑百重画展"祝词，2011年）

终南正道

　　秦岭山脉横亘关中平原之南，其中蓝田与周至间秦岭北坡长达百余公里的一段，称为终南山。终南山名气很大，《诗经》中就常常提到它，亦称南山。在古代，大约两种人与终南山特别有缘。一类是隐士。不过有真隐士，也有假隐士。唐朝卢藏用举进士，隐居终南山中，以冀征召，后果以高士名被召入仕，时人称之为"随驾隐士"。他曾指着终南山对人说："此中大有嘉处。"这就是"终南捷径"故事的来历。

　　另一类是山水画家，他们师法造化，到终南山感受真山真水。终南山确实很美，唐朝诗人祖咏有《终南望余雪》云：

　　　　终南阴岭秀，积雪浮云端。

　　　　林表明霁色，城中增暮寒。

唐太宗李世民也曾留下《望终南山》的诗篇：

　　　　重峦俯渭水，碧嶂插遥天。

　　　　出红扶岭日，入翠贮岩烟。

　　　　叠松朝若夜，复岫阙疑全。

　　　　对此恬千虑，无劳访九仙。

五代的关仝，曾活动于终南、华山一带，强调"搜妙创真"。北宋的范宽，居住在终南、大华山的林麓间，积累了创作"千岩万壑"的生活基础。这些都是值得称道的，可谓"终南正道"。

到大自然中去，在山林丘壑中获得感受、体悟，这是山水画家成功的基础，是艺术创造的源泉。如今，仍有不少画家坚持着"终南正道"，樊洲先生就是其中一位。

十几年前，画家樊洲走出西安，来到终南山主要山峰之一——翠华峰峦之上，开始了他隐居潜修、创作研究中国山水画的历程。翠华山离西安城不远，汉唐两代曾在此建过太乙宫和翠微宫，是历代帝王祭祀神仙和游乐避暑的地方，山上有湖曰"天池"（又称"太乙池"）。翠华山山清水秀，其罕见的山崩地貌使之有"终南独秀"的美誉。樊洲几乎走遍了秦岭，积累了大量的创作素材和经验。宁静的山林使他沉下心对自己追求的艺术进行思考，一方面专心研习历代艺术家的作品，从实践中体味前辈的创作特点；另一方面也了解和借鉴各种外来的、当代的艺术形式和理论。

樊洲在尽情书画创作的同时，兼习中国传统艺术。他修习古琴，推崇管平湖先生的中和纯净之风，也与佛道隐士交友，师从太极拳名师习练太极，研究太极理论，感悟到拳理画理的融通。他将自己在传统文化多个领域中的实践心得融汇到书画创作之中。樊洲创作的《高山流水》《上善若水》，让我们耳目一新，线条的运用既有音乐的律动也有书法的意趣。他笔下的画，山水气势奔腾与心潮澎湃浑然一体，传达出其"物我两忘，因缘生法"的创作理念和精神追求。

中国传统艺术讲究厚积薄发，优秀的艺术家要具有广博的学识修养和深厚的文化底蕴，唯其如此才能承担起传承和发展民族文化的重任。我们期待着樊洲在终南山的晴岚烟云中，在传统文化的滋养中，不断有所进步，创造出更为精彩的艺术作品，回馈人民和社会。

（"樊洲画展"祝词，2011 年）

大美时空

　　深圳是一片神奇的土地，山水钟灵，文化创新。在这座青春洋溢的城市，各式文化样本可谓"南方风来满眼春"，呈现"百花齐放"的态势。同样，在深圳的摄影界，也活跃着一群颇为精进的生力军。他们将摄影视为心灵游牧，携赤子情，执着求索，个性主张与艺术追求兼而有之。

　　摆在我面前的正是这样一位摄影爱好者的作品集。作者王礼贵先生身为一家投资公司的运营总监，亦是深圳企业家摄影协会的一员，在繁忙工作之余，仍能够珍视身边每一个瞬间、每一处光影，用心捕捉生命中的壮美之景，其精神实为可嘉！

　　这本名曰《飞越时空》的摄影集，着力探求的是时空交汇处的大美。作者将触角伸向历史、人文、地理，在此背景上，感悟自然、体验生命、追求理想，给读者以悲壮而沧桑、博大而激越的审美感染。同时用充满历史感的镜头告诉读者：沧海桑田，世事更替，在历史的变迁中，人是何等的渺小！

　　在这本摄影集里，从山川河流到古城史迹，从自然人文到历史文化，凡此种种，足见作者取材范围之广，心灵却守方寸之地，游万仞高空，忠实于对"时空"的记录，不虚张声势，不随流从众，也不矫情伪饰，褒贬取舍皆存乎一心。

　　苏珊·桑塔格说，摄影是一种时空的切片。展开来说，摄影就像是一出戏剧，但只是一出完整戏剧中的一个展示空间形态的瞬间。著名的摄影批评家约翰·伯杰说："一张照片当它在记录所见事物的时候，通常它的本质会涉及那些看不见的地方。它隔离、保留和提取出连续整体中的某一个瞬间。"作者便是时空理论的忠实践行者：安坐于时空的坐标轴上，用某个特定的空间、特定的时间、特定的光影，创造出独一无二的照片，将摄影的瞬间形态拓展到永恒的视觉范本，让我们体验"瞬间"之美，从而更深切地了悟瞬间与永恒的关系。

欣赏这本摄影集，如同欣赏一幅幅多维的立体画、一首首激昂的交响乐，其内在精神的律动、对历史文化的思考交织缠绕在一起，形成一种能穿越时空、体悟生命的震撼力。一幅幅雄浑瑰丽的作品背后，都印记着作者笃定的思考和追求，仿佛次第开放的莲花，寂寂无闻，却欢喜自在。在画册付梓之际，我衷心祝愿作者王礼贵先生的摄影之路越走越好，越走越远！

（王礼贵著《飞越时空》，长城出版社，2011 年）

解读中的传承

凡是行当都有个江湖。

江湖之中的人，看山是山，看水是水，当然明明白白；可是江湖之外的看客却是千里之外的点点星光，雾里看花，越是不懂，越是着急，徒增了一层神秘。

紫砂壶的鉴赏更是一个平常人难以介入的深刻江湖，有凝重又有趣味，有格局又有细节，有历史积淀又有时代印迹。所以，想象之中的鉴赏者应该是一个花甲白发的老人家，在书卷浩瀚之中苦苦跋涉的一段苦旅。可是我现在手里拿着的这本《紫砂壶》却是一个小女子的佳作，光是凭这份心思和勇气就给了我一个惊喜。

开卷翻阅，回味颇多。作者王晓君女士穿越明清，移步民国，站在历史一隅，漫步在时间河流的岸边，冷静淡定，客观犀利，或引经据典，或个人心血凝结，对一把把玲珑古旧的紫砂壶提出她细腻的解读。这解读中，有着对邵大亨、顾景舟等前辈大家的赞叹，有着对明清以及民国时代一把把旷世名壶的深刻理解，这份执着和爱恋，真可以领着读者一起体会作者所言："惊心动魄，感受到完美的冲击，带来五体通泰的快感。"而另一方面，作者又有着自己内心的力量和立场，对于现时紫砂壶江湖之中不良"壶商"的某些作为给了读者善意的提醒，眼亮心明，避免受愚，远离壶界的歪风邪气。

江湖越不平静，这份责任感和良心就越显珍贵。

一把小小的紫砂壶，就是一个气象万千的大世界。

现今社会多少有些熙熙攘攘，你方唱罢我登场，不缺凑热闹的，不缺啦啦队，真正静下心来，安安稳稳，将民族的东西于无声处传承下来的则是少数。我们之所以从内心深处顶礼那些制壶大家，不仅因为他们高超的制作技艺，更多的是敬仰他们以紫砂壶寄情写意、言志修身的高风亮节。

而这份风骨也是我们民族的根。

中华民族的文化和历史应该在一代又一代的艺术精品之中得以传承和发扬，文化的大旗不仅在学术界，更应在民间扯将起来，猎猎飞扬。一把小壶，就是中华民族厚重文化的一个着力点，将壶中乾坤把玩到位，便是把一种民族的精神、一份独有的神韵和气息传给了后人。这才是先人留给我们最好的礼物。

而作者愿意以一己之力，著这样一本小书，本身就是对民族文化传承最好的一种探索。我也愿意看到越来越多的人能够汇入文化传承的洪流之中，将世代相传的精品和优秀的文化保存延续下来，使中华文化宝库更加瑰丽华彩。

（《紫砂壶》，天津古籍出版社，2011 年）

风景的力量

　　与其说倪益瑾爱摄影，不如说他更爱拍摄的对象。否则，他不可能为了摄影跑遍祖国大地上的每一个省区；即便跑遍了，也不见得总能从任何一个区域拍摄到如此绚丽多姿的美景。

　　据说为了拍到一幅较为满意的照片，他会在生活条件很差的地方等待一天两天，甚至等待十天八天。说到底，他相信他所钟情的山河大地是美好的，并深信一定有某一个时刻是最美丽的。

祖国萬歲

LONG LIVE OUR GREAT MOTHERLAND

倪益瑾风景艺术摄影作品集
MR. NI YIJIN'S LANDSCAPE PHOTOS

《祖国万岁：倪益瑾风景艺术摄影作品集》

于是，他等待。在观察中等待，在等待中观察；在思考中等待，在等待中思考。等待春雨秋风梳妆大地的时候，等待夏云冬雪渲染大地的时候，等待朝晖夕照扮靓大地的时候。作为一位挚爱、执着、坚定、坚韧的摄影家，等待与选择就是创作。那是一种创造饱满完美的构图的等待、创造玲珑剔透的光影的等待、创造清晰变幻的层次的等待，那是一次次放弃与一次次追求的等待与选择。

就是在这样的近乎顽固的等待、放弃与追求中，他把宽广的视野给了他的作品，他把博大的胸襟给了他的作品，他把绚烂的色彩给了他的作品，他把缤纷的思绪给了他的作品，他把情不自禁的热爱给了他的作品。于是，我们才突然惊喜地发现，在祖国辽阔宽广的大地上，竟有如此美不胜收、目不暇接的壮丽景观。

看得出，倪益瑾是一位特别唯美的摄影家，属于那种古典式经典的唯美，唯美到苛刻、挑剔的程度。或许，这正是倪益瑾的风景摄影作品里充满了无可挑剔的动人力量的真正原因。那感人动人的力量，从一幅幅中国风景画式的意境中散发出来，从一幅幅西方油画般的色彩中散发出来——这就是那种古典的当然也是经典的唯美的力量。

也许他自己也常常被自己等待与捕捉到的美感动不已，有时候也会有一些即兴率性的印象式表达。鲁迅曾经说过不同地域给了他不同的色彩感："黄河以北几省是黄色和灰色画的，江浙是淡墨和淡绿，厦门是浅红和灰色，广州是深绿和深红。"倪益瑾跑遍祖国大地每一个区域，不同区域给予他的强烈的色彩感觉定然非同一般，而主观印象式的表达更加强化了区域性的色彩和不同色彩构成的特殊的光影效果——欣赏倪益瑾的风景摄影艺术总觉得有些别致的意象，这大概也是原因之一吧。

（倪益瑾著《祖国万岁：倪益瑾风景艺术摄影作品集》，中国摄影出版社，2011年。本文曾载《中国摄影家》2011年第8期）

小大之间

我也算是一个摄影爱好者。曾经看过周瑞增先生很有些天地气势的《天地放歌》，留下的印象就很深刻；这回看《我最爱的还是北京：周瑞增京城胡同街景摄影集》，忽然发现了周先生的又一面，印象更深了。

古都北京、首都北京变化之大之快是人所共知的，但变化如此之大，

如此之快，且如此之深，且变化会更大、更快、更深，是看着周瑞增的京城胡同街景摄影集才会仔细感觉、体会并认真思索的。

周先生说他创作这一系列作品时，坚守着"拍小不拍大，拍大不拍小"的想法。看周先生的这些作品，能想到抱着照相机的周瑞增，同时抱着一个艺术表现上的追求。他绕开谁都可以看得见的楼群路桥，车流人流，光彩声色，钻进自己非常熟悉的北京胡同的深处。他极想从一个天天生活在北京胡同里的普普通通的北京市民的角度，去感受北京的变化。而在取景成像的时候，他用的却是大画面、大写真，唯其如此，才能包容其中太多太丰富的细节内容。这样的"拍小不拍大，拍大不拍小"的结果是可想而知的：小中见大，大中见小。由是，我们看见了北京的也是影像作品的背后的故事，里面的故事，心里的故事；由是，我们才感觉到古都北京、首都北京已经变化的和正在变化的真的是大、是快、是深。

周瑞增先生的目的既明确，又单纯，用他的话说，就是："记录京城变化，留下历史印象，追随时代发展，展现美好愿景。"其实这是一个特别宏大的主题，并不容易做到、做好。但由于他选择了他特熟悉、特有感觉的角度，便很快地很轻松地做到了；不仅做到了，而且到位得很。这些作品的创作，说起来只用了一个多月的早晚时光，却一定是长期积累、用心体会的收获。又由于选择了适合展示与表达这样的具有历史感的题材与内容的黑白影像，古都北京、首都北京的历史变化被周瑞增先生摄取得愈发黑白分明、印象深刻了。

（周瑞增著《我最爱的还是北京：周瑞增京城胡同街景摄影集》，故宫出版社，2012 年）

画家韦江凡

  我与韦江凡先生同乡，陕西澄城县人。很早就知道他是个大画家，徐悲鸿的弟子，马画得特别好，但无缘相识。谁会想到，20年前我调到北京工作，竟与先生同在一个小区，两家住的楼相距也不过一二百米，真是难得。比邻而居，来往自然较多。我常去拜访他，他也来过我的家。七八年后，我们都先后搬了家，现在两家住得也不远。每年春节，我都会去给先生拜年。

  韦先生是我的前辈，离开家乡已经65年。我们每次聊天，他大抵都会谈到自己的童年，过去受的苦。这是一段刻骨铭心的经历，不幸的家庭遭遇，使他过早地承受了生活的磨难。十四五岁时，他曾流浪在外，做过杂货铺、鞋铺的学徒。但是，热爱艺术的天性却不可遏止地在生长，他再艰难都未放弃对美术的爱好，或者说这个似乎不合时宜的爱好给他编织了美好的希望，给了他生活的力量。他曾考入正规的中学、师范，都因无力承付学费而辍学。令人惊诧的是，他却凭借自己实际的水平和能力，被聘为数所中小学的美术与音乐教员，并开始了学习中国画的生涯，一颗艺术的种子在贫瘠的土壤中终于发芽、生长。20岁前的这些往事，给予先生的不只是人生的艰难，而是面对生活的勇气，支配自己命运的努力与体味。这其实也是难得的精神财富。

  关中东部渭南各县的民风特点，当地已有形象的概括并流传很广，例如澄城县就是"澄城老哥"。"老哥"的性格，执着乃至于倔强，

《中国近现代名家画集　韦江凡》

忠厚而有些憨厚。在韦江凡先生身上，这一特点得到充分的体现。他下决心要干的事，困难再多再大，也要想办法干成。例如，他仰慕徐悲鸿先生，便立志到北平报考国立北平艺专。当时抗战刚结束，寒冬腊月，交通不畅，他从西安出发，竟转道上海，又乘船到秦皇岛，再辗转到北平，共用了 40 多天。到了北平，但过了考试期，他又以自己的赤诚与优秀的习作感动了徐校长，终于如愿以偿，并得到徐先生的悉心指导。在以后的求学研艺、深入生活以及创作实践中，都能看到他这种锲而不舍的倔强的"老哥"精神。

　　徐悲鸿先生早年即以画马闻名。中国历史上的画马，都注重写实技法，直到清宫西洋传教士的画马，更是讲求结构准确，富有立体感。徐先生则开创了新的画法，他充分运用中国画独有的线条及水墨的浓淡，常寥寥几笔，就画出一匹栩栩如生、四蹄腾空的奔马。作为他的高足，韦江凡先生则又有所发展，即用草书入画。韦先生在书法上下过功夫，尤喜魏碑。他认为书法用笔与国画勾勒各有侧重又互为补充，因此认真探索书法用笔在国画中的运用。他又多次赴京郊、张家口、内蒙古、新疆等地的马场和草原，体察马的生活习性，捕捉瞬间的体态情貌，积累了大量的写生素材。他用"笔不周而意周"的大写意手法，将草书的线条和飞白融入画马的笔法中，用墨色的浓淡、虚实的对比来表现马的肌肉张力，特别是奔马的鬃尾往往因浓墨的渲染而狂放飘逸，骏骨逸姿，独具神韵。韦氏奔马可谓自成一格。

韦先生晚年以画马擅名，其实他在绘画上是个多面手。他不仅水彩、木刻、铜版画、雕塑、国画、壁画、连环画均有成就，而且山水、人物、动物皆挥洒自如。他的深厚的艺术素养，一方面来自传统，来自龙门、云冈、永乐宫、法海寺、敦煌等艺术宝库的考察学习，临摹体会；另一方面来自生活，来自在工厂、农村、军营甚至列车上的生活体验。他永不满足，"六十始悟艺""七十知不足"两方印章，是他"骑马难下"、毕生追求艺术的生动写照。

在韦江凡先生身上，还可看到"澄城老哥"性格的另外一个方面，即忠厚而有些憨厚。对于这一点，冯其庸先生在为《韦江凡画集》所

韦江凡作品

作的序言中有着动情的记述。他从不张扬，低调到了令人难以置信的地步——尽管他是科班出身又卓有成就，却从未办过个人画展。他的夫人也是中央美院 20 世纪 50 年代初毕业的画家，他的儿子、儿媳、女儿、女婿，孙女、外孙，一家多人擅长丹青。他们徜徉在艺术的天地里，为社会创造着美，也在这种创造中感受着无比的快乐。

　　在与先生的谈话中，他曾多次谈到河北曲阳北岳庙中一面墙上的彩绘。1963 年，他作为北京画院研究生班的班主任，曾带学生出外学习壁画传统，在北岳庙中发现了这幅古意盎然、线条遒劲流畅的彩绘，颇具"画圣"吴道子之风。他曾现场临摹，并拍了一些照片。他对我说，不知这个彩绘还在不在，它很重要，他还想再去看看，可惜跑不动了，让我给有关方面讲讲，给予重视。这成了他的一个心愿。我给河北文物部门的朋友说了，请他们注意保护，并请专家进行研究。

　　1995 年秋，我工作变动，由北京调往青海，向先生告别，先生画五马为赠，题曰《待君千里行》。我十分感动，遂写了一首诗感谢，现以这首诗作为本文的结尾：

先生赐画壮我行，眼底五马竞栩栩。
一马犹带昆仑尘，雄姿隐隐自天际；
一马倏忽迎面来，腾骧正酣难驾驭；
一马跃跃欲扬蹄，过都历块志千里；
一马瘦骨竹批耳，昂首萧萧似呼侣；
还有一马头低俯，娴静有思若处子。
先生画马非凡马，艺坛早已驰令誉。
迥别韩干曹霸辈，出入名家蹊径异。
不重工描重勾勒，寥寥数笔形神著。
公孙剑器上下舞，狂草绘事原同趣。
落墨淋漓元气凝，骏骨殊相毫端具。
五马惠我意甚殷，千里之行重肇始。

岂必骅骝千金骨，但爱得得步不止。

驽马亦有十驾功，甘服盐车中阪陟。

人生前路无穷期，行行重行贵策励。

（《中国近现代名家画集　韦江凡》，人民美术出版社，2012 年）

唐双宁的艺术世界

　　当今社会，人们大抵都有自己的专业，有本职工作，同时也不乏业余的爱好。业余爱好多种多样，甚至千奇百怪，只要健康向上，自然难分轩轾。其实，人也不能只有专业而无业余爱好，在很多情况下，业余爱好对于人的发展，对于本职工作，也会产生积极的作用。当业余干出了名堂，有了成就，甚至会一变而成为专业。也有这样的情况，人们所从事的本职工作，未必是自己真正喜欢的，而业余爱好才可能是其真正的向往。这大概是人生际遇的复杂性吧。

　　唐双宁先生的专业是经济，是金融，他身居高位，肩负重任。他对于中国经济的熟悉与研究，他的言论与见识，常常吹皱一池春水，为业内所看重。同时他又有多种爱好，有一个丰富的艺术世界：他喜欢书法，其狂草，大气磅礴，独具一格；他擅长大写意，融书法于狂

唐双宁画作《日出江花》

135

唐双宁画作《水墨大美》

草画，又着迷于抽象画及创新绘画材料的探索，为世所重；他经常写诗，新体旧体，皆有成就；他喜欢写文章，特别是那些隽永的散文，是心灵的独白；他对中共党史颇感兴趣，钦敬老一辈领导人，曾重走长征路，对若干史实多有探究。他的诸多爱好，属于文化艺术方面，也可以说是"游于艺"。游艺的结果，使他能享受艺术创造的愉悦，体味人生的趣味，促使着他心灵的滋养，精神世界的丰富，于他个人自是一种全面的发展；而他因所处位置及所从事工作的缘故，其胸襟眼界、政治意识与大局观念，于他的艺术创作，亦生发着重要的影响。这样，艺术的爱好与本职工作，不仅互不妨碍，反而相得益彰。

读唐双宁的作品，其实就是读唐双宁，并增加着对他的认识，我的这种认识，特以四首长句（七言诗）概括如下：

其一

丈夫不负此心丹，欲往何愁梁父艰。

画角一声惊健鹘，云霄万古仰韶山。

悃忱曾砥长征路，襟抱犹寻大汉关。

莽莽乾坤人独立，豪情依旧在登攀。

其二

胸有洪炉自铸镕，今犹负笈更丰充。

风云银海弄潮梦，叱咤生涯逐步功。

忧世当知啼鸟血，救时可见剖肝虹。

近年心力关情处，光大辉煌翘望中。

其三

文酒风流书亦芳，艺精更使逸情张。

淋漓砚墨意才畅，腾舞龙蛇笔已狂。

气壮助君游汗漫，力深使我忆苍茫。

霜凝最是惹幽蕴，拜览华篇须尽觞。

其四

此身真合作诗翁，且耸吟肩大野中。

天籁自成新旧体，尘缘不限马牛风。

钱塘潮急浪花白，完璧楼闲暮霭红。

一掬樽前感时泪，回肠最是祭周公。

（《唐双宁自选集》，东北财经大学出版社，2012 年）

追寻乡村社会的文化本色

　　李小超的雕塑"乡亲父老"是一组关于中国乡村社会的记忆性作品。
这种记忆是真实的，同时又似乎是梦幻的。他力图通过对乡村人物的
再现，形成我们对曾经记忆的新的感知与认同。

　　传统的牧歌式的田园生活，在当下的中国已经渐行渐远。作为中
华文明主要存在方式之一的乡村文明，在汹涌的城市化进程中难免被
误读甚至被肢解、碾轧。站在历史的十字路口回望，作为一个负责任
的艺术家，李小超用自己独特的视角、独到的艺术感觉，为人们对历

「乡亲父老——李小超雕塑作品展」海报

史的回顾与反思，提供了另外一种可能。

李小超的这组雕塑作品，我们感受到的不仅仅是乡村生活的困顿和辛劳，不仅仅是乡民日出而作、日落而息的漫长的生命延续。从咿呀学语的孩童，到神情淡定的老者，从脚踏实地的大学生，到雄心勃勃的打工仔，他们身上透出的那种纯粹与质朴，撼人心灵。那是生命的本色，也是乡村文化长久涵浸的色彩。这组作品塑造的乡村人物，大都多愁而不伤感，困惑却不懒散，悲凉、孤独却并不沮丧、放纵。历史的背影并非总是阴暗的。中国的乡村社会历经了太多的贫瘠艰辛，"乡亲父老"们的生活就是其中的一种，但他们提供给我们这个社会的文化滋养，不应也不会随着社会图景的更迭而消亡。

以雕塑的形式探寻农村、农民的生存轨迹，李小超或许不是第一人，但是他的作品带给我们的视觉冲击与引发的思考，却是难得的。可以说，李小超用自己的雕塑充当了一个发掘者。他以敏锐的艺术触角、高度概括的艺术手法，发掘出了埋藏在"乡亲父老"们灵魂深处的最朴素、最原生态的本质：对生活的希冀，对命运的抗争，对美好明天的渴求，对日常人生的通达与领悟。他们的生命平淡而不平凡，脚步疲惫却不倦怠。像眼下所有的中国人一样，他们希望活得踏实而有尊严，希望他们或他们怀抱里的孩子，能够延续他们的生存智慧，在各自的生活道路上走得更扎实、更远。

站立在一个个雕塑人物面前，我们仿佛面对着一个个鲜活的生命个体。这些来自中国乡村的人们，尽管身披风尘，面容羞怯，却仍然心甘情愿把自己的过去、现在和未来，向每一位愿意聆听的观众尽情倾诉。

认识了来自三秦大地上的"乡亲父老"，可以说就认识了过去和当下的中国。

（"乡亲父老——李小超雕塑作品展"祝词，2012 年）

吾非蚁，也知蚁之乐

　　青年画家小刘，豫华，是由家乡老友引见的，言谈举止带着陕西人常见的朴实无华。但是，当得知他坚持画蚂蚁已经有十几年的时候，还是有些意外：如此冷僻另类。翻阅了他的作品与文字介绍得知，他从我们的小县城入伍当兵，13 年间从西北到东北，又辗转到北京，其间无论如何曲折都一直坚持着他的画家梦想，难能可贵。

刘豫华作品《兵蚁撼天图》

豫华从小酷爱绘画，中小学时期几乎每个寒暑假都是在美术学习班中度过的。70后的童年还处在物质贫乏、缺少玩具的年代，蚂蚁成为了他的好伙伴。豫华常常蹲在一棵梧桐树下，用饼干渣来喂养蚂蚁，仔细观察它们忙碌的身影。长大了，当了兵，他眼中井然有序的军营生活就如蚂蚁的世界一样，有着团结、奉献的精神，有着令行禁止的严明纪律。这更激发了他选择以蚂蚁为主要描绘对象进行创作的热情，从此开始了他的画蚁之路。

从豫华的蚂蚁作品中可以看出，他有一颗不安分的心，他一直在努力尝试使用多种表现形式进行创作。在他的眼中，"蚂蚁"是一个永远取之不竭的灵感来源，绝不是俗世碌碌之辈，但他在用他对生活的感悟来领略蚂蚁的世界、蚂蚁的精气神，寻觅的是蚂蚁之乐，并且把这种乐趣同时带入了他的西部山水画创作中，也用执着的蚂蚁精神潜心研习已久，同样自得其乐。

但是，要我为他的画集和个人画展写点文字，我还是有些犯难。庄子曾被人质疑：子非鱼，安知鱼之乐？艺术也一样。面对繁杂的艺术界，我觉得直接把作品提交给大众和业内人士评判更为妥当。

豫华还年轻，只有三十几岁。年轻人在社会中扮演着不同的角色，他们在不同的职业里放飞自己的梦想。和很多年轻人一样，豫华身上充满朝气，执着、刻苦、勤奋，这些品质是我们下一代的希望。年轻人要走的路还很长，我希望他们能脚踏实地、不浮不躁地走好每一步。既然致力于艺术创作，就要秉持一颗赤子之心，用心汲取我们中华民族优秀传统文化中的真善美，树立正确的人生观，大胆创作，在艺术世界里展示自我才情，回馈社会，才能最终成为真正的文化精英。

豫华正如一只蚂蚁。我非"此蚁"，但深知"此蚁"之乐也。

（"刘豫华美术作品展"祝词，2012年）

永恒的文化乡愁

　　旧忆即忆旧、怀旧，这是永恒的文化乡愁，也是审美创造的一个永恒动机。刘明康先生以"旧忆"为主题的绘画展，汇集了自己数十年来的创作成果，展现了别开生面的艺术世界，敞开了艺术家宽广的文化情怀。

　　这次展出的四十来幅作品，多是国画，有水墨、淡彩，另有部分写生，有钢笔的、铅笔的、毛笔的。中国的山川，异域的风物，街头的见闻，人生的邂逅，景与人联系在一起，情与思交织于其间，通过精心的构图、

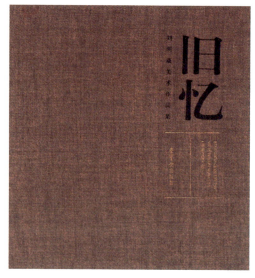

《旧忆——刘明康美术作品集》

刘明康美术作品《细语》

刘明康美术作品《耶路撒冷纪行》

洗练的线条、生动的画面，将这些铭记在画家心底的记忆呈现给了观众，而其敏锐的观察力、高度概括的造型能力，也同时给人们留下深刻印象。

真实是艺术的生命。讲求"真实和真诚"是明康先生绘画的重要特征。真实与真诚是联系的，是指艺术内容的客观实在性和艺术情感的真挚性。明康先生用画笔所记录所反映的，都是他所看到的，他所经过的，当然他也注意处理生活真实与艺术真实的关系。这是从艺术反映生活的意义来说，而从画家的主观情感来说，又是"真挚"的，即所表现的艺术内容倾注着从其血脉中涌流出来的全部真情实感。这种真实与真诚体现在绘画作品中，也反映在作品的有关说明上，它是画面的解说，又是心灵的独白，更在平实的文字中有着哲理的沉思。

明康先生曾身居高位，监管中国银行业，可谓"炙手可热"。他在退休后才举办个人画展，把作品与公众共享，自是经多方考虑，其境界已为人所称道。我思考的还有一个问题：金融银行的专业职责与绘画的业余爱好，在刘明康身上，是风马牛不相及，还是大有关系？我以为不仅大有关系，而且相得益彰。对一个人来说，不仅要有精湛的专业技术知识，还应有高尚的感情、明敏的思想，即有一个充盈的内心世界，这样才不至于心灵枯寂，发展偏颇。艺术是人类认识世界的另一种方式。在万丈红尘中能拥有自己心灵一片澄明平静的天地，在烦冗公务之余能从事自己喜欢的艺术创作，这使刘明康感受到世界

143

的丰富多彩和人生的无穷乐趣，使其精神得到涵养，心灵得到平衡，也当然促进着他更好地完成本职工作。这才是健全的人性。对一个人来说如此，对一个社会同样如此。朋友都称赞明康儒雅博识、文质彬彬，这种素养与风度，难道与他的绘画爱好无关吗？

对身负重任的刘明康来说，绘画虽然只是业余爱好，但他不把这一爱好仅仅看作是个人的自娱自乐。因为这是艺术。在他看来，"艺术是要有责任心和价值观的"。这个责任心，就是重视艺术的社会作用。忆旧、怀旧是刘明康绘画的一个重要内容。怀旧是对过去选择性的渴求。怀旧情结得以维系的前提是主体和对象之间的必然距离。当过去远离现在，时空距离就促成了心理距离，也成就了审美心态，过去也就具有了无穷的魅力。在刘明康的忆旧中，有人与自然的和谐、人间真情的温暖、大自然的伟大创造、传统的生命力等，这些又都是当今社会应重视的大问题，其中闪烁着"理想之光"，充溢着精神追求，因此就不只有了审美价值，同时有了社会价值。

值得称道的还有刘明康先生对艺术创作的执着与坚持。他并未因为绘画是业余爱好而有所懈怠，也从未为所取得的任何成绩而轻易止步。他始终以虔敬之心对待艺术。热爱艺术的天性与从小养成的认真学习精神与日俱增。他有一些画家朋友，虚心地向他们求教。他坚持不断地探求，努力提高自己的造型技能和技法，而且重视艺术形象神韵、意境的体现，突出作品的精神本质。他始终坚信：业精于勤，艺无止境。

法国社会学家莫里斯·哈瓦尔布瓦什从社会学角度探讨记忆，把记忆分为个人记忆、集体记忆与传统三种。我们无妨以此来看待刘明康先生的"旧忆"。这虽是与个人生活经历有关的个人记忆，但我们在看了他的作品后，进而上升到对过去的集体重构即集体记忆，从而自觉地传承我们的传统，守护我们的精神家园，建设新的美好生活，不是很有意义吗？

（《旧忆——刘明康美术作品集》，荣宝斋出版社，2012 年）

辙痕依稀

1826 年，法国人尼埃普斯（Joseph Nicephore Niepce）拍摄了人类历史上第一张照片——《窗外的风景》（*Window At Le Gras*）。13 年后，1839 年 8 月 19 日，法国科学院向全世界正式公布了由达盖尔（Louis-Jacques-Mande Daguerre）发明的"银版摄影法"，标志着摄影术这一对人类历史产生深远影响的伟大发明的诞生。

其实，中国人与摄影术的渊源并不比西方人晚。早在两千多年前，中国的墨子就发现了摄影术必备的重要光学原理——"小孔成像"，并记录在《墨经》中流传下来。就在"银版摄影法"刚刚公布的 5 年后，法国人于勒·埃迪尔在 1844 年携带整套达盖尔摄影器材来到了中国，拍摄了广州、澳门一带的风景照以及当时少数中国人的人像照，这是保存至今的最早的中国照片。同年，一位名叫邹伯奇的中国人独立制作出了属于中国人的第一架相机——摄影器，并摄得《平远山水》一幅。可以说，于勒·埃迪尔与邹伯奇是揭开中国近代摄影史序幕的两位开创者。

故宫博物院现存清末以来各种基质的照片上万张（件），拍摄时间最早可以上溯至 19 世纪 60 年代，所摄内容以清末民国人物、宫廷建筑为主：在为数众多的影像收藏中，众所周知的拍摄于 1903 年的慈禧太后系列照片，总量在 700 张以上；包括紫禁城、西苑三海、西郊园林在内的大量宫殿园林照片，在很大程度上指导着今日对现存古建

《寻觅旧京》

筑的保护与利用；19世纪八九十年代清宫曾拍摄过一批中央部院大臣及京外官吏的组照，众多影响中国近代史的人物影像得以保存；反映逊帝溥仪退位后"小朝廷"生活的历史照片及其日后寓居天津的生活掠影；民国时期在政治、文化、实业、教育、军事、外交等方面的知名人士；等等。这些均是故宫博物院在影像收藏方面较之其他收藏机构的特色种类。

《寻觅旧京》的作者林京，是一位在故宫工作了近40年的"老故宫"，40年来，紫禁城中的每一处院落、每一座建筑都留下了他奔波取景的身影。在其供职30年的紫禁城出版社（现故宫出版社）出版的图书、画册中，经常可以看到林京的作品。他拍摄的紫禁城题材照片主题鲜明、视角独特，且不局限于紫禁城这一方城池，像西苑三海、西郊园林、避暑山庄这些往日的皇家宫殿与苑囿，都留下了他的足迹，很多著名历史风物的拍摄机位与视角都是他独创的。在拍摄之余，林京还将大量精力投入到对老照片的整理与研究方面，特别是对故宫博物院藏清宫旧影的整理与出版工作，倾注了他大量的心血。20世纪八九十年代，由林京等人翻拍的慈禧太后等清宫人物照片，第一次系统、清晰地向社会公开这些著名人物的影像，在海内外引起强烈反响，掀起了一股老照片热。在研究方面，林京广泛搜求第一手资料，特别是寻访了包括溥杰、溥仁、完颜爱兰等皇室成员在内的诸多历史的亲历者，与他们谈往事，话变迁，挖掘老照片背后的故事，并付诸绘声绘色的文字中去。40年来，林京发表在报刊、图书上的文字以数十万计，对很多资料的收集与保存带有抢救性的味道，这是难能可贵的。

林京的这本《寻觅旧京》，是他的前一本专著《皇朝落日》的姊妹篇，前者以反映北京清末到民国这段时间的建筑风貌为主，后者以历史人物为主，两册各有侧重，互为补璧。在《寻觅旧京》中，我们得以通过摄影师的镜头穿越百年，领略帝都北京的风貌：紫禁城里空旷宁谧的外朝与深邃幽静的内廷，诉说着从辉煌到没落的往事；三海浩渺碧波中倒映着琼岛与白塔，长堤花柳连缀着青松翠柏；帝都城垣，内外双环，虽饱经风蚀，却苍劲依然；还有九坛八庙，三山五园，历尽罹劫，风骨犹存……

"阅今千年峨天阊，地灵信比长安长。"乾隆皇帝曾这样形容帝都北京。希望这本《寻觅旧京》能够将千年帝都的壮美与故事完整地展现给广大读者，以示传承，垂之永久。

（林京著《寻觅旧京》，人民文学出版社，2012年）

文怀沙老的文人书法

　　书法是汉字的审美化和艺术化。而当宋代苏轼、黄庭坚自觉将文人的书卷气带入书法中，重视以书法表现自身的情韵意趣时，便使书法更具有了文化底蕴。这一派的发展，形成了多姿多彩的文人书法，在千年来的中国书坛上具有重要地位。

　　所谓文人书法，即不是把书法当作一种技艺，而是其中蕴含着文人的胸襟、识见和审美趣味，有着丰富的历史文化信息。文怀沙先生的书法，应该属于文人书法。因为他首先是一个著名的学者，世纪文化老人。

　　文人书法因重"尚意"，也应警惕流于荒疏、草率这一弊病。出现这一问题的主要原因是缺乏书法的基础训练，缺少晋唐书法法度与气象的学习。文怀沙先生则在书法上下过扎实的功夫，对最能体现法度的楷书以及篆、隶、行、草都用力甚深，对于甲骨、钟鼎、石鼓、楚简等也有研究，至今他还时有甲骨文作品问世，如"丙戌春用殷墟文书论语句""丙戌中秋用殷文书论语句"等。

　　但文怀沙先生不是要做一个专业书家，而是要通过书法张扬人格、抒发自我。他有自己的书法创作主张："书法贵观自在，写字如做人，做到不俗或免俗，便差强人意，岂敢望脱俗超圣乎？""观自在"是佛教用语，观即观照，指用智慧来照明真理；自在是指心离烦恼的束缚，通达无碍。所谓俗，可以从两方面理解：一是书家共同的一些审美符

号和标准，二是书法发展中的靡巧造作、浮华妄诞等流弊。要做到不俗或免俗，就要有清醒的认识，有所创造，书中有我，走出自己的路子。但是这个"俗"总是会有的，时间长了，就有新的"俗"出现，即如自己，也会有"俗"产生，因此不可能做到永远"脱俗"。其实，书法艺术正是在"不俗"或"免俗"中不断地进步着。

文怀沙先生"贵观自在"，正如他所强调的"和"一样，他重视吸收各种字体的特点，把甲骨、钟鼎、石鼓、楚简以及篆、隶、真、行、草等各种字体融合在一起，形成了带有自己特色的新笔法，总的特点是古朴厚重、随意生动。

文人书法的重要特点是形式与内容的统一，即在书法中体现出作者的素养、学识，展现着作者的人格、境界。500余字的《千古绝唱：唐诗宋词书画典藏集·小引》，沉稳清丽，一气呵成，与所书写的内容相适合，正如他所说："以论区区公岁，四十颇有余，五十尚不足，此纸书被催成，尤能稚拙，幸免佻巧。"他为自己主编的《四部文明》之一的《隋唐文明》题签，四个大字古拙沉雄，气象宏阔，使人感受到隋唐文明的厚重与博大。文怀沙先生又是一位诗人，书写自己的诗词，更使这些书法作品具有特殊的价值。

在文怀沙先生的书法中，我们更似乎感受到那种无处不在的屈子精神。文先生虽长期生活工作于北京，自称"燕叟"，但内心深处却凝结着"楚魂"。他是楚辞研究大家，屈原精神的追慕者。"君自九嶷出，有如九嶷云。明知楚水阔，苦寻屈子魂"（胡耀邦赠文怀沙诗句）。集离骚句成为他书写的重要内容，也有一些自己撰写的纪念屈原的联语、诗歌等书法，这些作品，很多象形简古、圆浑朴厚、气韵生动，不由得使人想到屈原笔下的瑰丽想象、美人香草，看到充溢其中的屈子魂灵，这些字本身也平添了一分仙风道骨。

（"文怀沙先生书法展"祝词，2013 年 12 月）

魂凝梅花

梅花玉洁冰清，有疏影横斜、暗香浮动的诗情画意，也有不畏严寒、凌风傲雪的君子风度，是最富有中国文化特色的花卉珍品，并由此发展为精神层面的赏梅、咏梅、画梅和颂梅的梅文化。特别在中国画领域，画梅者千年不衰，总有来者和传承人，侯普民先生就是其中一位。他对梅花情有独钟，爱梅、敬梅、咏梅、画梅，40余年不懈追求，取得了世所瞩目的成果，而且梅花香傲苦寒和先天下而春的精神也深入到他的骨髓里。

侯普民的故乡在陕西渭南合阳印光故里，与我老家澄城相邻，那里是《诗经》"关关雎鸠，在河之洲"的发源地。他出身于书香门第，自幼受家庭熏陶，酷爱绘画，儿时就读帖临画，弱冠之年便可登梯在房壁上刷写尺余见方的魏体大字。他的书法根底扎实，笔墨表现力强。他更是凭着对梅花的痴迷，在部队和地方的10多年，走遍祖国的名山大川，从武汉、南京到重庆、青岛、义乌，每个梅园、每个品系，观赏、写生、拍照记录，认真研究梅花的生命规律与特点，仔细捕捉梅花的物态美和意象美，精于琢磨，勤于摹写，不断有所提高。同时他又特别注重向传统学习，向名家学习，体味前贤画梅的理论与创作实践。他宗法元代画梅宗师王冕、杨无咎，近现代广拜吴昌硕、关山月、董寿平、王成喜、梅墨生、刘文西、韦江凡、井汉长、贺荣敏等，孜孜以求，锲而不舍，终于圆了自己的画家梦。他的书画作品多次在全国的美术展览中获奖。

对侯普民来说，画梅的过程不只是体现技艺的日臻成熟，而且是他自己品德提升与意志砥砺的过程。中国传统画，强调个性表现和多种艺术结合，因此作者多属具备较全面深厚的文化修养的文人。从侯普民的梅花作品创作中，可以看出他十分重视学识的积累，重视诗、书、画、印的相互促进和整体提高。他画梅主张创新，追求画面的时代感和生活气息。他画的梅花，不论是红梅、白梅、黄梅或是绿梅，都枝繁花茂，色调饱满，淋漓腴润；画中老梅，古拙苍润，横斜奇纵，潇洒出尘，体现了我们的时代精神，形成了鲜明的个人风格。

画如其人，其人如画。侯普民先生形诸笔墨，抒写了自己对于梅花的痴爱与崇敬，在社会生活中他则以梅花的品格和精神自励。他有一颗爱心，经常无私地献出自己的作品，为一些重大公益慈善活动尽绵薄之力，人与梅花一样清。他待人诚恳朴实，谦和虚心，对书画艺术执着认真，有种锲而不舍的顽强精神，这是一个艺术家的新境界。

侯普民曾任渭南市文化局局长。退居二线后，任渭南市文化促进会常务副会长。2012年，他和澄城县文化馆馆长吴来宝到北京找我，商议家乡文化名人录出版事宜，并送我一幅四尺梅花《铁骨生春》：画面上苍穹阴霭，大雪纷飞，而梅花独自盛开，傲雪凌风，老干如铁，嫩枝挺拔，气势雄浑，生机勃勃地表现了梅之骨气、梅之仙气、梅之品格，也使人感受到他是一位造诣深厚的画家。我们也祝愿这位永不满足的乡党会继续求索，日渐精进，在梅花艺术领域超前越古，不断向新的高峰攀登。

（"侯普民梅花展"祝词，写于 2013 年 12 月 30 日）

严璐是喜欢画画的

严璐是喜欢画画的，他在平面设计、雕塑、壁画做得很有起色的时候，毅然放弃了商业利益能即时体现的这些行业，而去考中国画专业的研究生，去坐三年冷板凳，去研究绘画，而不仅仅是为了一张学位证书，这是难能可贵的。

严璐是喜欢画画的，从他涉猎的美术范围就能看出：博而专。博，指他中国画、雕塑、壁画、设计皆能；专，指他擅长中国画，工写兼备。工笔设色精当，写意意蕴悠远。写意山水画有明丽幽静的水乡系列，有气势雄强的北宗山水系列，有水墨华滋的南宗山水系列，又有实景写生的采风系列；间作花鸟，既有浓墨重彩之写意，又有清新雅致的工笔；偶作人物，则追求惟妙惟肖的精神气韵。

严璐对于画画，是痴迷而又热情的。学画之人都曾积极地参加中国美术家协会主办的各类画展。严璐在2010年创作了《太行挂壁公路》，参加"和谐燕赵　红色太行——中国山水画作品展"（中国美术家协会主办），初选通过，大受激励。读了研究生之后，研习传统与创新的问题。毕业后，创作了一幅《自然之味》，入选"金陵文脉——全国中国画展"（中国美术家协会主办）。受此鼓舞，他接连创作的《秋水长天》《春晖》《里下河畔秋意浓》等都获得中国美术家协会主办的全国中国画画展的优秀奖（最高奖）。这些成绩的背后，是数易其稿、九朽一罢的努力。

严璐也耐得了寂寞，在其作品未能在市场获得很好的收益时，经年用他早先的积累度日，对绘画的初心不改，不再去经营早前的设计、雕塑等业务，虽然这些业务并未脱离美术范畴。

严璐在寂寞中探索，他常作细笔头的工笔画，对工笔花鸟、人物颇为用功。他画的《雨霖铃》，烟雨迷蒙，仿佛能嗅到清新湿润的雨后空气。《风动》画一时代女子，立于石后，以手抚帽，似有风来。是风动，是人动，还是心动？这些纯用传统工笔线描，勾勒渲染；人物景色，繁复又简练；画面氛围，清新雅致；以传统的手法，画出了新的意境。

山水画，更能体现一个画家的性情与艺趣。历来画家多作山水，或半边一角，或千岩万壑。严璐画山水，有水乡系列。柳树为江南水边常见植物。其柳树，远法宋人马远《西湖柳艇》，近宗傅抱石之柳法，然综合为之又出己意。其画面悠扬闲静，似一曲水乡船歌。严璐的水墨画，书写用笔，笔法厚重，来龙去脉交代清楚，或积点成面，或积面成块。其用笔、用墨、意境得力于米友仁的《潇湘图》及龚贤的"黑龚"时期的作品。严璐的《江山多娇》画面布置得宜，大面积中短调的灰色处理，远看迷蒙，近观用笔用墨，笔笔到位，黑白对比，体现了节奏与韵律。

北宗山水，易于流俗，画好颇难。严璐的北宗山水，其构图常出新意，间用泼墨，以青绿、赭石施于淡墨之间，彩墨交融，别有情致。严璐的山水画从传统中来，却又有自己的风格：以雄强的审美观照自然。

严璐的写意花鸟画，彩墨为之，然又注重"写"。边涂抹边勾皴，虚实相生，心手相应。《春风》《天香》《紫云》等作品既有岭南派的撞水撞色，又有现代派的重构成、重意趣。画家作画时的提按顿挫、挥洒自如被宣纸敏感地记录下来：痛快淋漓，笔笔见功。有人谓：画如其人。观之严璐，沉静内敛，率真坦荡；观其画作，清新静美，空谷传音；观之画册，数种风貌集于一册，使人目之不倦。不霸气，却雄强；不雕饰，却清新。

154

近闻严璐设计的《扬州印》中标成为"扬州建城 2500 周年城庆"标志，甚好。博而专，这是每个艺术家要思考的问题。我不希望严璐成为"猫王""牡丹王"之类的"专门家"。严璐选择了取法上乘、勤学多思、借古开今的道路，这条道路是宽广的，假以时日，可期大成。

（"严璐画展"祝词，2014 年）

古沉木雕艺术的开拓

　　根雕艺术在中国源远流长，经过数千年的演绎，已经成为家喻户晓的大众艺术。古沉木雕则是根雕艺术中的一朵奇葩。

　　古沉木又称乌龙木、阴沉木、炭化木、东方神木等，是大地上的古树名木随着地壳运动沉入江海、陷入地层的炭化木。经过千万年深埋压磨，改变了树木原有的物理性能，形成了千年不烂、万年不腐的

《复活的古沉木》

郑剑夫根雕作品

生命体征。古沉木是大自然的造化，历来是文人墨客、达官贵人争相收藏的珍品。古沉木雕则体现了其古朴自然的特点。

郑剑夫是浙江省非物质文化遗产代表性传承人，他开创了古沉木雕的新的艺术领域。他以古为师，勤于学习，善于从阳刚之美的秦汉石雕、刚柔并举的隋唐泥塑、雍容华贵的宋明木雕中汲取营养。他也多次赴海外考察，注重在法国绘画、意大利雕塑、埃及石刻中领悟所长，融入自己的创作风格。博采众长、兼容并蓄，使他的古沉木雕刻艺术厚积薄发、推陈出新，形成了鲜明的特色。近几年来，他的作品走进了中国国家博物馆和世博会中国馆，也走向了海外。

即将出版的《复活的古沉木》，是郑剑夫继《古沉木雕艺术》《古沉木作品集》《郑剑夫论古沉木》等专著出版后的又一艺术作品集。其中所收雕刻作品，既重视形式美和内在美的有机结合，更追求一种意义的构造，赋予人物雕像以精神的美感。他的作品往往视材之形，酣畅淋漓，刻意张弛，又顺其纹理，刀如工笔，表现了那种画龙点睛的神来之手。"推陈出新的古沉木雕刻""大千世界的魂魄"两章中关于古沉木雕的理论阐释，以随笔形式，观物说理，深入浅出，展示的是充满睿思、引人启示的生活哲理，让读者受到古沉木雕文化的浸润。

郑剑夫的古沉木雕艺术，让我颇有感触的是深含其中的中国元素。中国元素就是被大多数中国人包括海外华人认同的，凝聚着中国民族传统文化精神，并体现国家的尊严和民族情结的形象、符号与器物。正因为饱含中国文化元素，我相信他的作品，将来会更富影响，会走向世界。

（郑剑夫著《复活的古沉木》，中国美术学院出版社，2014 年）

凯风吹我襟　怀古一何深

　　书法作为汉字书写的一种法则，书法界已形成了一个共识，即技进于道。技就是技术、技法，道就是法则、规律。但是，对于进道之道即如何进于道，各个书家则自有其特色。鲍贤伦同志的特色是具有很深的怀古情结。他研习书法40多年，重视向传统学习，于汉碑、汉简临写尤勤，努力在传承中创新，尤其在隶书艺术方面，多以汉碑略参简书笔意出之，笔势灵动，浑穆而润雅，呈现出他在把握规范尺度与表达艺术性情方面的控制能力，也是他文化积累、人生体悟的自然流露。在当代盛年书家之中，鲍贤伦是一位既有历史情怀，又有当代意识的书法探索者。

　　鲍贤伦的这种怀古情结，既明确标示在他的书法展主题"我襟怀古"上，更体现在那幅长35米、高4米的主题作品陶渊明《归去来兮辞》中。"遥遥望白云，怀古一何深！"陶渊明浓浓的怀古情结充溢在他的诗文里。鲍贤伦用其最具感染力的隶书体势和金石气、书卷气兼具的笔调，深情表达了对陶渊明高志远识和中国士大夫精神的仰慕。

　　怀古情结不同于一般意义上的咏古和怀旧，也不是偶然生发的思古之兴，而是对古与今关系有着深刻认识的一种社会反思和心灵观照。鲍贤伦的怀古情结，从书法艺术探索来看，他深知中国书法的源远流长，懂得要有所创新，必须认真地钻研经典，学习前贤，继承传统，这也是他所说的"入古"。这种"入古"或怀古，不只是对古代书法资料

鲍贤伦书法作品《濠上观鱼》

的研究，更是对古代书法精神的追寻。在古代，书法更多地承担着修身养性、愉悦性情的功能，它是古人自我审美追求和生活情趣的自然流淌，这也成为我们今天反复把玩而又味之不尽的原因。学习古人，就要明确"游于艺"的意义，在攘攘红尘中拥有一颗平静的心，不急功近利，不眼花缭乱。鲍贤伦就是这样努力的。

鲍贤伦的怀古还有寻觅精神家园的意义。须知，书法研究是他的业余爱好。1991年之前他在高校教书，此后至今的20多年，他一直从事文化遗产的保护工作。文化遗产作为历史和文明的载体，它积淀着一个民族的文化底蕴，承载着广大人民群众的精神追求，关系到精神家园建设的大问题。庆幸的是，鲍贤伦文物工作的开始，就是兰亭所在地的绍兴，不久他又在浙江省文物局局长任上工作了十六七年。文化遗产是我们今天与古人对话的桥梁。在尽职尽责地搞好本职工作的同时，他也在与古人的对话中、在中华文脉的传承中涵养着自己、升华着自己，使自己厚重起来，包括书艺的提高。对于书法家来说，功夫在书法外。

从鲍贤伦的人生实践和书艺探索来看，怀古情结不是单向的静态的，而是一种双向的动态的精神活动。慕古追古，更激发他努力把古代文化遗产变为当代现实资源，并在此基础上有所前进。他以为在这个过程中有两个关键点：一是解读能力，要真正有所理解、有所体会；

二是转化能力，从审美观到技法体系都需要转化，不是复制，不是模仿。对一个书法家来说，所追求的当然是有自家面目，即形成自己的艺术风格。他从数十万支汉竹木简牍中，选择有感觉能深入的一部分进行研究，然后边扩展边深入，在与古人的对话中逐渐形成自己的理解，形成个性化的笔法、字法，并随着长年累月的实践，手脑并用地不断丰富与调整自己的审美意识和表达方式。他的体会是，风格的形成既是个自然而然的过程，同时也是主体意识不断选择、提炼、强化、调整的结果。现在的社会风气把"面目""风格"都看得太过重了，这是功利性在书法界的反映。其实形成自家面目不容易，发展自家面目更不容易。自家面目是需要不断完善和发展的。这些在实践中得出的总结与感悟，无疑是十分珍贵的。

我与鲍贤伦同志相交于 1999 年，那时我在国家文物局工作，工作的缘分，意趣的相投，这么多年我们一直来往不断。我于书法缺少研究，却非常喜欢他的作品。这次他举办书法展，便信手写了以上的话，谈我的一点感想；然意犹未尽，又草成小诗四首，既为祝贺，亦是期望：

晋人风度自无伦，今慕清标不染尘。
曾是山阴道中客，兰亭寻梦永和春。

书家心路亦迢遥，文物斑斓助兴饶。
醒目当看雁荡月，涤胸还是浙江潮。

穷年兀兀八分书，笔自从容意自摅。
莫道寻常波与磔，但能深味即成珠。

相识初闻墨沉香，今看书苑一旗张。
任情恣性淋漓笔，游艺襟怀路正长。

　　（《我襟怀古·鲍贤伦书法集》，浙江人民美术出版社，2014 年）

诗意，流淌在山水之间

中国山水画是中国传统文化最典型的艺术表现形式之一，它除了对于特有的艺术表现手段有极高的要求之外，更讲求对于意境的追求和艺术家个人精神世界的集中展示。因此，宋代大诗人苏东坡早就有"诗中有画，画中有诗"的论述。

诗意，可以说是山水画的灵魂，自然是无数山水画创作者的孜孜追求。

我们在读王猷川山水画册时，似乎感到了弥漫的诗意。在青山白云间，在浓荫翠黛中，或在大江东去、溪流潺潺时，诗情画意不经意间在画底流淌：有"众水会涪万，瞿塘争一门"的雄壮，也有"万壑有声含晚籁，数峰无语立斜阳"的宁静，有"明月夜、短松冈"的凄美，也有"雪消门外千山绿，花发江边二月晴"的欢快，等等。人们在画面中感受到的是唐诗宋词所深蕴的意趣，从而得到美的享受。

王猷川在20世纪60年代初即拜中国山水画大师周抡园先生为师，是周先生的入室弟子和得意门生之一。在老师的精心培育下，50余年来孜孜不倦地研习，并认真学习前贤，不断积累着学识素养和艺术功底，同时又遍游名山大川，搜尽奇峰打草稿，在现实生活的真山真水中，感悟自然，获取灵性，得到提升。

王猷川正值创作的盛年，我们可以期待他在今后会有更大的提高，会有更多的好作品奉献出来。

（《王猷川山水画集》，四川美术出版社，2014年）

回归经典

敦煌石窟是举世闻名的文化瑰宝。敦煌石窟及从石窟中出土的大量遗书是人类文化史上罕有的宝贵遗产。因此，百年来的敦煌学研究方兴未艾，敦煌书法即敦煌遗书中的古代书法资料及其研究也就成为敦煌学的重要组成部分。

敦煌书法以藏经洞出土的遗书为主。多达几万卷的墨迹写本，上自东晋，下迄北宋初年，分别写于不同地区的各个朝代，具有极为重要的书法艺术价值，并且再现了那700年间书法在敦煌地区发展演变的风貌。敦煌书法还包括敦煌地区古遗址中出土的汉简书法、石窟题记以及现存的碑文书法等，它们都是中国书法史最珍贵的历史资料。这些书法珍宝，无不具有经典性的意义。

有着如此巨大时间跨度以及如此巨量遗存的敦煌书法，在时代、地域、题材、内容、材质、作者等多个方面所呈现出的丰富性和复杂性，使敦煌书法的研究有着广阔的天地，但也面临着很多困难。

学术研究的基础与前提是充分地占有资料。周伯衍为此斥资10余万元，购买了海内外出版的大多数敦煌写本目录和图录，沉潜其间数年，读书笔记即有10余本之多；同时他又亲赴敦煌，认真学习考察，对敦煌有了深切的亲身的体会。他不满足于时下一些宏观的粗线条式的研究，而是注重资料的挖掘与联系，注重细节与背景。他选择其中极具代表性的人物、书体、作品、事件和概念，用心体察，以隽永的散文化笔法，串联起敦煌书学的 700 年历史。本书是对敦煌书学一次富有个性的学术梳理，充分体现了作者令人称道的历史意识、书法素养和文学功底。

据我所知，在敦煌学各领域中，敦煌书法研究还处在比较初步的阶段。在《敦煌学研究论著目录》1000 多页的目录中，敦煌书法部分不到 7 页，且以介绍性的文章居多，深入、系统、专题性的研究较少。本书对于敦煌书法做了比较深入的研究，是一部有特色的作品，也是敦煌学研究中一个值得重视的成果。

周伯衍又是书法家，以敦煌写经体蜚声书坛。书法家研究书法自有其优势与特点。本书结合敦煌书法各个时代的代表性作品进行分析，有着深切的独到的体会；此外作者不拘泥于书法本身，并将个人的书法实践放诸宏阔的敦煌学语境下，观照自身，体悟精髓，也必将进一步促进与提高自己的书学创作。

周伯衍的这本书取名《重返敦煌》，说明他曾最少两次亲赴敦煌。但从他对敦煌宝藏的深刻认识，对敦煌书法价值与地位的推崇与理解，以及书中所体现的那种传承中国书法艺术的历史责任感，这种"重返"，似乎也可理解为是在倡导对经典的回归，是对书法精神的向往与皈依，更是一个不断求索的决心与誓言。

（周伯衍著《重返敦煌》，西安出版社，2014 年）

方寸之间的追求

　　篆刻是我国传统艺术中的瑰宝，在方寸之中融汇了书法和绘画等艺术，是一种综合性很强的造型艺术。既继承传统又发展创新，不断地拓宽篆刻艺术的表现力与内涵，使历经数千年的篆刻艺术仍能保持其恒久魅力，正是今天众多篆刻家的梦想与追求。一批颇具实力与创造力的中青年篆刻家，更肩负着继往开来的历史重任。沈乐平教授就是其中一位。

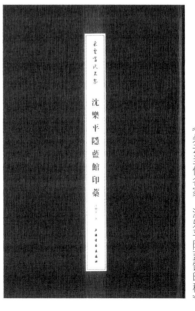

《朵云当代名家　沈乐平隐蓝馆印稿》

　　沈教授学印始于正道，他从先秦两汉入手，亦及宋元朱文，并鸟虫之属，艺术根蒂之深，是其篆刻功底之源；他的篆刻观，重以书入印，印以书出，书印结合，强调笔意表现，强调章法空间的画面感；在创作方法上，则提倡大胆落刀，小心收拾，注重整体氛围与细节表现之间的协调关系，将秦汉苍秀雄浑的古意与开放多元的现代风格有机地糅合为一体。

　　我以为，沈乐平教授的篆刻成就，与受过良好的专业训练有关。1963 年，中国美院最早开设大学本科书法教育，他是为数不多的本硕博均在该校书法专业学习深造的书法家、篆刻家。长期的专业教育，一方面是对于古今书法理论的系统学习，对于历代书法源流的深刻认识，对于各种书体的真正把握，从而打下了深厚而坚实的基础；另一方面则是艺术素养的全面提升，敏感于空间图式，将书风带入印风，又以印风影响书风，以刀代笔，运斤成风，创造出既有古意，又充满现代感的，属于 21 世纪的新印风。他通过美术化的审美观照，在方寸之域搭起施展才华的舞台。

　　理论研究与创作实践的结合，更助益着沈教授篆刻艺术的精进不已。他一直未停止过理论的探索。《敦煌书法综论》与《元朱文印论谈》是他研究书法与篆刻的著作，显现着他的思考、体味，凝结着他的心血。这些理论成果又影响着、促进着他的书法与篆刻的创作实践。喧嚣中的固守，寂寞时的付出，彰显出在当今书法篆刻界依旧顽强地生存着一支沉静、坚凝、不浮躁的中坚力量。这是中国书法篆刻艺术发展的希望所在。

　　沈乐平教授以其突出的成果，已在书法篆刻界引起相当影响。他的作品也曾多次出版，这次又遴选列入朵云轩出版的"朵云当代名家"，汇集其凝结着 20 余年心血的印章佳作将集中得以展现，这在他的艺术跋涉长途中，当有其特殊的意义。沈教授正当艺术的盛年，又能矻矻不已，积以时日，自会大有成就。我们翘首以待！

（《朵云当代名家　沈乐平隐蓝馆印稿》，上海书画出版社，2016 年）

一颗檀心　千秋事业

如果一定要给"北京"加个后缀，比起行政区划手册上标注的"北京市"，我更喜欢在心里头叫它"北京城"。

北京城、四九城，一个"城"字，让这儿立马活起来了，成为一个有血有肉的中国符号——它四平八稳地盘踞在燕山脚下，前控中原，后制东北，西倚太行，东望河海，从辽、金、元、明、清的五朝帝京一直到新中国的首都——天地一朝，万期须臾，这里，是1000多年来华夏拱卫的核心。

这是一个比任何其他中国城市都要抽象的核心。它的文化印记是这样丰腴、深厚，让你很难用几个形容词就把它表达出来，但却可以闭着眼想出一连串的物事。这些物事可以很写意，是"日丽丹山，云绕旌旗辉凤羽；祥开紫禁，人从阊阖觐龙光"的至尊至贵，也是"天棚鱼缸石榴树，先生肥狗胖丫头"的小民康乐。这些物事可以很具体，是枣红宫墙里合抱的古柏，中山公园碗口大小的牡丹，什刹海荷花上头歇着的蜻蜓，胡同里的酸枣子和杂拌儿……而这些虚与实的物事，伴着晴天底下训鸽的哨声、门垛子下面蟋蟀的鸣声，都被合抱在"内九外七皇城四"的门楼与城墙里，幻化为滋味丰厚的北京城。

说起能够呈现北京的意象，有什么比宛如骨架一般重要的城门楼更能勾勒北京的轮廓呢？

然而由于历史的原因，自20世纪50年代开始，这些城门楼及附

《陈丽华的城门梦》

属的城墙陆续被拆除。北京城，这个按照中国最古老的城市建设经典《考工记》规划修建的大美之都，这个完美呈现了"大哉乾元""刚健中正"等中国哲学思想的首善之区，它的廓形，只留下了两三个城楼的孤单身影，成为多少人梦里的残片。

但生于斯长于斯的老北京人——陈丽华却偏要把她的"城门梦"圆回来。

在资料缺失的情况下，陈丽华率数百工匠，历经十载寒暑，用紫檀及阴沉木按照1∶10的比例重现了老北京城"内九外七"16座城门楼。她坚持追求对老北京城门楼由表及里的真实再现，要求图纸和历史上的结构一点儿都不能走样，所有大活儿、小活儿都必须严格按照古建规制去做。她带领的团队简直就像考古一样，千方百计去考证真实而准确的建筑规制，以确保做成后与实物分毫不差。

陈丽华女士邀请我看了这16座紫檀及阴沉木老北京城门，非常震撼！我钦佩陈女士的魄力，也只有陈丽华女士能够完成这样伟大的工程。用紫檀及阴沉木创建的老北京城门楼在历史与古建艺术方面的价值不可估量。除木作艺术品本身的绝无仅有、价值连城外，它堪称老北京城的"活图纸"，所有的设计和制作都保留下了详尽完整的数据资料，取得了一项城市规划和古代建筑研究的学术成果，为后人留下了一套完整的老北京城门、城楼、城墙的图纸和雕刻技术的宝贵资料。

而陈丽华女士为后人留下的，又何止是宝贵的老北京城门资料呢。

我以为，城池有形，情感无形，但如果没有情感的浸润，城池就是冰冷的空壳；同理，紫檀有形，文化无形，紫檀一旦离开了文化的涵养，也就仅仅是一个大而不当的摆设。所以我曾经说，中国紫檀博物馆作为一家私有博物馆，在传承传统工艺和技术方面发挥了重要作用。事实上，只有将"紫檀雕刻技艺"这样的非物质文化遗产和有形的文化遗产相结合，才是完整的文化遗产保护。在这一点上，陈丽华女士做到了。同样，陈丽华女士这回圆了她的"城门梦"，以一种全新的抢救与保护文化遗产的理念和方式，走出了一条保存城市文脉的新路，让已经逝去的老北京城遗迹，以另一种方式活转过来，并且在新城市中有尊严地存续。这值得我们所有博物馆人思考。

但你又绝对不能说这仅仅是一个关于老北京的梦。为什么？因为北京的古建筑文化，北京的城门文化，绝不只是老北京的，它是全中国的，乃至全世界的。仅城门的名字透出来的，便是整个华夏民族的天命吉祥，国运永昌。正阳门、崇文门、宣武门、德胜门、安定门、广安门、永定门等等，这分明是寄托了中华民族伟大复兴的百年梦想，寄托了五湖四海盛世长存的大同之愿。

最后，我想到了吴良镛先生曾经说过的一句话："每一个民族的文化复兴，都是从总结自己的遗产开始的，我们总不能给后人只留下一个故宫吧？"

（《陈丽华的城门梦》，故宫出版社，2017 年）

且为哲人写丰神

　　我认识薛晓源同志，是在范曾先生的画展上。记得那年故宫博物院为范曾先生办画展，晓源同志作为学生陪同范先生前来。我们虽是初次见面，但也谈得很愉快。后来晓源又陪同范先生来过故宫参观。他谦虚而好学，给我留下了很深的印象。在最近版权协会举办的一次活动中，我和晓源不期再会，都很高兴，聊得很多。他谈到自己近年来在绘制世界著名的哲学家，我很惊讶，也颇好奇，希望能早点看到他的作品。大概一个月之后，晓源兴冲冲地抱来一本大画册，他说这是即将付梓的样本，商务印书馆准备出版，并希望我为之作序。

　　打开画册一看，果然高华典雅，风格独特。我觉得他的这些作品很有味道，很有内涵。在这些大名鼎鼎的人物的造型中，在他们的眼神中，可以看到思想的风采、智慧的光芒和人格的魅力，画册展现的不仅是一个个丰神独具的哲学大师，也是通过人物画反映了数千年的世界哲学史。因此，我愿意写几句话，向读者推荐他的作品。我问了他两个问题：一是他为什么要画西方哲学家；二是为什么要用中国的笔法去绘制。

　　第一个问题他是这样回答的：他说自己在北京大学哲学系攻读硕士学位时，就经常研习西方哲学家的原著，对他们的思想很敬仰，读他们著作心里常有表里俱澄澈的感觉。他钟情于哲学，认为哲学能使人看淡一切世俗事物并能穿透事物的表象，进而把握事物的本质，因此研习哲学能使人澄明。当他看到这些著作扉页上的哲学家画像时，往往去沉思这个画像和哲学家们的思想观念的关系，即这些哲学家是如何用他们那个具现的身躯，创造性地发挥了他们的思想和观念。后来他有机会到德国留学，做访问学者，经常去一些美术馆参观，发现哲学家的画像很少，如果有的话也多在幽僻之处。后来终于在罗马看到了拉斐尔创作的巨作《雅典学派》，画作令他非常震撼。拉斐尔绘制的众多古今哲学家打破时空界限，会聚在一起，争论和探索人类的现世处境与未来。震撼之余，晓源同志领悟到了哲学和艺术之间，原本就是浑然天成的，它们是一枚硬币的两面，早就熔铸在一起了。那时候他刚开始学绘画，就立下宏愿，一定要学好绘画，为这些哲学家去造像，展示他们的风采和哲学的无穷魅力。

关于第二个问题，也就是用中国的笔法去展示西方哲学家。其实在他之前，蒋兆和和徐悲鸿两位先生就已经致力于中西绘画的汇融，用尽了心力，可谓筚路蓝缕。他们把西方的素描和中国传统的笔法糅合在一起进行创作，往往能别开生面地展现人物丰富而复杂的精神世界。中国的传统人物画，从顾恺之到吴道子，从李公麟到梁楷、石恪，从蒋兆和到范曾，他们用不懈的努力和创造，以形写神、形神兼备表现人物内在的精神世界。晓源同志发现无论是用白描，还是小写意，或者泼墨，抑或相互兼容，都可以充分地展示人类哲学家们丰富的精神世界。他在观看了许多西方画家绘制人物所采用的素描写实的技法之后，也就萌发了能不能用中国的传统笔法，去展示西方哲学家的精神世界的想法。其学习绘画期间，尤其是在跟范曾先生学习的过程中，特别留意了白描、泼墨和小写意这些画法的相互融合。这个想法得到范曾先生的赞赏，范先生为他的几张绘画作品的题词，更对他是莫大鼓励和鞭策。晓源同志坚定了探索的方向和方法，开始系统地为哲学家写神传照。

读晓源同志的绘画，我感受到画家有一个雄心，即想用生动直观的形式去展示世界哲学史。哲学一般是抽象和枯燥的，而用直观的形式展示西方哲学史和世界哲学史是一个探索和创举。哲学家一般都是比较自

薛晓源作品《柏拉图与亚里士多德》

由随性的，而晓源同志的画却儒雅地展示了这些哲学家各自不同的伟岸形象，实属难得。其笔下的西方哲学家人物形象各异，相貌独特，可以说是千人千面，难度很大。例如，一般来说哲学家有很多都是离群索居的人，大多是孤独和傲岸不群的。晓源同志绘制的犬儒派哲学家狄奥尼根，就是一个敢于蔑视传统、蔑视权贵的人。有一次，亚历山大大帝去看望狄奥尼根，结果他在一个木桶里没有出来。亚历山大大帝手持宝剑，带着侍从，想问他有什么可以帮忙的，结果狄奥尼根说：嗯，请你走开，不要挡住我的光线，这就是对我的帮忙。又如，哲学家一般都是不畏艰难的人，晓源同志的作品，展示了他们的执着和强大。画册中的苏格拉底就很典型。苏格拉底被达官权贵判为有罪，要把他执行死刑，本来他是有机会可以逃生的，因为他的学生中也有一些有权势的人。但是他不愿意，因为他认为应该相信法律并要遵守，结果慷慨饮鸩而死。苏格拉底没有逃亡，保持了一个哲学家的尊严。再如，哲学家大都是高度睿智的人，晓源同志的画中也着重体现了他们的自信与内心的和谐，其所绘制的康德画像，便充分展示了这一点。康德是德国哲学的集大成者，康德说：位我之上灿烂星空，道德律令在我心中。康德写就的三大批判成了哲学史最为辉煌的篇章。俄罗斯文艺理论家戈洛索夫克说："在哲学之路上，一个思想家——不管他来自何方，去向何处——必得路过一座桥。这座桥就是康德。"康德对整个世界的影响，都是空前的和无与伦比的。以上人物形象的处理和表现，也可见晓源同志的功力与追求。

晓源同志所画的哲学家，每个人都相貌各异，特立独行，表现出不同的气质和风貌。我问他这些形象是凭空构想的，还是有所依据，他说皆有所本。这些哲学家都是西方耳熟能详的人物，国外艺术家已

薛晓源作品《庄子》

有了大量的有关作品。他的创作就源于一些西方的著名油画、雕塑和照片，在此基础上对这些哲学家的形象进行了创造性的阐发和解读。他用毛笔在宣纸上重新进行发挥，运用铺陈、渲染和飞白等手法，创造出了这些哲学家的风貌，通过这些鲜活睿智的哲人形象展示了一个丰富的、深邃的和令人向往的精神世界，让我们从中受到感染和启迪。

最后，我问晓源同志：为什么这些绘画中没有中国的哲学家？晓源同志说，他把这些作品给别人看了以后，很多人也提出这个问题，希望能再画一些中国的哲学家。但是范曾先生已经画了很多中国的哲学家了，而且画得还非常好，很难超越！在范曾先生画作面前，他再画中国哲学家，往往有"眼前有景道不得，崔颢题诗在上头"的感觉。另外还有一个原因和顾虑，就是西方从黑格尔以降，到现在都认为哲学是源自希腊的，是西方的。而东方，包括中国和印度，只有一些思想而没有严格意义的哲学。因为在欧洲中心主义看来东方的哲学只能称之为思想和伦理学，其中还没有完全摆脱神话和原始的东西。我说其实和西方不同，中国的哲学从另外一个层面上丰富和发展了世界哲学，中国哲学是睿智之学，博大精深，在世界哲学的民族之林中应该占有重要的一席之地。晓源同志接受了我的建议，准备再画 10 个中国著名的哲学家与上述画像一并结集出版，向世界展现中国哲学家的风采，并呈现中国哲学在世界哲学史中的重要地位。对此，我很期待。

马克思说哲学是时代的精华。黑格尔说，哲学和哲学家往往是须臾不可分离的；费希特说，你是什么样的人就决定你创造什么样的哲学；布封说，风格即人；司马迁说，读其书，想见其为人。我认为晓源同志所绘制的世界哲学家群像提供了窥探哲学奥妙的一个新视角，有助于我们重新理解哲学和哲学家的关系，进而通过艺术的手段感受哲学永恒的魅力。

（《哲人神彩——100 位世界著名哲学家肖像》，中国画报出版社，2018 年）

幽兰斜竹清清气

历史文化名城杭州，文化底蕴深厚，自南宋以来一直是中国艺术的重要殿堂。近些年来，书画艺术更是蓬勃发展，新人佳作不断涌现，年轻的徐敏就是一位佼佼者。

徐敏同志担负着杭州历史文化名城核心区文化遗产的保护工作，用力甚深，思路也多，成效显著，我们也因此相交多年。他文质彬彬，性格恬淡，勤于思考。不知是杭州的艺术氛围感染了他，还是天性使然，或是二者兼有的原因，他一直酷爱书画艺术。他把学艺与做人结合在一起，虚心求教，多方请益，成为浙江书画界一些老前辈的忘年交，更得到许多书画名家的指点，多年来扎扎实实做功底，骎骎日进，其作品今已颇见气象。

徐敏的书画作品，引人注目的是花鸟画。在他的笔下，花卉、果蔬、鸟虫、松、竹等的花色、香姿、灵韵之美表现得清新灵动，可使人充分感受到花鸟画带来的那种赏心悦目、温馨怡情、富贵繁荣、喜庆昌盛的意境。

众所周知，花鸟画是以描绘花卉、竹石、鸟兽和鱼虫为主要内容的绘画形式，具有悠久的历史和文化内涵。而在画家笔下，花鸟亦常是首选题材之一，是国画艺苑中花卉演绎的经典。不过，尽管画花鸟题材的画家不少，但能把花鸟真正画好，画得逼真，画得别具一格，还是不容易的。徐敏勤奋好学，博采众长，努力在传统中创新，在继承中发展，通过不懈追求，也使自己的花鸟具有了鲜明特色，这就是笔墨酣畅、意境灵韵，并且显现出清雅、明丽、大气、富贵的艺术追求。如他的《大吉图》《春华秋实图》《清芬自来》等，都充分体现了他讲究"意境灵韵"的绘画理念。正是：淡淡幽兰迥绝尘，一丛斜竹对霜晨。氤氲纸上清清气，总是徐君笔有神。

长风破浪会有时，直挂云帆济沧海。徐敏同志正值壮年，又具有天生的探索韧劲，诚期以此佳作集萃为起点，凭借钟情书画之心，更于艺海扬帆奋进！

（《心迹自然——徐敏书画作品集》，浙江人民美术出版社，2018 年）

光影生华

　　2016 年 10 月贾生华同志的摄影集《乡情——影像澄城五十年》（简称《乡情》）出版发行，引起很大反响；最近他的另一部影集《变迁——影像澄城五十年》（简称《变迁》）又即将付梓，嘱我写几句话，我也颇多感触与怀思，遂不免在此多说几句。

　　我与生华同志也是多年的朋友。20 世纪 70 年代初，我在家乡澄城县工作过几年，那时就认识了生华同志，以后我们又多有联系，当然这也与共同的摄影爱好有关。记得他开始在县电影院工作，以后就到县文化馆专职摄影，付出了大半辈子心血，也结出了丰硕成果。这个成果，就主要体现在这两本影集中。

　　在谈到生华同志的摄影特点时，大家都赞赏他立足家乡，镜头向下，真实地、生动地，也比较系统地记录了澄城县 50 年的社会风情、历史变迁、人物事件等。两本影集，各有重点。如果说，《乡情》是以人物为主，那么《变迁》则以事件为主，当然这个区分不是绝对的，人物中有事件，事件更离不开人物。只有把这两本影集放在一起，才能全面认识生华同志的摄影成就，也才更能完整地看到这批记录澄城 50 年影像的重要价值。

　　这本《变迁》影集分为城市变迁、文物古迹、企业兴衰、农业生产 4 个部分，近百幅照片。我翻阅后，感到十分亲切，也开启了尘封的记忆。例如，在"城市变迁"中，现在的澄城县城高楼林立，街道纵横，

贾生华作品《奶奶的心尖》

　　我每次回来，都有"日新月异"之感。但是 20 世纪 70 年代以前的县城则是难以想象的狭小、破旧，街道高低不平，是张宏图同志当书记时，才开始了初步的街道修治，为县城发展打下了基础。当年修街道是件大事，整个县城的人都动员起来了，我与生华同志当然也都参加了。回想当年县城旧景，对比如今天翻地覆的变化，真是感慨万千！

　　澄城过去有一些县办企业，在 20 世纪 70 年代办得不错，有的还在全省乃至全国挺有影响。例如《变迁》中有两张原县机械厂的照片，一张是厂房剪影，说明是："上世纪 70 年代后期，该厂生产的铁井壁管，因供不应求，日夜加班生产。"另一张是特写的排列成行的井壁管。对县机械厂生产井壁管的事迹，当年我不仅有所了解，而且做过详细的调查。机械厂当时叫农机厂，我与县委通讯组的同事写过一篇报道文章，刊登在《人民日报》1974 年 7 月 17 日二版头条，题目是《工人群众有伟大的创造力——记澄城县农机厂工人批"上智下愚"、制成半连续井壁管铸铁管机的事迹》，《人民日报》还配发了题为《充分估计群众的积极性》的评论。文章虽然有着明显的时代烙印，但对

177

贾生华作品《澄城县个体劳动者协会成立》

澄城农机厂工人群众创造精神的赞扬则是由衷的，也是实事求是的。生华同志的这些井壁管照片，成为这篇报道的生动图解，见证了一个县办小企业曾有过的辉煌。在另一本《乡情》影集中收有多达20张的尧头窑照片。其实在县上工作时，我也曾调查报道过该厂的事迹。1973年7月8日，《陕西日报》登载了《翻身记——澄城县陶瓷厂大干一年改变面貌》的报道。当时的澄城陶瓷厂是今天尧头窑的主要组成部分。看到这组照片，我的这种激动心情，相信大家是会理解的。

农业生产方面，20世纪六七十年代澄城县以"椽帮埝"为特色的水土保持工作，在陕西省乃至西北地区都有一定影响。生华同志摄于20世纪60年代的《水土保持工程》等照片，可使人们形象地了解当年的"椽帮埝"是怎么一回事。澄城是旱原，水利工程搞了数十年。最早是五一水库，那时我还在上学；后来的石堡川水库、东雷抽黄工程，我则有幸参与或有所了解。在生华同志的镜头下，石堡川水库的一泓碧水与长长的干渠、田间的道道斗渠，东雷抽黄工程通水典礼的盛大场面与三级抽水站的动人画面，都成了凝固的永恒瞬间。

澄城历史悠久，有不少文物古迹，其中县城的城隍庙乐楼与精进寺塔最有代表性，都是全国重点文物保护单位。影集中有不少这两座建筑物的照片，既有宏伟壮观的全景展现，又有精微细致的局部特写，特别是蓝天薄云下搭满脚手架的精进寺塔，沐浴着金色的霞光，精美壮丽，记录了澄城人民保护这一文化遗产的壮举。

在"文物古迹"这一辑，还收入了县西河桥、龙首坝、三眼桥、澄城县西关会议室等建筑物。把它们列入文物古迹，这是认识理念的重大提升。这些在澄城具有地标意义的建筑物，也都是重要的文化遗产，具有多方面的价值，应该重视与保护。可惜有的已不复存在，成为永远的遗憾。影集中收有澄城西关会议室的多幅照片，说明中有这么一句话："1971 年某月某日，澄城县部局以上党内领导干部，在此听到一个令人不敢相信的党内重大事件，伟大领袖毛主席的'亲密战友'林副主席叛国逃跑。"这个会，我当时参加了，震惊之情，至今记忆犹新。这个会议室记录了澄城县 40 多年间所开过的一系列党政大会，也是澄城这 40 多年历史的一个侧面反映，有其纪念意义，可惜被拆了。

三眼桥又是一例。《变迁》中收有 3 幅新老三眼桥照片。三眼桥位于洛河之上，连接着澄城、白水两个县。1960 年春节刚过，我从澄城转到白水上完小（蒲城当时是大县，澄城、白水并入蒲城县），一位父执骑自行车捎着我去白水，曾在三眼桥住了一晚，以后两年又多次路经这里，印象颇深。说实话，三眼桥是个什么样子，回想起来已经很模糊了，但它却和我的一段经历联系在一起，永远深藏在记忆中。三眼桥在澄城，也曾是个有名的地方，以它的地理位置与建筑艺术为人所重。这次看了生华同志的照片，我对这座桥的作用及建造者的匠心才有了深入的了解。当知道它已随着修水电站被炸掉而荡然无存时，心中不免感到莫名的惆怅。现在虽然建有新的三眼桥，但丰神气韵根本没法与老桥相比。为什么一定要在这儿修水电站？为什么非要炸掉这座古老的石桥？如果放到今天，恐怕不会做出这样的决策。因为这是一座凝结着古人智慧的建筑物。多亏有这些照片留下它的风采，还可供后人去研究、凭吊。

贾生华作品《农田基建》

今年是中国改革开放 40 年，澄城虽地处西北，同样沐浴改革春风，40 年奋斗，风云沧桑，发展变化很大，有许多值得大书特书的事件。这在《变迁》中都有生动的记录，如澄城卷烟厂、振兴运输公司、澄城大市场、澄城个体劳动者协会、现代化西河大桥等，都是澄城改革发展史上的标志性大事，在这部影集中都有生动的反映。

生华同志在摄影上取得如此丰厚的成果，我认为最重要的是他对澄城这片生于斯、长于斯、生活工作于斯的土地充满着深厚感情，对澄城的父老乡亲怀着深沉的热爱与敬意，对自己所从事的摄影工作的意义有着深入的认识，因此 50 年如一日地保持着创作的激情，充满人文情怀，让镜头始终追随时代的步伐，紧跟社会的发展，着眼于人民大众的生活与创造。正因为他固守在这 1000 多平方千米的土地上，熟悉与了解家乡的人文历史，所以他对一些拍摄对象或专题，就能注意长期地、连续地观察与记录，留下了不同时期的影像资料，有的长达四五十年，可以比较、对照研究，很有意义。特别是一些拍摄对象发生了巨大变化，或者面目全非，有的甚至已经了无踪影，这些影像更弥足珍贵了。

我还要强调的是，生华同志的摄影作品不仅具有重要的史料价值，而且有着鲜明的艺术特色。他虽然身处澄城一地，但艺术视野非常开阔，并重视与摄影同行的交流，注重摄影理念与技术的追求，许多作品特别是反映"澄城老哥"的人物照、表现风俗民情的艺术照,在构图、角度、光影等方面都很有讲究,颇得同行的赞许。

末了,又凑小诗4首,祝贺生华同志的新书问世,也聊表我的敬意:

> 两卷风华漫卧游,往尘多少且回眸。
> 家山无恙故人好,才调贾生当一流。
>
> 光影生涯五十年,翩翩绿鬓已皤然。
> 回头犹是无穷意,一片乡情记变迁。
>
> 百张图景感韶华,燕子今时寻故家。
> 不变惟留梦中影,牛羊日夕话桑麻。
>
> 楼寺倩姿千百娇,古徵黄土有琼瑶。
> 事如鸿雪堪追忆,夏雨秋波三眼桥。

这里,再加一点说明。本人因查出心脏病,5月24日开始住院,定于6月5日即明天做相关手术。在这检查及准备的十来天中,我认真拜读了生华同志的两本影集,并在手术的前一日完成了这篇小序。他的影像,使我回到了渭北的川峁沟塬,揭开了许多前尘往事,回味起难以忘怀的旧时风华,也感慨于世事的巨大变迁,不知不觉度过了这段令人紧张的等待时光。这是家乡给予游子的慰藉,也是图像的力量。感谢生华!

(2018年6月4日于北京阜外医院。贾生华著《变迁——影像澄城五十年》,陕西人民美术出版社,2018年)

汉中、汉碑、汉文化

　　历史上的书法墨迹多存在于碑石、楹联、匾额、题记之中，这是中华文明特有的一种文化现象。昔秦相李斯刻石《峄山碑》，至今已有2200多年历史，而楹联也可以追溯到晚唐时期。这些书法墨迹数量之巨大、形式之多样、内容之广泛，堪称世界之最。更重要的是，在浩如烟海的各种文字典籍中，碑石楹联则是以最浓缩的语言、最优美的方式向世人表达其文其意，它不仅是汉文化圈内独有书法艺术重要的载体，而且透过它的墨迹，可以读出一段段精彩的历史。

《石门颂》（局部）

陕西汉中是国家级历史文化名城。从汉中龙岗寺、李家村遗址考古发现，早在 120 万年前，古代先民就在汉江两岸繁衍生息。历史进入文明时期后，汉中更是以其特殊的地理位置，或多或少地影响着中国历史的进程，于是有了历史上的许多精彩：龙岗传薪、褒姒灭周、五丁开关、秦王伐蜀、明修暗度、紫柏留仙、山河筑堰、张骞凿空、蔡伦造纸、魏武挥毫、诸葛北伐、荔枝飞递、李杜咏叹、吴玠抗金、放翁吟唱、茶马互市以及后来的汉中密约、红色交通等等。这些精彩的历史片段，大多凝结在汉中的摩崖、碑刻、楹联和题记、画卷之中，成为汉中引以为傲的文化瑰宝。就以为世所重的汉碑而论，汉中存有准确年代的汉碑 6 方，且皆皇皇名品，这就是褒斜道石门摩崖中的《鄐君开通褒斜道》（汉明帝永平九年刻，公元 66 年）、《李君表》（汉顺帝永建元年刻，公元 126 年）、《石门颂》（汉桓帝建和二年刻，公元 148 年）、《郙阁颂》（汉灵帝建宁五年刻，公元 172 年）、《杨淮表记》（汉灵帝熹平二年刻，公元 173 年）、《仙人唐公房碑》（汉灵帝建宁、熹平年间刻，公元 168—178 年，现陈列于西安碑林第三展室）。"金石学"中号称"汉三颂"的《石门颂》《郙阁颂》《西狭颂》，前两者在汉中，后一个在甘肃成县。

连同汉碑在内的褒斜道石门摩崖石刻，共计有 100 多方，而现存于汉中市博物馆中的"汉魏石门十三品"，更是国之瑰宝。长时间以来，人们对其书法艺术顶礼膜拜，尊之为"不食人间烟火的仙品"。远的不说，孙中山、康有为、梁启超、鲁迅、于右任、齐白石等就无不对石门石刻推崇备至，日本书法家种谷扇舟先生更是写下了"汉中石门，日本之师" 8 个擘窠大字，以表崇敬之情。但殊不知这些墨迹除书法造诣外，更应表达的是一篇篇对穿越秦岭巴山的秦蜀古道屡毁屡建历史的记载。而正由于这条条栈道，才有了司马迁在《史记》中所说的"栈道千里，无所不通，使天下皆畏秦"，使得秦王朝横扫六合、一统天下；正是栈道的开通，才使汉王刘邦走出汉中，出散入秦，建立大汉王朝；也正是如此，才让汉中人张骞走出栈道，成为丝绸之路的开拓者、中国放眼望世界的第一人。还要强调的是，正是由于栈道成为关中和成都两个天府之国的重要历史通道，成为黄河流域文明与长江流域文明交融的文化通道，才使得蜀锦以及蜀茶成为丝绸之路上的主要商品。因此，秦蜀古道与丝绸之路也密切相关。

就拿一个"汉"字来说，汉高祖刘邦在刀光剑影的"鸿门宴"后，被项羽发配汉中，封为汉王。在汉中，刘邦登坛拜将，用韩信"明修栈道，暗度陈仓"之策，兵出散关，逐鹿中原，统一天下。刘邦在山东定陶定其朝号时，不忘汉中是其龙兴之地、兴王之所，仍沿"汉"字，故曰"汉朝"。从此以后，汉字、汉族、汉文化一脉相承，源头就是汉中。现在有些人质疑这种说法，但1900年前镌刻于汉中的《石门颂》中的文字会告诉你，这是无可辩驳的史实。《石门颂》一开头就说道：

> 高祖受命，兴于汉中。道由子午，
> 出散入秦，建定帝位，以汉诋焉。

所以，汉中墨迹，不仅是书法艺术，更是历史。

此外，凿空西域的张骞、国士无双的韩信、功成不居的张良、纸圣蔡伦、北斗喉舌李固、一代智星诸葛亮等等，或出生于汉中，或成就于汉中，或归隐于汉中，或长眠于汉中，后世均以碑刻、楹联的方式精准地描绘出这些伟人的生平事迹、道德操守。如张骞墓祠上的楹联：

> 一使胜千军，
> 两出惠万年。

这副楹联生动地描述了张骞作为大汉王朝特使，两度出使西域各国，建功立业，开辟丝绸之路的丰功伟业。而今，由汉中人张骞2000多年前开辟的丝路，在我国的倡导下，正以"一带一路"崭新的姿态，形成全世界最大的经济走廊，惠及丝路各国人民。

又如诸葛武侯墓上的楹联：

> 水咽波声，一江天汉英雄泪，
> 山无樵采，十里定军草木香。

读这副楹联的上联，让人能立刻想起杜甫"出师未捷身先死，长使英雄泪满襟"的名句；而下联，则让人缅怀诸葛亮鞠躬尽瘁、勤政廉洁的高贵品质。诸葛亮在病逝之前，曾遗命说："死后葬汉中定军山，因山而坟，冢足容棺，殓以时服，不须器物。"对这种高风亮节，连当年率兵前来灭蜀的魏国大将钟会都钦佩不已，下令不得在武侯墓安葬的定军山周围放牧、割草、砍柴。至今，武侯墓陵地古木参天，鸟语花香。

再如，于右任先生在留坝张良庙留下的墨迹：

> 送秦一椎，
> 辞汉万户。

这是一副对仗极工的联句，仅8个字，便道尽了一代帝师张良的一生。"送秦一椎"，是说张良早年舍家忘身，雇力士在博浪沙椎杀秦始皇，报国复仇之事；"辞汉万户"，则说张良助刘邦成就帝业之后，辞去万户侯的高官厚禄，淡泊明志，退隐山林。这是一种大智慧，倘若当年韩信也如此这般，终不会落得"鸟尽弓藏，兔死狗烹"的悲惨结局。

古汉台是当年汉王刘邦驻跸的地方，现在是汉中市博物馆，是外地游客来汉中必到的去处。记得前些年在博物馆的大门口挂过一副楹联：

> 文川武乡英雄地，
> 廉泉让水礼义邦。

文川、武乡均是汉中的古镇名。文川在汉中的城固县，唐朝文人孙樵写的《兴元新路记》就是描述的文川道。武乡在汉中市汉台区，即诸葛亮的封地。把"文川武乡"，一文一武配英雄之地，非常工整。而下联"廉泉让水"则是历史上的一段趣话：南北朝时，汉中属梁州，州治南郑（今汉台区）。一年，梁州刺史派州将范柏年去京师觐帝咨事。宋明帝戏问范："爱卿，广州有水名曰贪泉，据说那里出的贪官均与饮此水有关，此事你可听说没有？"不等范柏年回答，明帝又一语双关地问道："梁州可也有此水否？"范柏年对答如流："圣上明察，梁州唯有廉泉、让水、文川、武乡。"廉泉，即今天汉中南郑区的濂水河；让水，即南郑忍水。明帝再问："爱卿宅居何处？"范答："卑臣居廉让之间。"范柏年无懈可击的巧妙回答，便是今天"廉泉让水"成语和"居廉让之间"典故的出处，而用这副楹联赞美汉中人杰地灵、民风淳朴，十分恰当。

悠悠数千载，历史给汉中这块土地留下了无数墨迹。据专家不完全统计，仅各类碑刻就达 4000 多方，还不算尚不知数的楹联、匾额、题记、画卷。这些墨迹，无疑是另类汉中通史，百科全书。《汉中墨迹》一书所收集的虽然只是沧海一粟，但我们依然能够从中撷取到一个个精彩的汉中故事。而且此书还给我们提供了一种游历、读史、学书的方法，这就是，到任何一处名胜古迹，不妨认真读一读那里的碑刻、楹联、匾额，既欣赏书法艺术，又了解精彩的历史，一举两得，岂不乐乎！是为序。

（《汉中墨迹》，中国文联出版社，2018 年）

颤笔新韵

　　九旬晋一的刘志杰先生，是故宫博物院的书法家，最近将结集出版自己以故宫楹联为主要内容、结合飞白颤笔笔法的书法作品，可喜可贺！

　　刘先生自幼受家教熏陶，喜欢书法，临池数十载，后到故宫博物院工作，眼界又为之一开，而与书友的切磋交流，更使他受益匪浅。30 年前他离开了工作岗位，却继续着书法艺术之路的跋涉。这是一个寂寞漫长而又充满乐趣的过程。与一批书法名家的交往，参加多种展览、笔会、研讨会，使他的书法知识和书写功底进步很快。他不仅孜孜矻矻，数十年如一日，而且在耄耋之年更思考并探索着书法的创新，这是难能可贵的。

　　刘先生专攻隶书，法承古隶汉张迁碑和清金农漆书等，其书布局稳重，结字严整，笔法端庄而不失灵动，书法自成一体，但先生不囿于此，在多年浸润之下仍有创新之举。

　　飞白笔法相传为汉代蔡邕首创，但自古只见评论而不见实体，而碑刻又很难表现其飞白笔意。颤笔，又称战笔，古法多用于笔法点缀腾挪，清近则有李瑞清、胡小石颤笔产生，其笔法用锋颤抖，笔画中以曲点相连。刘先生之飞白颤笔，飞白"牵丝"连绵，颤行则贯以笔力，提按顿挫，自然流畅，达到飞白与颤笔结合的巧妙境界。飞白颤笔节奏感强、韵味浓，给人以美的享受，实为隶书笔法的大胆创新。

草书之灵动与隶书之整肃风格迥异，但刘先生融会贯通，借用行草之笔法布局谋篇，则令人耳目一新。如此联集中"素心悦澹泊""胜托惟静虚"，上联"澹"、下联"静"线条左粗右细，采用草书左敧右倾的笔意；"素""澹"还使用了行书的笔法求其活；下联"胜托惟静虚"的"惟"字则借用了篆书的笔法取其古，这些笔法、笔意的运用就使得整联构图不拘一格、活泼生动。

刘先生在粗细笔的运用上也颇有特色。细笔在隶书中使用不太多见，特别在一字中运用悬殊的粗细笔法更是极为少见。刘先生在联集的多幅作品中，结字大胆。运用了此类笔法，不但没有削弱隶书浑厚雄劲的风韵，反而增加了用笔的生动性和墨色的枯润变化。例如上联"悦""澹"，下联"惟""静"四字运用悬殊的粗细笔，从整体考量上下左右笔法达到虚实互补效果，且均匀紧密地成为了一个整体。粗细笔的运用，突出了飞白颤笔的特点。

书法皆有法度，但法度不是僵化的框框和不变的教条。书法的生命力在于既坚持法度又能有所变化、有所创造，这就是传承。刘先生对隶书飞白、颤笔笔法为主的思考与实践，是对法度的一种探索、一种传承。其隶书笔意风格虽值得进一步探讨，但其创新精神，对隶书的发展无疑是更有意义的。

刘志杰先生已过了古人所谓的鲐背之年，但仍在书法艺术道路上砥砺前行。对这位故宫前辈，我们充满敬意！这部作品集凝结了刘先生几十年的探索与耕耘，愿先生继续探索，人笔俱健，走向妙境！

（刘志杰著《颤笔书写故宫楹联匾额选集》，拟由北京工艺美术出版社出版）

第二编

文心如绣

高原笔意

　　那是共和国建设史上永远值得怀念的 20 世纪五六十年代。为了加快大西北的开发和建设，在青海的古城西宁以及初见城市雏形的格尔木等地，聚集着一大批来自天南海北的血气方刚的建设者。他们和当地的青海人一起，把自己的汗水和理想洒在了祖国这片表面荒凉沉寂

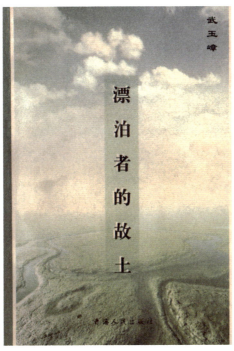

武玉嶂著《漂泊者的故土》

而又资源蕴藏丰富的热土上。他们以祖国需要为使命，扎根高原，生儿育女。岁月不居，他们渐渐老了，他们的子女却长大了。"献了青春献子孙"，他们的子孙便很自然地继续着父辈的事业。这些在青海长大的第二代、第三代外地人，虽然至今没有忘记令人怦然心动的家乡话，但"老家"的观念毕竟冷漠了。"老家"在他们心里只是一个令人神往的概念或慰藉，而有血有肉的家乡则是养育了自己的青藏高原。青藏高原是与自己生命联结在一起的"故土"。《漂泊者的故土》一书的作者武玉嶂，就是这些人中的一位。介绍了以上的情况，我们对于这位原籍齐鲁大地的归侨子弟，所以用此作为书名的用心及以礼赞高原为该书基调的原因，庶几有所理解了。

《漂泊者的故土》是武玉嶂同志的散文集。收在这个集子里的50多篇文章，有游记，有随笔，有杂感，有书评，形式虽然多样，但大多是状写西部的风物，抒发人生的思索。我国的青藏高原，留在人们印象中的，往往是它那令人生畏的蛮荒、悲壮、寂寞、严酷的自然和生存环境。这其实只是青藏高原的一个方面，远非它的全貌。作为世界陆地上最高隆起地区的青藏高原，这块神奇的土地，它的悠久而独特的文化传统和丰富的宝藏已广为世人所注目。作者把西部视为"故土"，把自己的生命融进高原，因此对西部高原和生活的热爱便成为本书鲜明的基调。展现在作者笔下的西部，有一种激情和沉静相结合的美感。这也是读完本书留给我的最强烈的印象。

作者对高原的挚爱和礼赞，从本书内容来看，主要反映在三个方面：一是对在大漠雄风中创业者使命的探析和理解。在《绿色的盐晶》《激流》《西部的山口》等文章中，作者以炽热的情感、强烈的色彩，讴歌了创业者在严酷环境中创造的非凡业绩以及他们的壮美人生。二是对黄河、湟水流域农耕文化的抚触和沉思。在《母亲石》《柳湾，有一个彩陶院落》《贵德梨花开》等篇什中，作者以抒情、隽永的笔调，娓娓道出这块土地上山川的秀美和文化的古老。三是对独特的藏域文化的关注和畅想。例如在《日月山的碑》中对历史驿程的回溯，在《德乾旺姆的歌声》中体味着一个栖居现代都市的藏族歌手对于草原的怀想，在《萍踪山影玉树行》中关于生命体验的描写，等等，都从一个个侧面加深人们对藏域文化的了解。

这本集子中的文章都不长，耐读。说是耐读当然主要不是因为篇幅短，而是文章有味道。武玉嶂的散文，一方面感情色彩强烈，一方面思辨色彩强烈，且注意情与理的交融。作者对青海、对高原是一往情深的，但集子中的文章不是一般的高原风物介绍，也不是简单的写景记事，而是在字里行间注入自己的真情实感，又往往立足西部，在阔大的现实、历史文化层面上进行文化和人生思考，视野比较开阔，使得文章凝重有力，启人深思。这种"理"，也不是生硬的说教，牵强的"尾巴"，而是自然引发出来的，是人所共知而又未必人人都能体味到的大实话。王国维先生推崇"境界"说，认为："境非独谓景物也，喜怒哀乐，亦人心中之一境界。故能写真景物、真感情者，谓之有境界。"（《人间词话》）在武玉嶂的许多散文中，景是真景物，情是真感情，话是真心话，注重把精神境界和艺术境界有机地结合起来，从而产生了较好的艺术效果。

我在青海工作的时间并不长。在这不长的时间里，因工作关系，与武玉嶂同志来往算是多的。他30岁出头，沉思好学，在认真搞好本职工作的同时，有志于散文创作，笔耕不辍，写出了一篇又一篇倾注着自己心血、情感和希望的好文章。在青海的文坛，他是后起之秀。他的散文，是一枝枝带着露水的鲜花。凭着对高原、对自己所从事的事业的挚爱，凭着像父辈一样的执着，加上奇妙的高原和多彩的人生所赐予的取之不尽的创作源泉，我们相信，今后会读到武玉嶂同志新的更多更好的散文。

（武玉嶂著《漂泊者的故土》，青海人民出版社，1998年）

盈耳笙歌期大雅

对许多人来说，在 20 世纪 90 年代的美学、文艺学研究领域，熊元义并不是一个陌生的名字。他的一系列颇有见地的文章使他崭露头角。最近，他的第一部文艺理论专著《回到中国悲剧》问世了。这本书较为系统地探讨了文艺本体论、人物形象理论、中国悲剧论、现实主义文学论这些美学以及文艺学的根本问题，三部分 20 章，洋洋洒洒，涉及中外古今，但形散神不散，内在逻辑性较强。该书倾 10 年心血写成，

熊元义著《回到中国悲剧》

可谓"十年辛苦不寻常"。其中部分章节曾被《新华文摘》、中国人民大学书报资料中心的《复印报刊资料》等转载，产生过一定的影响。

在《回到中国悲剧》中，我们看到，作者始终以马克思主义为指导，坚持唯物辩证法，剖析和批判了审美和艺术实践中一些偏颇的认识和观点。这种追求真理的勇气是很可贵的。作者对黑格尔的《小逻辑》《美学》等，有较深的研究。他对黑格尔的人物形象理论、悲剧理论的批判，表现了他既了解黑格尔又不拘于黑格尔的深厚理论功底。在有着深厚的理论基础的同时，作者又紧密结合中国的实际，结合当代中国审美和艺术实践的实际，结合改革开放以来的新的历史时期社会的发展和变化，并在改革与人的发展、当代思维方式的形态及其衍变规律等重大问题上，都做出了颇有说服力的分析和评判。这就使得本书既有一定的理论深度，又处处充满着鲜活的时代气息，所蕴含的哲学思想和方法论恐怕价值更大。

今天，人们愈来愈承认中国悲剧的存在，但从理论上深入地把握中国悲剧的审美特征却不多见。在《回到中国悲剧》中，我们看到作者是花了很大的气力，做了颇有创新的深入挖掘，形成了中国悲剧理论。他提出中国悲剧论这一命题，不是简单的论述，而是从三个方面探求：一是既有历史的根据，即对历史上的戏剧悲剧的理论概括；二是理论的根据，即通过与亚里士多德、黑格尔等的悲剧理论的比较，总结出中国悲剧的审美特征；三是现实的根据，即有感于现实生活中的粗鄙实用主义的泛滥等。通过这几方面的把握，不但使人们对中国悲剧有了全面、深刻的认识，而且对当代社会生活和文艺的发展也有积极的引导作用，具有当代审美理论价值。再如，在当前现实主义文学论上，他不仅形成了一系列理论观点，而且率先提出了这个问题。1994年7月，他针对当前文学的一种新的审美倾向，提出了当前现实主义文学的崛起，并预言这是最具生命力、最有希望的审美趋向，必将从边缘走到中心。两年以后，即1996年，我们高兴地看到，这种审美趋向便形成了现实主义的冲击波。正是这些富有创造性的观点和认识，增强了本书的分量和价值。

熊元义尽管很年轻，但也经历了不少人生的坎坷。辛勤的探求加上生活的磨砺，促使了他认识的深化和理论的丰富。据我所知，作者不但发表哲学、美学、文艺学、文化理论等各类论文 100 余篇，而且他对这些学科绝非浅尝辄止。《回到中国悲剧》只是他的部分成果，但这仍可以见出作者的功力和眼光。

在纷扰的世界中，并非真正的东西都能凸现其炫目的光彩。静水深流似乎比金子放到哪里都闪光更具有启迪性，而人类文化建设的积淀恰恰又是深流的东西。甘守寂寞是需要忍耐力的。对于中老年人来说，是有所为有所不为，是一种智慧；对于一个青年人而言，则意味着很大的放弃和牺牲。作者能在十来年取得这么喜人的成就，是不是一种补偿呢？我和他认识已 5 年了，但平时见面并不多，主要是相互读到对方的文章而增进了解。我近几年出的几本书，他都提出过认真的批评，而我每在报刊上读到他那充满思辨色彩而又颇有锋芒的文章，也是由衷的高兴。在他的第一部著作面世时，我写了以上的话，权当为序，但又觉得意犹未尽，遂凑了两首小诗，赘在文末，聊申祝意。

其一

十年磨剑不寻常，文苑徜徉兴自长。

盈耳笙歌期大雅，激浊扬正见心香。

其二

喜乐辄由悲里来，求真探美骋其才。

更织他日天孙锦，相映人间花盛开。

（熊元义著《回到中国悲剧》，华文出版社，1998 年）

博物馆之思

呈现给读者的这本文集，是国家文物局 2000 年举办全国省级博物馆管理骨干高级研讨班的成果之一。这次研讨班得到了北京大学考古文博学院（中国文物博物馆学院）的大力支持和帮助，聘请了 10 多位著名专家、学者参与指导、授课，学员均来自省级博物馆的管理骨干。经过一段时间的系统学习，学员们普遍感觉收获很大。以论文集的形式将他们学习、研讨的成果结集出版，对加强博物馆管理、促进博物馆事业发展，将产生积极作用。借此机会，我想谈谈对博物馆管理工作与人才培养的几点意见：

第一，加强博物馆的管理工作，是促进博物馆事业繁荣发展的有力保证。曾经有人说过，管理出成果，管理出人才，管理出效益。管理也是一门科学，掌握了这门科学，我们的管理水平才能提高。在尊重科学的前提下，我们的管理要从实地出发，从中国的国情出发，做到既掌握科学，又结合实际，同时还要创新，这样的管理才是符合我国博物馆需要的一种管理方式。实事求是地讲，当前我国的博物馆非常缺乏管理人才和现代化的管理，而管理对于一个博物馆的生存发展又是至关重要的。这里所讲的管理是指高层次的管理，它需要科学、规范地指导博物馆各项工作的健康运行，使博物馆的藏品、人才、资金、设施等方面的资源优势转化为尽可能多的文化产品优势，在发挥最佳社会效益的同时，促进博物馆事业的自身繁荣和发展。因此，加强管理不仅是我们当前极为迫切的一项任务，而且也是今后更长时期我们必须始终抓紧、抓好的重点工作。

第二，博物馆工作的实践已经并将继续证明，博物馆事业要取得大的发展，除了拥有大批卓越的专业技术人才和文化学术成果之外，还应当选拔、任用一批掌握现代科学文化知识的高素质管理人才。尤其就一个博物馆而言，其馆长及整个领导层的知识结构和管理能力将在很大程度上影响本馆事业的发展活力和总体水平。博物馆的性质决定了从事这项工作的人首先应当博学，其管理者既要掌握本馆业务领域的专业知识，还要及时了解和把握社会的发展动态，懂得经济、文化生活的运行规律和趋势。在我国改革开放和建立社会主义市场经济体制的新形势下，经济快速增长，科学文化及社会生活日新月异，身为重要科学文化机构领导者的博物馆馆长，如果不认清国家大局和社会大势，我们的博物馆事业就无法搞好。站得不高，必然看得不远，就不知道该怎样解决当前博物馆所面临的困难和问题。美国丹佛学院的史廷丽女士曾在北京大学的一次研讨班上介绍，当今美国博物馆界的观念已经有所改变，他们已开始从"消极地等待参观者"转向"积极抓住参观者"。美国博物馆竭力为社会服务，为民众服务，很大一个原因是他们面临着与其他国家的博物馆相同的经费困难。美国博物馆馆长的人选也由此发生变化，过去馆长一般由藏品研究专家来担任，现在馆长人选更注重管理方面的才干，因为他们上任后的重要任务就是筹款，并向社会树立本馆的公共服务形象。我国现在也在大力投入和支持博物馆事业，但在市场经济条件下，博物馆事业不能光靠政府，必须树立有为才能有位、自强才会得助的良性发展理念，通过良好的社会服务形象寻求更广阔的发展空间。这就要求我们的博物馆管理者特别是馆长们，适应时代潮流，更新知识结构，既要具备博物馆的专业水准，又要掌握现代公益事业单位的运营规律，改进管理手段和运作方式，在更新、更高的层面上推动事业发展。

第三，文博事业在新世纪中能否得到持续、快速的发展，一定程度上取决于我们能否涌现出一支适应时代需要的高素质的管理队伍。因此，我们要高度重视博物馆管理人才的培养，积极尝试，采取多种形式，造就一批高水平的博物馆管理骨干。人才的培养有其自身的特殊规律，知识的积累也需要一定的过程，这些都不是一蹴而就的。2000 年全国省级博物馆管理骨干高级研讨班是一次培养博物馆管理人才的有益尝试，从课程设置、教师聘请到授课方式，从实地考察、研讨交流到学员撰写论文，都较好地注意了理论与实践、博物馆学与其他学科、博物馆管理与经济管理等方面的有机结合，使学员们初步掌握了博物馆管理方面的基本知识和学习方法，为他们在工作实践中加深理解和进一步提高奠定了良好的基础。去年以来，国家文物局经协调联系，启动了通过公开选拔和公平竞争，定期选派年轻管理骨干和专业人才出国学习的计划，并取得了初步成效。今年起还将结合国家文物局《博物馆馆长专业资格条件》的试行，继续委托有关高校举办省级以上博物馆馆长专业资格培训班，并努力将培训范围由文物系统的博物馆扩大到其他行业、其他门类的博物馆。在培训实践的基础上，我们还应不断总结，提倡并支持各地文物部门和有关行业管理部门，采取多形式、多层次、多门类的培训，逐步形成一套健全的管理人才培训体系，促进各级各类文博单位领导人选的资格认证和持证上岗，以提升文博队伍的整体素质，推动文博事业繁荣发展。

（国家文物局博物馆司编《博物馆建设思考答卷——全国省级博物馆管理骨干高级研讨班论文集》，文物出版社，2003 年）

守护苏州之魂

今年国庆节长假后刚上班，我收到了苏州市委汪长根同志寄来的一本厚厚的书稿，题目是《苏州文化与文化苏州》，作者是汪长根、蒋忠友。我眼睛一亮，很显然，这是来自文化苏州、研究苏州文化的成果。我花了几天的时间，较为仔细地阅读了一遍。长根同志来信嘱咐我写个序。读完后，还真有一些想说的话。

近几年来，苏州在中国城市名册上，真是格外引人瞩目。这种瞩目不仅体现在经济上，其发展的速度、规模、水平，尤其是开放型经济走在了全国的前列。据报道，在中央电视台举办的"2004年中国最具经济活力城市"的评选中，苏州金榜题名，而且还一举获得了唯一的年度大奖。然而，苏州令全球瞩目，更体现在她的文化的魅力上。由于工作的原因，苏州是我常去的城市之一，仅最近几年就去过苏州两次，一次是2003年出席由全球著名建筑大师贝聿铭先生设计的苏州博物馆新馆的奠基仪式，一次是今年参加"中国非物质文化遗产保护·苏州论坛"。苏州和苏州文化给我留下了很深的印象。苏州，给人的第一感觉就是扑面而来的、与众不同的风貌，那小桥流水，河街相临；古巷人家，粉墙黛瓦；山温湖软，典雅清秀；吴侬软语，友善淳朴。

苏州的美还源自其文化遗产的丰富性和多样性，她既拥有世界物质文化遗产——古典园林，又拥有人类非物质文化遗产——昆曲，其他诸如古塔寺庙、名人府第、古墓碑刻、民居古宅、工艺美术更是数量众多，像一枚枚珍珠和宝石点缀在城里城外，乃至你走在古城、古镇每一条街巷里弄，都会看到古人留下的印痕遗迹。苏州文化遗产、古城风貌保护得这么好，也十分令人称道。苏州重视古城和历史文化遗产的保护工作，近10多年来，出台并组织实施了一批法规性文件，各级财政也加大了对文化事业的投入，保护、继承和弘扬民族优秀文化取得了可喜的成绩。原定在苏州召开的第27届世界遗产会议，因为"非典"的缘故失之交臂，但由于苏州在遗产保护上的卓有成效，随后又赢得了第28届世遗会的主办权。更应称赞的是，置身于苏州，你看到的一面是传统文化，一面是现代文明；一面是旧城保护，一面是新区建设；一面是优雅古韵，一面是时尚今风，文化与经济互动，经济与社会和谐，可谓美不胜收的"双面绣"。苏州真是一本读不完的书，博大精深，光彩照人。苏州也是一本写不完的书，千言万语，意犹未尽。

这几年来，有关文化的书出得很多，我也看了不少。苏州的文化学者林立，是个"藏龙卧虎"之地，每读到有关苏州的书，对这座城市总有一些新的认识，而《苏州文化与文化苏州》这本书，使人格外亲切，这不仅是我熟悉长根同志的缘故，更因为这本书摆脱了一般文化类书籍客观描述、感性认识较多的缺陷，而更加注重从理论与实践的结合上研究文化现象，发掘文化个性，探讨文化规律，因而具有较强的理论和实践价值。我以为，概括起来，这部书稿有这样几个特点：

一是把"文化苏州"作为一个城市品牌来研究。作者认为，"文化苏州"首先是一个城市的品牌，反映了苏州文化的个性、品位和城市的灵魂、本质特征。"文化苏州"作为人们追求的目标，是无数个文化基因、文化元素、文化载体相互渗透、相互作用的产物，是苏州文化发挥积极效应的最高境界。"文化苏州"还是一个动态过程的概念，苏州文化是"文化苏州"的基础，"文化苏州"则是对苏州文化资源的优化整合，是从量态向质态的实践提升。我觉得这些都是独到的见解。

二是把传统文化与现代文化结合起来开展研究。这本书敏锐地抓住了文化建设中一个最根本的问题，即传统文化的保护传承与现代文化的创新发展。作者指出，传统文化的保护传承与现代文化的创新发展是结合在一起的，是一个问题的两个方面，不能非此即彼，也不能顾此失彼。一方面我们要将先人创造的十分丰厚的文化遗产保护好、传承好、利用好，使之代代相传，始终勃发其灿烂的辉煌；另一方面我们又要站在先人的肩膀上，坚持与时俱进，创造出更多的与时代相适应的先进的新文化。当今时代不能没有传统文化，也不能没有现代文化；我们不能离开创新而谈传统文化的保护，也不能离开传承而谈现代文化的发展。而且，当代人应首先在充分尊重和悉心保护自然遗产与文化遗产的前提下，担负起为后人扩大更多文明积累的历史责任。这个论点也具有较强的现实意义。

三是更多地考虑为决策服务而进行研究。本书作者多年从事研究工作，既不同于一般的文化理论专家，也不同于具体的文化工作者。他们紧紧围绕苏州的实际，不坐而论道，努力践行"立足国情，立足当代，以深入研究现实问题为主攻方向"，精于在理论与实践的结合上做文章，精于在大量的第一手材料中引出观点、引出经验、引出结论，精于使研究的成果有效地服务于经济社会的发展和服从于广大人民群众的需要，更好地促进决策科学化、民主化的发展。读了这部书稿，我有一种感觉，本书的内容既是实践的升华，又是理性化了的经验之谈，无空洞之说教，有真知与灼见，可读性、操作性和针对性都很强。正因为如此，一些见解和建议已为苏州市决策层采纳，研究成果开始转化为行动和效益。这是值得欣赏和称赞的。

另外，作者在本书目录编排上也尝试着做了一些创新。我们正处于一种光电一体、媒介多元的时代，能坐得住、静下心来读书的人已经不多了；我们也处于一个知识倍增、信息海量的时代，能沉得住气、认认真真地读完每一本书也不大可能。作者似乎把握了读者的这种心理，所以他们把文稿中的重要观点抽取出来，编辑成目录，好像是文章摘要，又仿佛是文章的索引，主要目的就是方便读者阅读，节约读者时间。如果你没兴趣通读全书，可以通过浏览目录而获取本书的思想精华；如果从目录中你发现了感兴趣的内容，也可以再深入书中详细精读。我想，这真是"善解人意"，不失为一个好方法。当然，我希望对这本书有兴趣的人还是能读完全书，当会有更多的启示。

汪长根同志长期在苏州市委政策研究室工作，因为工作的关系，10多年前我们就有较多的来往，他的勤于调研、善于思考给我留下了很深的印象。调查研究是一门科学，也是一项费时费力的劳作，它需要调研者具有一定的文化素养与政策水平，也需要对这项工作的热爱，能够专注、投入，当然调研成果更要反映调研者在丰富的材料基础上形成的独到见解，以及创造性、建设性的意见和建议。我想，这本书的成功，就是这几方面结合的结果。

当今世界，文化与经济、政治相互交融，各种思想文化相互激荡。繁荣社会主义先进文化，对于我国的建设和发展来说，具有基础性、全局性、战略性、根本性的意义。我们文化研究工作者应努力担负起认识世界、传承文明、创新理论、资政育人、服务社会的职责。最后，衷心希望能看到更多的类似于《苏州文化与文化苏州》的著作，也祝愿本书作者有新作不断问世。

（汪长根、蒋忠友著《苏州文化与文化苏州》，古吴轩出版社，2005年。本文曾载《苏州日报》2006年1月18日）

立身之本

　　我们在新华出版社推出"响箭文艺批评丛书"，旨在文艺界倡导一种追求真善美的文艺批评。"响箭文艺批评"的"响箭"取自鲁迅为白莽《孩儿塔》作的序。鲁迅指出："这《孩儿塔》的出世并非要和现在一般的诗人争一日之长，是有别一种意义在。这是东方的微光，是林中的响箭，是冬末的萌芽，是进军的第一步，是对于前驱者的爱的大纛，也是对于摧残者的憎的丰碑。一切所谓圆熟简练、静穆幽远

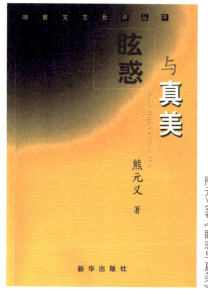

熊元义著《眩惑与真美》

之作，都无须来作比方，因为这诗属于别一世界。"借用"林中的响箭"这个比喻，就是在当前文艺批评比较低迷、缺乏求真务实的情况下，发现和推出一些追求真善美的批评家。

当前中国文坛处在价值多元的时代，人们对真善美的理解也是多元的，但我们还是提倡当代中国作家站在最广大的人民群众的立场上追求真善美。现在有些文艺批评往往只说好，不说坏。鲁迅要求"文人不应该随和"，这不随和，却又并非回避，一定要有明确的是非，有热烈的好恶，并注重于"论争"。"响箭文艺批评丛书"就是为了提倡鲁迅所要求的这种文艺批评，努力集合一批走在这条道路上的批评家，推出他们的著作。

"响箭文艺批评丛书"首辑收录熊元义的文集《眩惑与真美》、黄永林的文集《大众视野与民间立场》和王泽龙的文集《反思与重构》等3本。

熊元义的《眩惑与真美》分为"当前文艺批评的走向"、"现实主义的真与伪"和"审美理想的迷失与回归"三个部分。熊元义从宏观上把当前文艺批评概括为粗鄙存在观、虚无存在观和科学存在观等三种表现形式。他认为当前应坚持科学存在观的文艺批评。这种文艺批评不但提倡真正的现实主义，反对伪现实主义，而且提出中国知识分子包括作家的精神寻根。熊元义的文艺批评爱憎分明，他在20世纪90年代后期就批判了文艺创作中的低俗化倾向，认为有些作家的一些文学作品不以真美打动人心，而以眩惑诱惑人心。这种眩惑突出表现在性描写的渲染和泛滥。熊元义对此进行了坚持不懈的批评。20世纪90年代以来，文艺界不少重大论争，都留下了熊元义有力的声音和鲜明的印记。

黄永林的《大众视野与民间立场》围绕着"文学""大众""民间"等关键词展开。全书共分"大众视野篇""雅俗互动篇""民间立场篇""作家作品篇""比较研究篇"等5篇。近些年来，黄永林一直沉浸在现当代作家文学与民间文学关系的研究中，对民间文学与作家文学的本质有着深刻的认识，能从文学诸多复杂现象中抓住某种典型的现象加以研究。他以开阔的学术视野和扎实的学术功底，站在民间立场，以大众视野来观察和分析当代文学现象，对文学的现代性与传统性、精英性与大众性、官方性与民间性、世界性与民族性等重大理论问题进行了较为深入的探讨，提出了许多新的观点和独到的见解。

王泽龙的《反思与重构》是对中国现代文学史以及对近 20 年中国现代文学史研究观念的重新思考。它所涉及的问题包括现代文学的文化史论、进化论、现代性、经典性等现代文学史研究的重要观念问题，这些问题都是近 20 年来在重构现代文学史中引起过人们共同关注的热门话题，也是现代文学研究中产生着重要影响的文学史观念。王泽龙指出，在 20 世纪 90 年代中后期，受西方现代主义与后现代主义文化思潮的影响，文学研究的现代性观念成为了文学史研究的主导观念与重要方法。在现代文学研究中，传统与现代、民族性与现代性成为了一种对立的文学史观。他明确地指出了这种现代性文学史观体现出的二元对立论的观念局限，认为我们的现代文学史观念较长时期强调的是冲突性，而较少肯定相融性，更少反思现代性。王泽龙提出了自己的文学史观。这种文学史观是对长期形成的二元对立文学史观的反思。

这套丛书的三位作者都是博士，他们勤于思考，勤于写作，在各自的研究领域都做出了显著的成绩。这套丛书的出版，是他们对当代中国文艺批评建设所献出的绵薄之力，也有助于他们的学术成果得到社会更广泛的认可。

（"响箭文艺批评丛书"，新华出版社，2005 年。本文曾载《光明日报》2005 年 8 月 8 日）

英雄礼赞

读了罗鹿鸣的报告文学新作《真情的天空》，很是高兴。

中国建设银行行长常振明先生为《真情的天空》写了热情洋溢的序言。他站在"服务制胜"的高度，将服务作为银行的永恒主题，提倡用心为客户服务，为客户创造价值，对该书做了充分的评价。

罗鹿鸣是我早已结识的诗人。翻着《真情的天空》，我的思绪又回到那天高地迥的青藏高原。罗鹿鸣怀着对党、对国家的赤子之心，响应党中央开发大西北的号召，从水乡泽国的湖南到青海省的柴达木盆地支边。当年，一个意气风发的小伙子带着南方的竹笛投入到了祖国西部大开发的行列。随着高原风的磨砺，他的笛声已淘尽了稚气，代之的是高原风的雄浑与戈壁月的冷峻。1996年5月，我们邂逅在西宁市互助巷的白唇鹿书店。我在这家书店不仅淘到了一些文化学术的好书，也认识了当时供职在青海省建设银行的罗鹿鸣。之后，我赠送过他《雪泥集》一书，他也送过我几本诗集。这期间，他正在等待内调的调令，当时已经"将思想打进行囊"，准备离开他曾经歌咏的"我的高原总是顶天立地，总是挥动昆仑的巨擘，在马背上角逐爱情，在奶茶里孕育情人花"的地方，离开他"使我将一枚青春，供在香案上的，我拥入梦的高原"。

罗鹿鸣为人处世非常实在，文学创作也是充满真情。《真情的天空》写的是中国建设银行湖南郴州市南大支行优质服务的事迹。南大支行是金融服务的表率，是职业道德的楷模，是企业文化的典范。南大人不容易，南大人在平凡的工作中做出不平凡的业绩更不容易。罗鹿鸣善于捕捉现实生活中的感动人心的故事，为这些默默无闻的时代英雄人物立传。全书以赤橙黄绿青蓝紫为经纬，编织出一幅人性美的画卷。全书视界开阔，简洁明快，一气呵成，有力突出了"用心服务，用爱经营"这个主题。字里行间，人间真情光彩四溢。特别是前5章，语言优美，行文流畅，叙述详略得当，材料取舍适宜。还有值得称道的就是章、节前的"作者采访手记"，散文诗一般的语言，起到了画龙点睛的妙用。书中，不时有诗入书，有画外音点缀，使全书显得舒缓有度，盎然富有生机。一些细节捕捉也很传神，说明作者采访深入，观察细致。

与一些常见的报告文学相比，本书还有一个特点，即既注重事迹的描述，又着力于理论上的探索，使读者在受到南大人具体做法感染的同时，也从思想上得到启迪。本书通过描写南大支行的优质服务，总结了南大成功的经验，对南大现象进行了比较细致的分析和透视，对南大模式进行了比较详尽的梳理和概括。可以说，该书为人们提供了难得的学习实践的路径。当然，这种学习最重要的是真情为之，持之以恒。因此，该书也可以列为企业经营管理的案例书。

我们进入了一个崭新的时代。在四个文明建设中，我们期待更多的像南大一样的先进集体涌现；同时，我们也期待更多的像罗鹿鸣一样的作家，多写身边的先进集体与模范人物，用先进的事迹感动人，用典范的经验引导人，用榜样的力量鼓舞人，奏出时代的最强音。

（《真情的天空·跋》，作家出版社，2005年。本文曾载《文艺报》2006年2月16日，原题为《热情讴歌时代的英雄人物》）

关中民俗文化

　　"关中"之谓，始于战国，学界一般认为西有散关（大散关），东有函谷关，南有武关，北有萧关，取意四关之中。四方关隘，再加上陕北高原和秦岭两道天然屏障，使关中成为历代兵家必争之地。关中土地肥沃，河流纵横，气候温和，《史记》中称其为"金城千里""天府之国""四塞之国"。自西周起，先后有 12 个王朝在此建都，历时近 1100 年。黄河流域是中华文明的发祥地，处在渭河流域的关中在黄河文明又占有独特的地位。从神话和传说看，出自中国西部的炎帝和黄帝是公认的最早圣王和"人文初祖"，炎帝、黄帝的族居地和陵墓都在关中地区。"相地之宜"教民稼穑的后稷、"写仿鸟迹"始创汉字的仓颉，也都生活在关中地区。经考古发掘证实，关中是华夏古文明最重要、最集中的分布区域之一。这里有 80 万年前的蓝田人和 20 多万年前的大荔人文化，有仰韶文化的典型代表半坡遗址。西安半坡、临潼姜寨、渭南史家和宝鸡北首岭等遗址对研究我国史前社会的组织形态、经济发展、文明进程都具有重要的意义。由于以上原因，以关中为地域临界，其民俗传承自是中华民俗的大宗。民俗可窥民情，民情可知国情。

　　关中以古长安为核心，长安自古帝王都。长安以南是横亘关中的终南山，《诗经·秦风》就有"终南何有？有纪有堂"之说。终南神秀之区，又以南五台为最。南五台山麓曾为上林苑地，秦都咸阳时置，在今西安西渭水以南，汉复加开拓，跨周至以东，蓝田以西，秦岭以北，含今长安区部分地域，而南五台正在核心地域。南五台是终南山北麓的支峰，附近自隋、唐、明、清，建有大小寺院数百座。其中建于隋代的崇圣寺塔，是西安现存最古的佛塔。是地不仅风光旖旎，四时异韵，且汉唐流风随处可见。如今，西安关中民俗艺术博物院就坐落在此。

西安关中民俗艺术博物院于 2002 年 7 月正式创办，是全国首家民办的以民俗文化遗产抢救、保护、收藏、展览为特色的大型文化项目。项目建设仍在进行中，按照计划，至 2008 年 10 月完工。但是，艺术博物院已以其丰富的文化遗产收藏引起社会的广泛关注。截至目前，关中民俗艺术博物院已征集收藏了自秦汉以来历代的各类石雕、木雕、砖雕类文物，以及民间生产、生活遗物 33600 余件（套）；购回面临毁坏的传统民居建筑 320 座，可复建和组建 40 个传统民居院落，还搜集了数十种包括地方戏曲、礼仪活动、民间娱乐、传统手工艺技术、民间饮食等属于非物质文化遗产范围的工艺和遗物，初步形成了以关中明清民居、石雕艺术为主体的四大藏品系列。

这些民俗文物，从不同侧面反映了关中地区人们生存、延衍、创造、审美的发展历程，具有深厚的历史、人文和文化价值，是中华民族弥足珍贵的共同财富。集中保护起来的关中老民居建筑，不论官宅、商宅，还是诗书人家的宅院，都彰显着大气、华美、庄重、淳厚的艺术品格。华丽考究的外部特征是汉唐遗风的延续，又映现出一种王道和霸气。内部实用的功能结构则处处显得和谐、温情、尊卑有序，又充分体现了儒家的哲学和人伦思想。精美绝伦的石雕、木雕、砖雕、陶瓷，其构思不拘一格，造型千姿百态，工艺巧夺天工，所表现者多为建功尚武、威严勇猛、驱怪镇邪、礼义廉耻、忠孝节烈、耕读传家、商农并重等内容，是中华民族传统哲学和美德的真实写照。一批书画藏品也极为珍贵。这些艺术瑰宝也是中华民族对世界艺术宝库的重要贡献。

关中民俗艺术博物院还拥有一支由国内 30 余位文物、民俗、古建专业的专家学者组成的专家团队，其中许多人是国内外知名的专家，负责鉴定文物、整理藏品档案、搜集人文资料、指导施工建设；同时拥有一支由80多位民间古建技师组成的专业施工骨干队伍，大部分是古建各工种祖传工艺的传人。他们是民居复建、迁建的中坚力量，也是项目的品质保证。目前，关中民俗艺术博物院在加紧建设的同时，集合各种专业力量认真整理文物资料，建立文物藏品档案，不断规范文物管理体系，并在这个过程中，重视培养一批有专业、懂管理、热爱文化事业的专业队伍。

正是有了以上比较扎实的基础工作，并且为了发挥这些藏品的社会作用，关中民俗艺术博物院决定编辑出版一套院藏精品丛书，名曰"关中民俗文化典藏"。本套丛书共分12卷，分别为拴马桩、书法、绘画、古民居、汉画像石、墓志经幢、石雕石刻、木雕木刻、砖雕、陶瓷、衣食住行及综合卷。全套丛书刊印图片3000余幅，全部为关中民俗艺术博物院收藏的自战国至民国，大部分为唐宋以后的民间艺术品和各类民俗事项的历史遗物的照片，加上60余万字的说明、评述和专题论文，形成了规模巨大的中华民俗文化资料汇编集，为全面了解和深入研究中华民俗文化提供了大量的实物资料和文字参考。

这套丛书的编辑出版，对关中民俗艺术博物院来说，起码有三方面的意义：其一，反映了关中民俗艺术博物院的性质及地位。博物馆的基础是藏品，是物，它是博物馆赖以活动的物质基础，而博物馆藏品的数量和质量，不仅直接影响到博物馆的业务水平和社会效益，而且决定着博物馆的性质与地位。关中民俗艺术博物院把藏品的精华公开编印出版，可使人们对其特色有更多的认识。其二，反映了关中民俗艺术博物院藏品管理及研究的水平。该博物院还在建设阶段，但仍投入很大精力，对藏品进行鉴定、定名，进行登记、编目和管理，虽然还是初步的，但已见到成效，这套丛书就是这些工作成果的体现，反映了博物院对业务工作的重视。其三，有利于民间艺术的研究与保护。关中民俗艺术博物院以保护、研究、传承民间艺术为职志，结集出版珍藏的艺术品，既使这些艺术品通过出版物得到传播，又可以吸引社会上更多的人士参与研究，是值得称道的。

"关中民俗文化典藏"的出版，在关中民俗艺术博物院的发展中具有标志性意义，是它继续前进的一个新的起点，也为我国方兴未艾的民俗文化研究做出了积极的贡献。我祝贺这套丛书的问世，也祝贺博物院越办越好！

（"关中民俗文化典藏"，内部印行，2007 年）

且行且思

朋友送来张静同志的散文集《行走在偶然间》，嘱我作序。读完之后，我的第一印象是，这本集子值得一读，而且耐读。

文贵真实。什么才是好散文？什么才是感动人的文字？答案可能千差万别，但核心的一点就是"真实"二字，"真实"是散文最重要的品格。"真实"的标准只有一个，那就是作者的观察、感受、思考和情感的表达，都发自内心，不是"为赋新词强说愁"。

张静是联合国难民署的一名工作人员，经常因公行走于国内外，视野所至和思考所及发于笔端，就有了摆在读者面前的这本书。收录在这本集子里的文章，以工作和行旅之时的观感为主。她的散文的突出特点，是在文章中寄托了人生理想和人文情怀。作者并没有把寄情山水作为散文的境界来追求，我理解，她是要在语词中表达自己对人生的感悟、对社会的理解。她的这些文章，颇多心灵的展露，突出个人意识的表达，又有着女性的细腻和温情，可以说是一种心旅散文。

好散文，除了文笔的清通和叙述的简洁外，更要有作者对人生的认识和对社会的态度。张静的文化情趣偏爱传统。在她的散文里，我们可以看到中国文化的深刻影响，多有怀古慨今之忧思，并在对自然的赞叹中，抒发人生的感叹。我正是在作者的感叹中，体味这些文章的深意，并受到启发，从而加深了对作者的理解。

张静的这些文章，曾经在自己开辟的网络论坛上发表过，并且有不小的点击量和固定的读者群。对于网络文学，我想借题发挥，多说几句。伴随着电子传媒的迅猛发展，新兴的网络文学飞速崛起，对传统文学的地位和作用，造成了很大的冲击。网络文学是现代科学的副产品，是传媒与文学的产儿。网络文学的兴起和风靡，很大程度上借助媒体的力量和年轻一代自我实现和自我宣泄的思维定式，但它本身所具有的大众化、普及化及较之于传统文学更自由、灵活、简便、实用等特点，成为它被广大读者特别是年轻读者乐于接受和操作的动力。从这点上来讲，它具有很强的娱乐色彩和消闲功能。

不可否认，像《行走在偶然间》这样的网络文学中的优秀之作，同样具有很强的艺术性和思想性。但从整体来看，网络文学的消遣即兴功能大于社会教化功能，它不属于所谓正统严肃文学的范畴，而只属于休闲边缘文学的领域，它的新闻特性和娱乐特性大于文学特性和社会特性，有的甚至突破了法律的界限，带来了一系列的社会问题。因此，网络文学只有不断地完善和规范，发挥本身的优势，剔除本身存在的负面因素，才能巩固自己的地位，从而具有真正的生命力和竞争力。

文化是民族的灵魂，是哺育和传承民族生命力的载体，是民族生存和发展的精神支柱。面对我国文化市场资本和投入日益多元、文化样式和承载形式日益多样的复杂局面，大力弘扬民族优秀文化传统，巩固和扩大社会主义先进文化阵地，有效抵御外来不良文化的冲击，关系到国家利益和文化安全。年轻人上网的比例很大，自觉或不自觉、有意识或无意识地，他们都会在网上读到各式各样的网络文学。网络文学必然会进入他们的视野，丰富和扩大他们的文化生活，影响他们的文化心理和欣赏习惯。可以说，网络文学对青年一代的影响是巨大而深广的，对此决不能忽视，而应该做科学分析和正面引导。

从个人的体验来讲，张静的文笔清新，语言机智，思维活跃，在给人带来阅读愉悦的同时，能够给人启发，甚至给人带来会心一笑，这是难能可贵的，也是《行走在偶然间》这本书的品质所在。

希望张静继续努力下去，给读者奉献出更多优秀的作品，在散文创作的道路上能大有所成。

（张静著《行走在偶然间》，民族出版社，2006 年。本文曾载《光明日报》2007 年 3 月 25 日）

孝道文化

　　湖北孝感地名的来历，据说与孝子有关。广为人知的"二十四孝"中，孝南的董永、云梦的黄香、孝昌的孟宗，都属于孝感地区，他们"行孝感天"的故事至今流传，也使这一地区充满独特的文化色彩。

　　孝指孝顺父母，是中国传统的重要道德规范之一。在以小农经济为主的封建社会里，父权家长制下的家庭是社会的细胞，而维护家族秩序的是"孝"。"孝"扩大和延伸到君臣关系上就是"忠"。维护宗法关系的道德与维护国家政权的政治法律就结合在了一起。《孝经》是"十三经"之一，它认为孝是诸德之本，"人之行，莫大于孝"，并把"孝"的社会作用绝对化、神秘化，认为"孝悌之至"就能够"通于神明，光于四海，无所不通"。魏晋时期的统治者还标榜过以孝治天下。在新文化运动以后，儒家学说才随着时代潮流的冲击而日渐丧失其作为正统思想的地位，集中体现儒家伦理思想的"孝"，也因时代变迁而受到批判。但应看到，"孝"作为反映和维护血缘关系及宗法制度的伦理思想，由于强调整体利益，维护了尊老爱幼的社会公德，有利于巩固正常的社会秩序，对我们民族的繁荣和发展曾起过积极的作用。

　　鲁迅先生曾写过一篇《二十四孝图》的文章，回忆儿时的记忆，对"二十四孝"中那些残忍荒诞、虚伪矫情的故事如"老莱娱亲""郭巨埋儿"表达了反感之情，也对有的做法给予了肯定，认为可以勉力仿效，"黄香扇枕"即为其中之一。黄香，东汉人，9岁丧母，《东观汉记》说他对父亲"尽心供养……暑即扇床枕，寒即以身温席"。他的做法很合情理。由中共广东省委宣传部编写、广东省教育出版社出版的《新三字经》，风靡全国，该书将孔子、老子、黄香、李时珍、毛泽东、雷锋等人收入，其中黄香是唯一作为古代孝子入选的历史人物。

黄香不仅是个孝子，而且举孝廉后，步入社会，投身朝廷，实现了一名古代知识分子兼济天下的人生抱负。由湖北职业技术学院和中共云梦县委宣传部联合创作的《千古孝子黄香》一书，发掘了孝感深厚的孝文化底蕴，为人们展现了黄香修身立德、自尊自强、以礼待人、孝民报国的形象。

《千古孝子黄香》给我们提出了如何对待中国传统孝道的问题。传统孝道是历史上形成的，既有糟粕的一面，也有精华的部分，不能对在中华民族发展史上起过重要作用的这种伦理思想采取简单抹杀的态度，而要在批判中继承。要正确区分不同时代对孝道文化的不同理解，坚持与时俱进，对孝道文化中所体现出来的道德精神要赋予新的时代内容，从而使传统道德中的精华能够在现实的土壤中生根并开花结果。当前，社会上出现了一些道德沦丧的现象，尊老爱幼的传统美德受到轻蔑，因此站在21世纪的时代高度、站在中西文化汇合和竞争的角度看弘扬传统孝道文化，当会有一番新的启示。孝道反映的是亲情，呼唤的是人性的回归与自然的流露，是建立和谐社会的需要。《千古孝子黄香》的意义就在这里。

（《千古孝子黄香》，中国文联出版社，2006年。本文曾载《文艺报》2005年7月28日）

清朝的皇帝

公元前221年，秦王嬴政统一中国，自以为"德兼三皇，功高五帝"，乃自号曰"皇帝"。从此以后，皇帝就成为历代王朝最高统治者的专称。封建专制因皇帝制度的确立而得到加强，皇帝制度则是封建专制制度的核心和具体表现，二者相辅相成，如影随形。在相当长的历史阶段，皇帝制度对于多民族国家的形成与统一、封建经济和文化的发展，以及反抗外来侵略、维护社会正常秩序等方面，曾起到积极的作用。但是，皇帝制度又造成了极端的封建专制，对民众的物质盘剥和精神束缚日益强化，桎梏着中国社会的发展与进步。

皇帝的权力是无限的，"天下事无大小皆取决于上"（《史记·秦始皇本纪》）。一个王朝的兴衰治乱，固然存在多种因素，但作为最高统治者的皇帝，一般来说则起着决定性的作用。清朝虽已步入封建时代晚期，以个人独裁为核心的皇帝制度，却发展到了登峰造极的地步。因此，通过清代皇帝传记去了解有清一代的历史，无疑是一个很有意思的视角。阎崇年先生的《清朝皇帝列传》，便以史学大家的独到手笔，通过对12位皇帝身世、家庭、性格、素质、情感、悲喜、业绩、成败的细腻解读，使一个个性格鲜明、栩栩如生的皇帝形象跃然纸上，更使一部近300年的清朝历史变得生动起来。

清朝上承晚明封建社会的进一步发展，专制主义中央集权极度强化，资本主义在江南地区绽露新芽；下续封建专制制度巅峰过后的社会转型，在内忧外患日益严重的历史背景下，步履蹒跚地开始了近代化的历程。曾经主宰中华民族命运的大清王朝，营造过中国封建社会的落日辉煌，也经历了闭关锁国、内外交困、艰难应变的尴尬与窘迫，最后在革命风暴中宣告帝制终结。

在清朝 296 年的历史舞台上，先后粉墨登场的 12 位皇帝，虽然悲喜功过，各有千秋，但都扮演着时代的主角。阎先生便通过对他们求真求是的记述和鞭辟入里的剖析，清晰地勾勒出一个王朝兴、盛、衰、亡的历史轨迹：

天命汗开创时代，统一女真，创立八旗，建都称汗，奠立王朝基业，展示出开国帝王的雄才大略和过人胆识；崇德帝固本鼎新，除弊拓基，建号大清，谐和民生，加速满洲社会的封建化，体现了一代政治家柔韧转圜、从容应对的气度；顺治帝定鼎北京，中原一统，兴利除弊，倾心汉化，奠定统一多民族国家的基础，展现出深居庙堂、挥斥方遒的少年天子形象；康熙帝统一版图，强化皇权，劝课农桑，吸纳西学，"虽曰守成，实同开创"，崭露出千头万绪汇朝纲、御外理内皆从容的盛世帝王的雄浑气魄；雍正帝承前启后，改革积弊，励精图治，雷厉风行，使得吏治谨严有序，表现出大刀阔斧的施政风格；乾隆帝文治不凡，武功卓越，国力超前，"大清全盛"，弥漫着江山万里、人寿年丰的豪迈，也潜伏着难以逆转的颓势与危机；嘉庆帝平庸守成，墨循祖制，大清王朝盛极而衰，虽有勤学、勤政、勤省之心，而无振衰崛起之力，透露出平庸无识、绵软无力的性格缺欠；道光帝"恭俭惟德"，却遇难题，面对强寇，割地赔款，成为鸦片战争失败的主要责任者；咸丰帝内外交困，江河残破，却图享乐，懦弱无为，是一个典型的败家天子、渎职皇帝；同治帝幼年登基，政出懿旨，"同治中兴"，回光返照，朝政尽显母后干政色彩；光绪帝受困慈禧，国事亦非，百日维新，昙花一现，中国历史痛失变革机遇；挨至宣统幼帝，辛亥鼎革，大清王朝，终遭覆亡。

阎先生史海耕耘 50 余载，于清史、满学及北京史等方面成就斐然，

蜚声学界。在清史研究领域，他对前期史料早已熟烂于胸，故能存真存是，还历史之本源；近年又致力于清朝中后期历史的研究，对晚清皇室人物胪陈品评，尤有卓见；而以帝王传记贯通整个清朝，进而形成对清史的长线把握，更见举重若轻之巧。阎先生治学严谨，史学功底深厚，为人却十分谦逊。他自称不是清史专家，而只是"天命朝11年的学者"，说清史研究范围太广，自己无力驾驭，只能侧重于清朝开国史。

　　近些年来，社会节奏呈现出逐渐加快的态势，大众阅读也出现了一种快餐式的"读图"趋向。阎先生贵为史学大家，却并不孤芳自赏。他走出书斋，经常以讲座的形式阐扬学术，普及历史。他开电视媒体历史系列讲座之先河，为历史学赢得了更多的关注和期待，他本人也由此成为备受瞩目的文化名人。如中央电视台《百家讲坛》栏目的《清十二帝疑案》《明亡清兴六十年》，北京电视台《中华文明大讲堂》栏目的《清宫疑案正解》等，都保持着很高的收视率。根据其讲稿整理而成的《正说清朝十二帝》等图书，不仅本身热销数十万册，而且引发了历史类读物的出版热潮。可见，公众需要了解更多的历史知识，而以适当的方式传承历史、传承文化，恰恰是学者不可推卸的社会责任。

这本《清朝皇帝列传》，则是阎先生以数十年的治学功底，梳理史料、厚积薄发的一部力作，2001年由紫禁城出版社出版后，一直深受读者欢迎。用阎先生自己的话说，它是"电视讲座的底本"，其后的《正说清朝十二帝》，以专题讲座的方式，提纲挈领，讲述的只是12位皇帝的某些历史侧面。本书则通过传记的形式，对清朝皇帝进行了全面解读，材料更为丰富，内容更为详尽，讲述更为具体，文字更为细腻。现在，阎先生又以其固有的严谨，进行反复推敲修订，经过剔出错讹、修正疏误、补充材料和选配图片，新的《清朝皇帝列传》（增订图文本）面世在即。增订本大有综合提升之意蕴，相信对于读者将很有裨益。

研究历史，总结经验，汲取教训，提供借鉴，这是阎先生治史的一贯态度。他提出要"敬畏历史"："敬"就是吸取前人经验，从中得到宝贵的智慧；"畏"则是避免重蹈前人错误，否则会受到历史的惩罚。他从历史哲学角度总结的"四合"观点——天合、地合、人合、己合，今人同样可以从中得到启迪。在《明亡清兴六十年》中，他又这样强调："中华民族合则盛，分则衰；合则强，分则弱；合则荣，分则耻；合则治，分则乱。"阎先生以史资鉴的治学境界，由此可以窥见一斑。

阎先生与故宫博物院素有情缘，多年来一直热情参与故宫的相关学术活动。他是《故宫博物院院刊》和《紫禁城》杂志的主笔人之一，经常与编辑广泛交流，为提升刊物的学术含量和文化品位献智献策。除《清朝皇帝列传》外，他先后还在紫禁城出版社出版了《中国历代都城宫苑》《清朝通史·太祖朝》《清朝通史·太宗朝》三部著述，曾特别引用一位美国教授的话，称这种连续为自己出书的出版社是"我的出版社"，意在表明自己与出版社的亲密关系。

对于承载着中华厚重文化的紫禁城，阎先生始终有着浓厚的兴致和强烈的感情。由于他是中国紫禁城学会的副会长，我们在工作上的接触比较频繁。近年来，他对故宫学术发展、学科建设和古建维修等方面都有卓见，对于我们进行更为科学、合理的决策和管理，提供了许多有益的参考。2003年，我提出建立"故宫学"，并就故宫学融会文献、文物两类史料，打通历史与文博两种学科进行了初步阐述，其中特别强调了故宫学与清史研究之间相辅相成的关系。阎先生随即表示赞同，3年来多有助益之论。我们相互交流切磋，在砥砺中各有所益。他始终将故宫博物院的发展视为己任，我则一直把他看作故宫的专家。

《清朝皇帝列传》（增订图文本）行将付梓，阎先生打来电话，嘱我写篇序言。我说自己并不研究清史，表示难以克成；他则半开玩笑地说：故宫可是清朝的皇宫，研究清朝皇帝也是故宫学的内容啊！我明白，写得好与不好是一回事，但事情无法推托。于是只得勉为其难，草就以上，权为祝贺，而无暇虑及序之不文。

[阎崇年著《清朝皇帝列传》（增订图文本），紫禁城出版社，2007年]

中国悲剧精神的探索

　　《中国悲剧引论》是熊元义花费 13 年时间完成的一部重要作品。以中国古代戏曲悲剧作品为主要研究对象，坚持以马克思主义哲学为指导，在方法论上贯彻了"史论结合"，贯彻了"中外结合、古今结合、文史哲结合"，取得了不少理论成果。

　　书中深入地把握了中国悲剧的审美特征，提出了独特的中国悲剧精神和境界。熊元义概括了中国悲剧的三大特征和三大种类。中国悲剧的三大特征为，中国悲剧的悲剧人物在道德上完美无缺、悲剧冲突主要在邪恶势力与正义力量之间展开和悲剧人物在对敌不懈斗争中达到历史的进步和道德的进步的统一。中国悲剧的三大种类是"精卫填海"、"愚公移山"和"伯夷不食周粟"。由于中国悲剧与西方悲剧在悲剧冲突和悲剧人物选择上的差异，所以在审美特征上便具有了不同的风貌。《中国悲剧引论》没有理论先行，而是深入而具体地解剖了中国悲剧作品在反映现存冲突和解决这个冲突上与西方悲剧的不同，这充分反映在对中国古典悲剧作品《窦娥冤》《赵氏孤儿》与西方古典悲剧作品《俄狄浦斯》《哈姆雷特》《麦克佩斯》进行深入而细致的比较上。因此，对中国悲剧的"大团圆"结局、中国悲剧的种类的把握都是相当独特的。《中国悲剧引论》通过对中国悲剧作品的理论分析和理论总结，基本构建出中国悲剧理论体系。

　　作者结合这个时代和这个时代的文艺寻求中国悲剧在当代的发展

熊元义著《中国悲剧引论》

轨迹。《中国悲剧引论》不仅是对历史上一种艺术形态的把握和总结，而且探寻了它在中国现当代文艺中的演变轨迹，提出了中国悲剧在近现代经历了否定与回归的历史命运。《中国悲剧引论》尖锐地批判了当代文艺消解中国悲剧的倾向，对当代文艺高扬中国悲剧精神的倾向给予充分的肯定。

熊元义还系统地梳理和总结了西方悲剧理论，把西方悲剧理论大致划分为两大类型和三大走向。两大类型即肯定历史正义存在的悲剧理论和否定历史正义存在的悲剧理论；三大走向即由亚里士多德所开创，中经席勒，到黑格尔集大成的悲剧理论，由车尔尼雪夫斯基提出到马克思、恩格斯完成的悲剧理论，以及叔本华、尼采的悲剧理论，前两者肯定历史正义的存在，后者则否定历史正义的存在。他认为我们可以吸收西方悲剧理论的精华，但是绝不能以它为准绳，裁剪中国古典悲剧，即削中国悲剧之足以适西方悲剧理论之履。否则，就背离了中国悲剧的实际，就会数典忘祖。

与不少人认为中国悲剧的"大团圆"结局是中国悲剧精神淡化的产物不同，《中国悲剧引论》认为中国悲剧精神在"大团圆"结局这种艺术形式中得到了强化，而文艺的命定神话才是对中国悲剧精神的消解。

随着对中国悲剧的深入把握，熊元义在一些习以为常的现象中挖掘出了更加深刻的意蕴。中国古代寓言《愚公移山》，过去人们只是认识到它反映了个体和群体的矛盾，而他则深入地挖掘这则寓言所蕴含的深刻内容，这就是群体的延续和背叛的矛盾。唐代诗人陈子昂的《登幽州台歌》，历来被人们认为不过是陈子昂的胡敲自叹。这就是宋江在《水浒传》中所感叹的"一声低了一声高，嘹亮声音透碧霄。空有许多雄气力，无人提挈谩徒劳"。而熊元义则指出陈子昂的这首《登幽州台歌》不是或者至少不完全是渴望"古人"和"来者"的提挈，而是勇敢主动自觉地承担延续"古人"和"来者"之间的精神文化血脉，表现了一种承前启后、继往开来的担当意识。孔尚任在《桃花扇》中为什么安排侯朝宗、李香君双双入道？王国维在《〈红楼梦〉评论》中提出："沧桑之变，目击之而身历之，不能自悟，而悟于张道士之一言；且以历数千里，冒不测之险，投缧绁之中，所索之女子，才得一面，而以道士之言，一朝而舍之，自非三尺童子，其谁信之哉？"但是，孔尚任却相当认同这个结局。在《桃花扇》中，孔尚任为什么不写晚年侯朝宗的动摇呢？为什么不写晚年侯朝宗的隐逸呢？熊元义认为，孔尚任在《桃花扇》中所写的侯、李二人，既是对历史上的侯、李二人的反映，也是对清初仍然没有放弃抵抗的明代遗民的集中写照。孔尚任对历史上的侯朝宗晚节不保的改写，就是对这种投降变节行为的抛弃和批判。这既是对伯夷、叔齐不食周粟的文化生命的延续和发展，也是孔尚任等的拒绝和坚守。

《中国悲剧引论》虽然以中国古代文艺作品为研究对象，但也渗透了熊元义对我们这个时代及其文艺的深切感受和思考。因此，在《中国悲剧引论》中，我们将会发现不少东西是属于未来的。

（熊元义著《中国悲剧引论》，解放军文艺出版社，2008 年。本文曾载《人民政协报》2008 年 12 月 1 日，原题为《〈中国悲剧引论〉序》）

黄帝文化

　　黄帝陵基金会编的《黄帝文化志》即将问世，这是近年黄帝文化研究的重要成果，值得称道。

　　黄帝是中华民族的人文始祖。黄帝文化是经历无数次的血与火的考验，经过千锤百炼不断优化，形成的具有创造性、包容性、多元性特征的民族文化。

　　黄帝文化的首要特征是富有创造性。记载黄帝创造发明的文献很

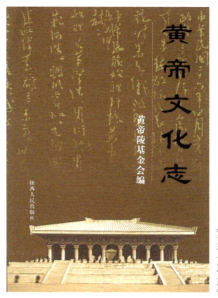

《黄帝文化志》

多，如《世本·作篇》就用了较多的文字，具体形象地描述了黄帝的创造精神，诸如"黄帝造火食"，"黄帝作旃"，"黄帝作冕"，"黄帝使羲和占日，常仪占月，臾区占星气，伶伦造律吕，大挠作甲子，隶首作算数，容成综比六术而著调历"，等等。由于黄帝时代的创造发明，当时社会生产力与以往相比有了飞快的发展，迎来了中华文明之光。

黄帝为五帝之首，他所处的时代大约是距今5000年至6000年。那时的神州万邦林立，黄帝族是万邦中势力最大的族团。黄帝首倡和谐，首创社会制度文明。正如《史记·五帝本纪》所云：黄帝"置左右大监，监于万国，万国和，而鬼神山川封禅与为多焉"。这个"万国和"的"和"字，是和平，是和谐，反映了一个极为重要的史实，即黄帝完成了各部族的融合，创造了中国历史上最原始的社会和谐。这也就是黄帝时代统一中原，开启了中国统一的端绪。千百年来，一代又一代政治家继承了大一统的思想，促进了国家统一、民族团结。纵观历史，以胡锦涛为总书记的党中央提出构建社会主义和谐社会，是马克思主义理论的发展，也是历史经验的总结。

我们今天研究黄帝文化，重在弘扬中华民族的创造精神、和谐精神，激励我们不断增强中华民族大团结，齐心协力在民族复兴的大道上奋勇前进。

（《黄帝文化志》，陕西人民出版社，2008年。本文曾载《陕西日报》2008年3月26日）

文化经济时代的哲学思考

　　人们常常以为，文化与经济的自然分工与分离使物质生产者和精神生产者在相对独立的领域，形成具有自身内在特征的生产力形态和上层建筑形态。所以，人们更习惯于讨论文化的意识形态和其具有的社会属性，文化也仅被看作文明的结果。这种观点几乎左右了人类的全部历史。

　　但事实上，文化与经济从来密不可分。生产力越发达，经济与文化的关系就越密切。近百年来的事实说明，文化推动着市场经济发展，市场经济使得经济的文化化与文化的经济化现象日益明显。人类社会发展到今天，特别是随着新技术革命和经济全球化的兴起，经济与文化的进一步融合，文化的产业力量的转化，已成为当代社会发展的大趋势。从这个意义上说，当今世界正逐步进入文化经济时代。

　　众所周知，农耕经济时代尽管也存在着人类的文化生产与消费活动，甚至也有像早期手工业中的工艺美术品业、娱乐业、书籍印刷业等前文化产业的形态，但所有这些行业及其从业人员则都依附于整个农业经济体系之中，从未形成独立的产业形态。工业经济时代机器的发明和生产工具的革命性变化，使得单一的农耕文化发展成为多元的以工业文化为主导的城市文化和农村文化，也没有形成产业体系。信息经济时代信息数字技术广泛地运用于人类社会的各个领域，深刻地改变着人类社会的存在方式，而且正是技术的积累和社会的需求促使了文化产业的诞生，也使得文化产业与社会、经济、政治、科技发展之间出现了全面的互动与影响。

文化与社会全面互动，表明文化中最活跃经济元素的充分调动，以及经济活动中文化元素发掘的彰显，能够激活资源，形成现实生产力。可以说，文化产业的这种整合功能，是文化产业对社会的全方位服务与渗透功能所产生的结果。在技术形态上，表现为它和信息技术和信息产业的结合；在内容构成上，表现为人们的娱乐和生活方式的结合。人们在文化产业中的参与程度和享有程度，标志着一个国家文化产业的发展水平，也标志着公民文化权利的实现程度。正是这种实现程度的差异，构成了现代文明社会所达到的现代文明程度的差异。

文化与经济日益交融，凸现了文化的竞争和文化的力量，并形成一种以经济为依托的新的文化形态，或一种以文化为内涵的新的经济形态。从本质上看，文化和经济本来就是相互联系、相互依存、相互作用的，这是文化产业形成的内在根据和基本目标。从经济意义上看，文化产业既可以有效地突破传统产业的发展瓶颈，促进产业转型与升级，同时文化产业也对提升综合国力、提升区域和城市竞争力具有战略意义。可以说，经济发展依赖文化层次的支撑，文化已经成为经济发展催化剂。这两者的互动在于它不仅能为人类经济活动提供精神动力和价值意义，而且对经济变迁的路径和绩效产生着重要的影响。

文化与政治相互交织，反映了文化在世界范围内交流更为频繁，并成为综合国力和国际竞争力的重要组成部分。尽管世界文化多样化交流与发展仍然受到意识形态差异和不同国家政治利益的深刻制约与影响，但文化又以其特有的亲和力和渗透力，以积极和能动的方式对不同意识形态的争论和国家间政治利益的平衡产生重要的影响。在这种国际关系格局下，以市场为基础、以经济利益为目标、具有跨国企业背景的文化产业已经成为世界文化交流的主导力量。

文化与科技紧密结合，预示着文化产业未来的发展方向，也为当代文化的生成提供了有价值的启示。经验表明，文化产品的科技含量对文化企业的效益与兴衰起着重要的作用，而且未来对于数字化技术优势的争夺，将成为全球文化产业发展和文化产业结构战略性调整的焦点。正是文化与科技日益紧密结合，才不断地催生出具有高新科技、高新文化复合特征的数字化文化产业，并向其他产业提供高附加值的创意产业等。可以说，文化产业是现代高科技的产物，也是高新科技与高新文化互相渗透的结晶。

由此可见，文化经济时代的哲学意涵，即文化对于推进经济社会发展的作用愈来愈重要；文化与经济融合加快乃至一体化，将成为整个社会经济发展的趋势；文化发展和经济繁荣、社会进步互为前提并相互促进，可以提升经济社会发展的整体水平。归结为一句话，就是要认真研究文化经济时代中文化与各种要素的关系，特别是把握好经济与文化相互作用的辩证关系。

当然，目前人们对文化经济时代的认识，则更多的是源自一种新兴产业的快速崛起——文化创意产业。文化创意产业的兴起其特殊的背景是：随着巴西、越南及我国等新兴经济体的迅速发展，依靠着庞大且廉价的劳动力资源，这些新兴经济体开始逐步取代传统工业强国的制造业大国地位。于是，西方传统工业强国开始积极寻求产业升级，寻找经济增长的新动力。正是在这样一种背景下，无污染、低消耗甚至是零消耗却高利润的文化创意产业由此登上历史舞台。

值得我们关注的是，随着制造技术的飞速发展和迅速普及，仅仅产品本身已经创造不出多大的利润和价值，而依附于产品上的创意和文化却正在成为新的价值所在。经常听到的一个例子是说耐克运动鞋：大部分由中国厂家代工生产的耐克鞋成本只有区区几美元，但就是因为鞋子是耐克公司设计和研发的，所以在贴上耐克商标后就可以卖到几十美元甚至上百美元，其中的差价就是创意和文化的价值。因此，在新一轮的国际产业分工中，可以说谁拥有文化和创意，谁就占据了产业链和价值链的高端。

我国早已开始高度重视文化创意产业的重要作用。党的十七大吹响了促进我国发展文化创意产业的号角，胡锦涛总书记关于"文化"和"软实力"的精辟论述，为我们发展文化创意产业指明了方向。各个省市纷纷推出文化强省、文化立市的发展战略，并将文化创意产业纳入各地"十一五"规划中，将其作为重要产业进行扶持。

总之，文化创意产业对当代中国具有重要且特殊的意义，不仅因为国与国之间未来的竞争中将更多地渗入文化因素，不仅因为文化创意产业能为我国经济发展提供新的引擎，更因为和谐社会的建设对文化提出了更高的要求，满足人民群众日益增长的文化需求也要求我们必须大力发展文化创意产业。从哲学意义的高度来看，这是文化经济时代所赋予的历史使命。

在文化经济的时代，文化首先表现出思想创新，其次是文化创意。应该说，一个新兴产业的成长和发展离不开系统的理论体系的支撑，同时对于文化创意产业刚刚起步的我国而言，对国外成熟文化创意产业模式的分析与借鉴也显得尤为重要。所有这些，都少不了一批学者的积极参与与研究，少不了一批优秀的文化创意产业著作的出版。由北京大学光华管理学院博士后石杰等编著的这本《文化创意产业概论》，就是这方面的成果之一。

纵览全书，给我留下最为深刻的印象就是比较全面和系统。与一般文化创意产业类图书相比，这本《文化创意产业概论》既有对文化创意产业相关理论的研究论述，也不乏国内外经典案例的论证；既有对国外发展文化创意产业的经验分析，又有针对我国国情提出的建设性意见。尤其是较为全面地影响文化创意产业发展的关键要素，如人力资源、投融资政策、信息技术、产业集聚及绩效评估等的论述，为目前文化创意产业的发展提供了理论上的参考和实例上的分析意义。

石杰博士在与我谈及这本书的编著过程时，反复讲这本书的出版得益于许多关于文化创意产业资料文献的学习与体会，由于时间仓促和学习研究不够，存在着许多问题与不足。他表示将继续深入研究这方面的理论与实践，力争在不久的将来拿出关于文化创意产业有分量的专著奉献给大家。

我非常欣赏石杰博士这种谦诚的精神，也热切希望他能够投入到火热的文化创意产业工作实践中去，理论联系实际，潜心探索与研究，为我国文化创意产业的发展，为我国文化软实力的提升做出贡献。

（石杰等编著《文化创意产业概论》，海洋出版社，2008 年）

鬲的世界

　　鬲是远古时代的一种炊器，曾在中国历史上存在了两三千年，为文物考古界所熟知，而于大多数民众来说则已相当陌生了。

　　鬲向前先生的《鬲与鬲文化》一书，首次对鬲及鬲文化做了全面、系统的挖掘与研究。

　　鬲不仅是一种器皿，而且是一种文化，缕述鬲的历史，探求其中所承载、蕴含的文化，使本书立意高、视野开阔。在篇章结构、内容

鬲向前著《鬲与鬲文化》

设计上，包含了有关鬲与鬲文化的方方面面，使读者看到一个多彩的鬲的世界。支撑作者观点的，是广泛搜集的大量资料，有考古发掘或存藏于海内外博物馆的实物，有古代文献的记载，有专家学者的相关论述。这一切，经过作者的汇集、整理、分析、比较、研究，于是有了这本书，有了这个成果。

本书使鬲的几乎湮灭的历史得以复活，使许多散乱的历史碎片得以复原，给我以知识性的收获；同时作者的创造性的努力，如从中华文明发展史的角度分析鬲的产生和演变，特别是从社会学、政治学、经济学、文化学、哲学5个方面，总结鬲文化发展的启示，也给我留下深刻的印象。

本书篇幅不算长，但内容颇为丰富，而且条理清晰、叙述简洁、不枝不蔓，令人感到明快。书末的《鬲文化问题解答》，37条，是作者对研究要点的归纳，也是对全书内容的回顾，富有创意。

2009年5月1日，北京下着小雨，我在家中翻阅着这本书，沉浸在鬲的天地里。一个鬲，居然有着这么多的学问，中华文明的博大精深，即由此可见。我又想到作者鬲向前先生，我的老朋友，他容易引人注目，往往由于这个姓。我们奇怪怎么会有这个姓，他也好奇，由好奇而探索，而一发不可收拾，而终于有所成就。其中的甘苦，难以想象，肯定是不容易的。因此，更要祝贺这本书的出版，感谢他在发挥和弘扬中华文明上所做的努力。

（鬲向前著《鬲与鬲文化》，三秦出版社，2009年）

别有幽思

袁良骏先生的学术随笔集《坐井观天录——新世纪杂文随笔集》要出版了，作为老朋友，我感到由衷的高兴！

"坐井观天"，自然是谦虚，但也有几分写实。因为老袁的老伴儿白玉芝大姐身体不好，血脂、血压均高，老袁退休后，他们便在京郊乡下买了个小房，粗茶淡饭，一住四五年，老袁日以种花、遛狗、买菜、做饭为务，成了一名专职家务劳动者。乡下文化闭塞，往往连

袁良骏著《坐井观天录——新世纪杂文随笔集》

报纸也看不到。息交绝游，远离尘嚣，要说"坐井观天"，似不为过。

然而，老袁的让人敬重也就在这个"坐井观天"。那时，老袁为自己安排了一个时间表，每天家务再忙，也必须写作一小时，雷打不动。一小时写200字也要写，写300字也要写，但每天这一小时总要写。这样一来，老袁居然做到了马克思羡慕的理想境界——脑力劳动者，同时也是体力劳动者。

因为每天只写一小时，行有余力，根本累不着，一点也不影响颐养天年，更不影响家务劳动。可是日积月累，四五年下来，老袁竟取得了可喜的成绩：他不仅完成了30多万字的《香港小说史》下卷，编辑出版了近40万字的《袁良骏学术论争集》，新写了30万字的《张爱玲论》，而且逐渐写下了这本《坐井观天录——新世纪杂文随笔集》中的大部分文章。语云："天道酬勤。"这大概是苍天对老袁的酬谢吧。

《坐井观天录——新世纪杂文随笔集》有少量杂文，尖锐泼辣，以鲁迅为标的，但绝大多数是学术随笔。老袁虽写了一些长篇大论，但似乎更喜欢学术随笔。他曾经写过一篇《学术化的随笔，随笔化的学术》（刊《中华读书报》），文中引了鲁迅先生在《华盖集·忽然想到·二》中的这样一段话：

> 外国的平易地讲述学术文艺的书，往往夹杂些闲话或笑谈，使文章增添活气，读者感到格外的兴趣，不易于疲倦。但中国的有些译本，却将这些删去，单留下艰难的讲学语，使他复近于教科书。这正如折花者，除尽枝叶，单留花朵，折花固然是折花，然而花枝的活气却灭尽了。人们到了失去余裕心，或不自觉地满抱了不留余地心时，这民族的将来恐怕就可虑。

老袁认为，这里虽然主要是谈翻译，但绝不限于翻译，实际上已经触及了"学术文艺"著作的深入浅出、生动活泼、雅俗共赏问题，鲁迅倡导的实际就是学术化的随笔、随笔化的学术。平心而论，老袁的这一理解，是符合鲁迅先生原意的。鲁迅先生虽然也写了《中国小说史略》那样的大部头，但他杂文集中涉及"学术文艺"的很多篇章，诸如《魏晋风度及文章与药及酒之关系》《上海文艺之一瞥》等，都是举重若轻、生动活泼、引人入胜的。学术随笔虽不能代替长篇大论，但鲁迅倡导的这种"随笔精神"是可以作为长篇大论者参考的。老袁仰慕鲁迅的这种文风，高山仰止，努力效法，也是可取的。希望老袁继续努力，继续"坐井观天"，写出更多更加深入浅出、耐人寻味的随笔作品。

是为序。

（袁良骏著《坐井观天录——新世纪杂文随笔集》，紫禁城出版社，2010 年）

赫赫武功

　　2010年清明节，我回陕西祭黄帝陵，又应时任武功县委书记孙亚政同志的邀请，特地到武功参观览胜。

　　武功县历史悠久。秦孝公十二年（公元前350年）始设武功县，其时县治在渭河之南，因境内有武功山（太白山东）而得名。东汉明帝永平八年（公元65年），武功县由渭河之南迁到渭河之北的故邰城，沿用武功县名。武功县不仅有久远的历史，更因其为周人始祖后稷教民稼穑而声名远播，是中国农业发祥地之一。我到武功镇东门外的"教

孙亚政著《仰望武功》

稼台"上远眺，也在后稷的雕塑前徘徊，不远处就是国家杨凌农业高新技术示范区，农业文明的肇始与现代农业的梦想相交织，我的思绪不由得穿梭在数千年的时空隧道中。

武功文物古迹众多，除过教稼台，还有武塔、姜嫄圣母墓、苏武墓、城隍庙、隋文帝墓、康对山墓及尚家坡先周遗迹等。武功县历代名人辈出，仅见于正史列传和名人大辞典的就有40多位，汉苏武封于武功，唐太宗李世民出生于武功，又有前秦时创作回文织锦《璇玑图》的才女苏蕙，明代状元康对山，等等。这次武功的访古之行，我填了5首《菩萨蛮》，分咏后稷、苏武、苏蕙、李世民、康海，抒发了自己的感想。

当然，武功不只有文物古迹，武功的建设与发展也同样令人高兴、令人鼓舞。武功工业园区初具规模，循环农业颇有特色，农村公路在全省率先实现村村通，旅游文化品牌逐渐得以唱响，农民致富的路子也越来越宽广，全县经济社会稳步发展，一派兴旺景象。

孙亚政同志可以说是我的老部下，20多年前他是陕西省委研究室一名年轻干部，后调到县乡任职，长期在基层工作，在武功当县长、县委书记，一干就是8年。2013年前半年，调任咸阳市副市长。最近，他把自己在武功工作的思考与感悟撰为《仰望武功》一书，我看了书稿，也很有感触。

《仰望武功》，这个书名好！"仰望"即抬头向上看，这不同于"仰首"，而是含有敬仰期望之意。抬头看武功，就是敬仰武功这块土地，敬仰武功的历史文化，敬仰武功的老百姓。因此，"仰望"是一种态度，是一种精神，也是一个根本的立场问题。对一个县来说，县委书记是领导班子的"班长""一把手"，一把手的襟怀素养、思路视野等与一个县的实际工作关系极大。仰望武功，这是搞好武功工作最重要的思想方法。

"仰望"最终要落实在行动上，落实到实际工作中。亚政同志与他的班子团队有许多好的构想和思路，也确实做了许多好事、实事、大事，我因为自己工作性质的原因，很关注他们对于文化的认识，对于文化遗产保护的态度。

从这本书可以看到，武功的同志在发展经济建设的同时，重视文化遗产价值的发掘，重视历史文化名人的效应。例如，汉苏武持节 19 年，成为国格的首倡者和践行者，他的出生地不在武功，却因出使匈奴有功，被大汉皇帝封于武功，武功遂成为海内外苏姓寻祖之地。武功认真保护苏武陵园，又重视海内外苏氏宗亲祭祖的组织、联络工作，其中不少苏姓人就在武功投资办企业。又如前秦才女苏蕙，字若兰，她的织锦回文诗盛传于世，受到唐武则天的赞许。苏蕙成为极富才情的妇女的代表，武功县近年多有以"若兰""苏绘"等为品牌的编织、刺绣工艺品问世，影响甚大。文化遗产的价值是客观存在的，也是需要不断认识与发掘的，它们与当代的生活是相联结的。

但是，不是所有的文物古迹都能吸引大量游客，不是所有的历史文化名人都可用来赚钱。文物古迹是历史文化的载体，是一个地域发展历史的见证，是人们的精神家园。对一个地区的领导者来说，需要有经济社会长远持续协调发展的理念，在以经济建设为重点的同时，也要重视文化遗产的保护，这包括物质文化遗产，也包括非物质文化遗产。经过千百年的历史岁月，许多遗产本身是脆弱的，如不及时保护，毁坏了，消失了，即使以后花再多的钱，重新修建，也找不回原来的韵味。但是，在目前主要以经济指标衡量干部政绩的评价标准面前，官员们要真正做到不考虑个人得失，坚持经济社会文化全面发展，为当地文脉的长存尽一点力，还是不容易的，因此更需要提倡这种"仰望"的精神和态度。

（孙亚政著《仰望武功》，西北大学出版社，2014 年）

走进镇巴

近些年来，文化是一个很流行也很泛滥的词，娱乐文化、消费文化、餐饮文化等充斥着人们的生活。对于一个研究地方志与地方文史的人来说，这种时尚的"文化"多少带有浮躁与迎合时代的气息，同时我也为地方古老的历史文化与独具特色的地域文化少有人问津感到遗憾。

对于一个地方而言，其深厚的历史文化与浓郁的地域文化应是其精神家园的两大支柱。人们在自然地消费着这两种文化，骨子里在传承、因袭这两种文化，但却不知道这两种文化应该以何种形式、以何为载体呈现在人的眼前。

日前收到《镇巴史话》（以下简称《史话》）书稿，不觉眼前一亮——这不就是一种很好的地方文化载体吗？

仔细阅读了《镇巴史话》的全部内容，并调阅了《定远厅志》（余修凤编撰）及《镇巴县志》（1996年版），觉得这是一本很好地将地域文化与历史文化结合起来的文史书籍，很有普及价值及意义。

我研究地方史多年，深知人们了解地方文化及历史文化一般都会借助于地方志。但大多数地方志是官方语言形成的地方资料汇编，其工具性的效能远远大于阅读的效能，缺乏普及的作用。试问：有几人愿意抱着一本地方志去埋头阅读，获得一种精神的愉悦？地方志对地域文化或有记述，但大多语焉不详，不成系统，在民间处于一种消弭的自然状态，缺乏专业的人搜集整理及编撰，而《镇巴史话》的成书刚好弥补了这两点不足。下面具体谈谈对这部书的认识：

首先，相比于《定远厅志》及《镇巴县志》，《史话》在体例形式上自成格局，以时间为序，从远古至解放，其间几千年的历史，择其纲要收录，条理清晰，线索明了，颇具"史"的"框架"。形式上推陈出新，以史的叙述为主，辅以文史、文艺资料的链接，相互印证，相互说明。篇章分节既成系统又保持相对的独立，打破了一般史志平板单一的"资料式"结构。内容上以"话"带史，既有"史"严谨、准确的特点，又有"话"通俗易懂、趣味性强的特色。"五分史、三分话、二分引"，史料性及文艺性兼备，充实了史料的具体内容。如果说史志重面的话，《史话》则着重于点的阐发；史志追求完备，《史话》则注重重大节点的具体内容——这样一来，《史话》有了更多的可读性，给了读者阅读的兴趣，利于普及。

其次，一个地方的地方志就相当于该地的"百科全书"，其资料的完备与涉及面之广当然是一般书籍无法取代的，但任何一部地方志的编写都有一定的局限性，或是时间的截断，或是内容的错讹，后人总会在此基础上进行不断完善和修订，以便使史志传达的信息更加准确、更加丰富。《史话》对两部地方志做了很好的增、修、改、订。这部《史话》涉及历史、地理、社会、经济、军事、文学、宗教、少数民族、自然科学、民风民俗等多方面内容，虽然内容不及两部地方志宽泛齐全，但也起到了"补志之缺，参志之错，详志之略，续志之无"的作用。如《史话》中出现了较多的"民歌文化"，曾闻镇巴有"民歌之乡"的美誉，作为特色的地方文化，两部史志几无记载，而《史话》对此有所收录及研究，不仅增加了《史话》的内容，也为搜集整理地域文化开了一个先例。像这类增添的内容还有民风民俗的再现，如端公戏、吊脚楼；历史陈迹的重挖，如胡家寨、红岩双洞、神道碑等；烽火硝烟的文学描述，如定远风云白莲教、匪患王三春等；农业经济的考证，如镇巴的茶业、手工造纸等；这些增添的内容取材于史志的轮廓，还原了具体的细节，读起来趣味盎然，既是对历史的重现，又是对历史文化的一种重新认识与思考。

在两部地方志的叙述中，对某些错讹之处做了考辨。如《洋水悠悠》《二十四地何所指》等，这些史志记载不全、不详的东西，《史话》通过各方资料搜集整理、甄别，最终给出合理的结论，相对于史志而言，是一种局部的修正。如在翻阅《镇巴县志》时，《艺文·传说》一章里收录的古代散文诗歌来源于《定远厅志》，因厅志是古籍读本，县志在收录时出现了一些错误，《史话》不仅做了修正，并对相当多的诗文做了赏析，这给正确传承和普及该地的历史文化带来了极大的便利。

最后，《史话》打破体例，是史而非史，辅以文学性的传记与描述。对于这样综合的史料类的书，一般会是一个团体共同承担编辑的任务，但从这部书来看，书的作者既有组织又有相对的独立性，书的内容既成体系但又相对独立，所以史话里面文艺性的东西有相当比例，且大多带有作者自己的思辨与鲜明的导向，这与一般史志是完全不同的。《史话》作为文史读物，文章都有相对的独立性，有很多是在史料基础上形成的原创文艺作品，如《四十异域觅封侯》《漫话星子山》《从孤儿到大校》《碧血洒人间，赤心为人民》《镇巴古代文学作品辑赏》《定远厅同知诗词辑赏》等，这些链接文章既是对史料的印证补充，又是自成篇章的文学作品，基于史而不囿于史，拓宽了史料的内容，丰富了读者的见闻，让人获得一种审美享受。

作为一部历史类书籍，相比地方志而言，我谈了上述看法与认识。下面我想再说说这部《史话》在传承发扬地方文化上所具有的价值与意义。

一部史话就是一部文史读物，它教导人们认识历史、审视历史，从历史中借鉴经验，在本地的历史人物中寻求自信与荣光，《史话》为人们提供了认识历史、回看历史的平台。一部史话就是一部地方文化的汇编，但人们对地方文化几无完整统一的印象，借助史话，人们也许会系统而全面地阅读并认识到地方文化的亮点，认识到地域文化

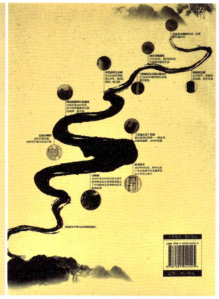

谭平著《镇巴史话》

里流淌在人们血液里的一些东西，人们思想里一些"根"的东西。阅读地方文化史，是人们摆脱浮躁、回避时代冲击的一方精神阵地，不会盲目地自我迷失。一部优秀的地方文史书籍在传承和发扬当地的历史文化和地域文化上有不可低估的作用。只要它进入人们的视野，人们都会在书中寻找、考证、总结、反思，找到属于自己的东西，或继承，或发扬，或找寻问题，寻求进步。因为作者鲜明的导向性和史料的公正性在自觉地引导人们，教化人们。

通过《史话》可以知道，镇巴自汉封为班超食邑后，居民生息繁衍未绝；此处山大沟深，地近蛮荒，多受匪患滋扰，百姓以农耕为主，能吃苦耐劳，性格憨厚淳朴；自清嘉庆七年（1802年）设厅后，历任同知为政多有善举，于民多有行善教化之功，于己多有苛责自省之严，如严如煜治政勤勉，生活俭朴清贫，兴修衙署，开设文馆武备，作《三省边防备览》等，颇有建树；功绩卓著的还有马允刚、李枢焕、余修凤等。这些人不但卓有政绩，"处江湖之远"而能"不以己悲"，且大多雅好文墨、通于诗文。严如煜《蠲修石城碑记》《谕农词》《夏耕词》等诗文，颇有中唐白居易之风，字里行间深藏着对百姓疾苦的同情和为官的自省；沈际清（沈尹默之祖父）的书法对后人影响甚大；德亮是一位雅好诗词的旗人，在流传刊载的诗歌中，内容虽然大多为清心养闲的性情之作，但其体例有古诗的回文体、辘轳体，兼有酬唱，说明当时文化氛围颇浓；到后来民国的第一任知事王世镗赴任，其著名的章草书法亦为一绝。这说明该地在清代中叶以来200多年的历史中，文化的教化传承根脉延续，形成了独具特色的文化底蕴。《史话》的成书无疑对挖掘这样的文化底蕴、传承这样独特的地域文化有重要的作用及意义。

《史话》是一部优秀的地方文史书籍。当这部书跟读者见面时，茶余饭后，不拘章节细看一二，既得本地史实风物之趣，又可乐于时间消闲，此为利之一；若能以此为教化，濡染良思益教，传承厚德嘉训，更爱地方风物，自豪自爱生于斯、长于斯的土地，此又为利之二。倘如此，既是读者之乐，又是编者之幸。

（谭平著《镇巴史话》，文物出版社，2015 年）

乐在采撷中

　　我几乎是用一整天的时间，读完了张素青女士《一路采撷》的书稿。这是她继《日子有功》后的第二本散文集，是一本很好的书，值得一读！

　　《一路采撷》以回忆往事为主要内容。这些往事，有作者小学、中学、农村插队以及大学的一些经历与故事，有对父母等至爱亲朋的回忆与思念，还有她在中国五矿集团公司供职时的几件与工作有关的事的记录。这都是些有意思、有趣味的往事，但我感受最深的，则是她参加工作前的那一段经历，即她的青少年时代。她的童年，是在渭北高原白水县的西河边度过的，这在《日子有功》中有着充分的述说。秦岭圭峰山下的青少年生涯，于她的一生有着重要意义，因此这种回忆也就格外值得珍藏。

　　所谓回忆，是指恢复过去经验的过程。回忆的实质是怀旧。怀旧最基本的导向是人类与美好过去的联系。这个旧是由时间、空间和认同构成的三维世界。每个人都来自过去的岁月，"我们曾经是谁"决定了"我们是谁"以及"我们将会是谁"，因此怀旧始终保持着对过去的基本诉求。

　　从户口上来说素青当时是城里娃，但因为父亲所在单位的特殊性，一直与村庄为邻，她上的是乡村小学、中学："我们来自五湖四海，我们的老爸多是摘掉了领章帽徽仍然穿着军装做着保密工作的人，我们在一个被四四方方的围墙圈起来的小天地里活动，翻过后墙便是秦岭终南山的圭峰，走出大门就是鸡鸣狗吠炊烟袅袅的田野村庄，我们穿着打补丁的衣裤和衣衫褴褛流着鼻涕的村里孩子一起上学。"在白水县，"我最擅长的是野外作业，上山上树上墙（在墙头上奔跑），捡煤核儿，拾麦穗，挖瓦渣（箍窑洞用的碎瓷片），采猪草，还有下河摸鱼抓小螃蟹"；在圭峰山下，搞勤工俭学，拉糟子喂猪，捡牛粪马粪，编草帽辫，上山采草药，河沟稻田里捞小鱼小虾；等等。与乡村、与农民、与大自然相亲，"在野地里疯玩无拘无束地长大，烙印深深"。作为知识青年在农村插队，书中第二部分的一个个故事，更是挥之不去的记忆，也是作者成长的痕迹。作者珍惜这一段人生经历，称之为"野蛮成长"，感慨："野蛮成长，居然长成！"

乡村的岁月，不仅使作者感受到农民的善良、质朴，也认识到农民的艰难。她记述了现实的农村："这就是当年，当年的农村，农村的生活。艰难得有些残酷的生活。"（以上俱引自《野蛮成长》）懂得了农村、农民，才可以说懂得了中国。对中国农村的深入了解，使作者对中国社会始终保持着清醒的认识，对农村、农民始终有着深厚的感情，而且这种联系一直没有中断。应该感谢生活！正因为如此，作者以审美观照的方式看待过去，回忆的笔触总是温暖的。农村的人和事，作者的经历，包括一堆难堪的糗事，在娓娓的温情的回忆中，就有了寻找家园、故土的意味。

表现自我情感是散文最重要的审美特性，也是本书的一个特点。对于情的强烈追求，在全书的叙事论人中皆有所体现，更集中反映在第三部分的"至爱亲朋"中。作者对父母深沉的亲情，凝结为本书的献词——"献给我的老爸老妈"。在情感的反映方式上，作者重在语言的表现，即作者的自我意识和情绪直接通过语言的表情达意构成文章明显的抒情色彩。《来世您还是老爸！——写在老爸离我们而去的第九十九天》《最是幸福一声"妈"！》，两篇文章的题目已情注万斛，感人至深。作者善于用排比、递进的方式来抒写这种感情，例如："岁月久了有伤痛。在哥哥出事后的二十年里，最怕的三个字是'我哥哥'，最不敢听的一首歌是《妹妹找哥泪花流》。今天又有一首歌，只要旋律响起就会泪流满面，那是《烛光里的妈妈》，不敢听，不敢想，怕动情，怕流泪，怕触碰内心深处的痛。""还有，最不敢看的是背影，老爸和老妈进入老年之后，我最不敢看的是他们的背影，身体佝偻着，蹒跚向前，老爸因为不锻炼，脚步还没有老妈灵便。""老爸老妈走了，走在街上看见前面一对年迈的老人，那身影怎么那么像我的二老！会跟着，走几步，停下来，发呆，眼泪会流出来。""漫长而又短暂，痛苦而又难舍，艰难而又顽强的告别过程是那么清晰，印刻在生命里。"语言素朴，情感真挚，四段排比，层层递进，产生了强烈的感染力。

保安是作者夫妇数十年如一日的朋友。《保安兄弟》记述了保安与作者夫妇的交往。保安忠于朋友之事，重然诺；保安有时口气又很大，似乎不靠谱。作者深刻了解保安，为朋友画了这么一幅像："保安是每一个朋友不可多得的宝贵财富，不是说他多么权势，多么富有，

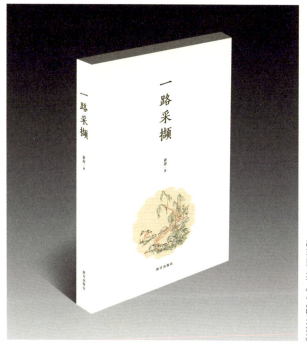

张素青著《一路采撷》

而是他不管不顾横冲直撞的活力，他那些不怎么靠谱又像是梦游的大话和想法，他嬉笑怒骂、呼朋引类、啸聚豪饮的做派，他惜缘念旧、肩扛手提的行走与担当，他的春风满面，他的有滋有味，他带给我们庸常生活的一抹亮色。他是一个好玩的人，总是带给你惊喜，让你有所期待。人生这个大饭局，保安不到场的话，那可真是太无趣了。"惟妙惟肖的概括，一个饱含作者深情的传神的保安，跃然纸上！

本书可读性强，一个重要原因是注重细节，不是概念化地论述或简单做结论，而是让事实说话，这些事实也有典型性，使人印象深刻。例如父亲每每去邮局领取女儿从北京汇来的款、寄来的物品时，必定是衣着整齐，情绪高涨，令老朋友羡慕不已；家中生活困难，有时一块钱也拿不出，母亲常到处告借，一家不行再跑一家，而不懂事的"我"只管向母亲要钱；姐姐的男朋友突然来家，炕上铺的旧席子，"我"心里着急，担心寒酸的家境会影响姐姐的婚事，等等。作者是善于讲故事的，有些篇章，讲的就是一件事，特别是第二部分"乡村记忆"，《惊险倒挂》《换面》《娃是个好娃》《五百斤化肥四十里路》等，都是一个个故事的完整叙述，有人物，有情节，有起伏，有高潮，更有作者自己的活动，读来很有味道。作者在农村插队时，在村、公社、县广播站都做过临时播音员，《乡村女主播》集中写了这个过程，穿插了好多故事，读起来也饶有趣味。

作者在书中不仅讲述了一件件故事，而且有所思考，并善于从感性上升到理性，说出一些道理来。这些道理，或是人生的感想，或是事实的启发，或是举一反三的贯通，或是豁然开朗的大悟；这些道理的归纳、生发，都以有关事实为基础，是作者思想认识的提炼，也是文章主题的升华；这些道理的表述，更带有作者个人的语言风格，凝练、质朴、口语化，初看话不惊人，细读则觉得有意思，蕴含着一定的哲理。

有些文章题目就启人思索，如《我动故我在——走在体育的边缘》《学车记——从感觉到行动有多远》《正常就好》等。作者曾在城市里骑自行车上下班，想起了"慢慢走，欣赏啊"这句话，遂改为走路，实践下来，果然满目风光，觉得一年四季，各有千秋。例如到了春天："绿意一日浓过一日，色彩一日鲜过一日。这个时候，最最幸福的事情是，清晨起来，神清气爽地出发，天气不冷不热，路程不远不近，步子不疾不徐，心思若有若无，在抬脚落下和一呼一吸间享受生命的律动。"她不仅由此体会到"慢了，才能欣赏；慢点，方可品味；慢下来，你才看得见风景"，而且想到了应有的人生态度："又想起那句话：慢慢走，欣赏啊！年轻的时候，目标就是一切，成功就是意义，所以一路急行军，所以眼里没风景。人到中年，忽然有悟，目标不是一切，成功没有标准答案，珍惜每一天的时光，既创造也享受，享受过程，享受风景。"（《路上的风景》）

"得过且过""随遇而安"等类词儿，作者在年轻时是看不上的，认为太消极，但随着阅历的增长，才认识到这些话里的积极因素，认识到做一个正常人也谈何容易："别以为正常简单，一个人始终保持正常、合理、合规律、合拍、合时代不容易，不是消极，不是不动，而是与时俱动，是看不出在动的动，是不掉队，不落后，不被时代淘汰的动，是不出岔子，不误入歧途，不走上歪门邪道，如此，不上心，不努力也是达不到的。""正常中有非比寻常，'正常就好'是一种平静祥和的心态，有了这心态才能享受，才能静观，才能深思，才有明了，人生才有出路。"（《正常就好》）

作者的这些议论，有时也散发着浓郁的诗意，例如对亲人的理解和感慨："我们是彼此生命中重要的人，是亲人。这人世间，如果没有了亲人，那高楼大厦、车水马龙，那繁华喧嚣、熙来攘往，那一切的一切，和我们有什么关系。亲情，是我们的底牌、我们的维系、我们的地气，它滋养着我们、支撑着我们，在漫长的旅程中，心手相连，不会迷失不会走散。我们彼此信任，彼此牵挂，彼此支撑。无论何时你都知道，在这个城市里，有一盏灯为你亮着，有一群人为你守候，有一个温暖的角落属于你。"（《保安兄弟》）

作者曾服务于中国五矿集团公司。本书第四部分"五矿故事"，虽然只有 5 篇，但从中可见作者的工作性质，可见作者工作中创造性、创新性的实践与努力，也略可看到她所热爱的这个中国重要企业发展建设之一斑。

本书只是作者半生踪迹的雪泥鸿爪，人生片段的一些采撷。正如作者所说："文章有句号，生活在继续。"是的，长天云霞，大地锦绣，前路更美好，愿君多采撷！

（张素青著《一路采撷》，故宫出版社，2017 年）

苑氏寻踪

  光辉灿烂的华夏文明传承了 5000 年，而姓氏起源至今也有近 5000 年历史，同样源远流长，已成为中华民族文化历史的一个重要组成部分。姓氏作为自上古时代流传下来的家族血缘符号，是符合遗传学规律的。而中国人从上古时期起就拥有强烈的宗族观念，所以具有相同姓氏和相同血缘关系的人就聚居在一起形成了家族。追根溯源，中原人民都自称"炎黄子孙"，这其实是一种文化认同，是人们在经历了漫长的社会演变后而形成的共识。无论何种姓氏，炎黄子孙这一共同的称谓是凝聚中华儿女国家认同和文化认同的重要载体。在当前凝聚全国人民对中华民族伟大复兴的"中国梦"的憧憬与期待下，共同的文化认同至关重要。

  先秦时期，中华民族姓氏变化较大，而自两汉之后姓氏基本稳定下来，这应当是自始皇帝一统中华之后，华夏诸族相互往来、互相渗透融合最终形成稳定的汉民族的原因吧。从某种意义上说，姓氏家族的发展变迁与社会变革密切相关，家族与家庭的繁荣促进了社会稳定与发展，而社会的发展是家族与家庭繁衍昌盛的保障。人们对于姓氏的重视源自家族情结，这实际上是社会个体通过对家族身份地位的寻找获得社会认同感和文化认同感。从这方面来说，姓氏文化的研究对于促进社会认同和文化认同是有积极意义的。

  对于姓氏文化的研究逐渐形成了一门科学，虽然在目前还是一门边缘学科，但也涉及了人文历史、考古、民俗文化、语言文字等领域。姓氏文化作为一种与时俱进的文化现象承载了上下五千年华夏文明的宗族文化精神。寻根认祖作为一种典型的文化认同，恰恰是传统文化强大凝聚力的表现。勾勒"一家一姓"的历史变迁，传承上古远祖的历史文化，增进现代青年一代血缘认同，促进家庭家族和睦友爱，剖析姓氏来历及文化积淀值得我们去认真思考。

清人张澍在《姓氏寻源》自序中写道："草木祖根，山祖昆仑，江海祖源，不此之求，是谓昧。"人生一世长不过百年，倘不自知血脉根源，度此一生，岂不遗憾，如同无源之水、无本之木。《苑氏探源》一书，考证了苑字起源、方国地理及苑氏族人历史迁徙，介绍了历代苑氏郡望人物。于苑氏青年一代了解苑氏家族历史起源、文化积淀大有益处。如书中所述，苑氏一族，自商代武丁子文始，传承至今，亦可谓人才辈出，苑子、苑康、苑咸、苑论诸人理应成为当代苑氏青年一代之学习楷模。

通读《苑氏探源》一书，发现苑邦元等作者从文字、家谱、历史典籍等多方面进行了认真求证，也听闻他们奔波于数省区市实地考察，其去伪存真、执着勤奋之态度，实属难得。一本著作的出版，凝聚了作者多少心血，只有他们自己能够体会。于作者而言，将传承弘扬民族传统文化付诸行动，而并非停留于口号，勇于求真务实，这一点也是值得称道的。

（苑邦元等著《苑氏探源》，文史出版社，2017 年）

紫禁涅槃

    1925 年 10 月 10 日故宫博物院的成立，是中国近现代政治斗争、社会革命与文化演变的深刻反映，具有重要的标志性意义。因而，故宫博物院院史特别是早期院史，就颇为人们所关注。

    20 世纪 90 年代以来，中西方学者逐渐关注文物、展览、博物馆的文化表征意义及其与社会变迁和人文环境之间的关联性，中国大陆的学者也在这一研究视角下对故宫博物院开院的文化表征意义进行了诠释。吴十洲的《紫禁城的黎明》（文物出版社，1998 年），就是一部有代表性的研究著作。作者依据大量档案、文献资料，论述了故宫博物院成立前后的历史，尤其是对清宫皇家收藏的特点、故宫博物院成立与古物陈列所及北京大学研究所国学门的关系、故宫与卢浮宫和艾米尔塔什开放之比较研究，视野比较开阔，给人以新的启发。

    例如，该书对于北京大学参与筹建故宫博物院的意义进行了深入探讨。故宫博物院成立于"五四"高潮之后，北京大学积极参与，在建院上起了重要作用，不仅提供了干部队伍与业务骨干，其研究所国学门学术研究新的方法和风气，也对博物院产生了积极影响。因此，皇宫变为博物院不只是重大历史变革，又具有用新文化的思想审视、研究传统文化的意义。又如，该书肯定了章程、法律对故宫博物院发展的意义。再如，对于故宫与同为皇宫的卢浮宫、艾米尔塔什开放之比较，可以看到在中西方不同的政治、思想文化背景下所形成的不同特点。

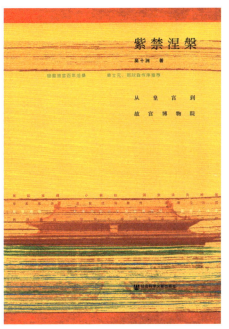

吴十洲著《紫禁涅槃——从皇宫到故宫博物院》

　　《紫禁城的黎明》是十洲教授在硕士论文基础上继续深入、几乎穷 10 年之力而完成的著作。其所用资料的丰富、所涉问题的广泛以及所提观点的重要，当时就产生了相当的影响。时光匆匆，人生易老。这部作品出版至今，也即将 20 年了。现在，十洲先生又奉献出了一部新著：《紫禁涅槃——从皇宫到故宫博物院》。从目录看，基本保留了《紫禁城的黎明》的框架结构，又增加了一些新的内容，可以说是《紫禁城的黎明》的增订版，但似并不那么简单，因为书名变了。

　　《紫禁城的黎明》，书名是有意针对庄士敦的《紫禁城的黄昏》，主要笔墨是围绕着故宫博物院开院而展开的，同时述及早期的有关历史；全书共 9 章，并有"附录"，第 9 章写故宫博物院在新中国的发展，在全书正文 235 页中，此章仅有 10 页，"附录"则介绍台北故宫博物院的文物概况。就是说，《紫禁城的黎明》重点还是故宫开院的研究，书名也是恰当的。

　　《紫禁涅槃——从皇宫到故宫博物院》共 12 章，在原书 10 章（"附录"变为第 10 章）后又增加了两章，即第 11 章的"故宫学与'平安故宫'工程"与第 12 章的"两岸故宫博物院藏品比较"。这样，本书从故宫开院、初期坎坷、文物南迁、新中国故宫事业的发展，一直到 21 世纪的故宫学与故宫大修以及近年来的"平安故宫"工程，其中还有台北故宫博物院的介绍，虽然论述有详略，但大致勾勒出了故宫博物院的 90 年院史。涅槃是佛教全部修习所要达到的最高理想。"紫禁涅槃"，不仅写皇宫如何变成博物院，而且写了这个博物院的发展历程。因此，这个书名也是妥当的。

十洲先生从 20 世纪 80 年代后期开始研究故宫院史，至今 30 年，故宫始终是他的学术研究的重要对象。他虽然未在故宫工作，但一直关注故宫，了解故宫。例如他在《紫禁涅槃——从皇宫到故宫博物院》中，注意到进入 21 世纪以来故宫的一些重大举措，增写了"故宫学与'平安故宫'工程"一章，并分为"'故宫学'的理论框架与皇宫遗址类博物馆的定位""'故宫大修'与'平安故宫'工程""作为世界文化遗产的故宫博物院"3 个部分，深入地论述了这几项工作与任务的内涵，敏锐地指出其在故宫博物院建设乃至中国文化遗产事业发展、中华文化传承中的重大意义。《紫禁涅槃——从皇宫到故宫博物院》一书，反映了他多年来院史研究的成果。他经常参加有关故宫的学术研讨会，每次都会提供论文。除过院史研究，他在清宫史上也着力不少，《乾隆一日》《帝国之雪》就是这方面的著作。

这里特别要提及的是，这 10 多年来，在故宫学的建构与实践方面，十洲先生做出了极大的努力。从 2011 年以来，他陆续撰写与发表了《故宫博物院早期权力制衡关系》《1925 年前古物陈列所的属性与专职人员构成研究》《1924 年前后日本势力对中国故宫的窥视与干涉》《故宫学研究生课程框架的学术阐释》《罗、王、容庚、马衡、唐兰对故宫藏青铜器研究的学术贡献》《故宫开院为我们留下的精神遗产》《新月派的诗人们与故宫开院前后》《故宫学的学术要素》等论文。

故宫学的学科概念，自提出以来逐渐得到学界和教育界的认可和重视，故宫博物院也十分重视与各有关研究机构尤其是高等院校的交流与合作。近年来，故宫博物院先后与有关院校联合培养硕、博士研究生，协助成立故宫学研究中心，支持招收故宫学研究方向的硕士生，并在一些高校开设"故宫学"通识课等。与高校的合作将极大地发挥故宫博物院和高等院校在学术资源和学术人才方面的优势互补作用。

十洲先生对于故宫学以及在高校推广故宫学有着深刻的认同。正如他在《紫禁涅槃——从皇宫到故宫博物院》中指出的：故宫学概念"是人们对于故宫价值认识进入新的更高阶段的表现。古建筑、文物藏品、历史遗存以及在此发生过的人和事，是一个不可分割的文化整体。故宫学在研究生教育中的出现，极大地改变了原有高校文博专业常规学科的即有理论图景的地平线，为研究生的学科教育观念的变革，提供了重要契机，同时也标示出故宫相关认识里程上的新阶段"。因此，在他主持中国社会科学院研究生院文物与博物馆硕士教育中心工作期间，与故宫博物院合作，招收故宫学专业研究生，故宫的一些专家兼任导师。从 2012 年到 2017 年共招收了 6 届故宫学专业研究生，已毕业的 4 届研究生和目前已开完题的 2016 级研究生中，学位论文题目除过专门的器物研究外，属于宫廷史、故宫博物院史的就有 30 篇。这项合作仍在进行之中。

祝贺《紫禁涅槃——从皇宫到故宫博物院》一书出版，也期待作者奉献出更多的故宫学研究成果！

（吴十洲著《紫禁涅槃——从皇宫到故宫博物院》，社会科学文献出版社，2017 年）

秦腔大家余巧云

　　中华戏曲大观园是由众多剧种组成的，各个剧种特别是一些重要剧种，比如京、昆、秦、川、豫、粤、评、越等，在每个时期、每个阶段都有一些大师级或里程碑式人物出现，引领着本剧种的创造性发展，酿造着本剧种的顽强生命力和独特形象。近些年，中华优秀传统文化在新的历史判断和时代认知中，以前所未有的态势传承发展，并日益走向世界，戏曲文化当然也不例外。以京、昆为首，不少剧种都在对本剧种的殿堂级人物、领军人物的艺术成就、艺术经验及史料信息深入发掘并认真总结、研究，以期更自觉、更精彩地推进艺术实践，迎接戏曲文化更美好的明天。展示余巧云秦腔艺术风采的《秦腔皇后余巧云艺术人生》，就是这样一部著作。

　　秦腔是我的家乡戏，现年85岁高龄的余巧云先生是秦腔界一位大师级人物，经历和见证了近百年秦腔的发展演变，成为家喻户晓的秦腔明星，扬名大西北，并具有全国性的影响。

　　余巧云先生幼年从艺，遍尝生活之苦、习艺之苦。但她有幸起步于秦腔中枢之地西安秦腔名社大班，学艺于名教高师，饱览众多名家大家的铭世绝艺，从而使她的嗓音、扮相、天分在早期就得以充分显现，学艺之初即和前辈名家同台演出《别窑》《三回头》《金玉奴》等一批经典传统戏，献艺于西安三意社、尚友社、正艺社等名社以及关中多地，以及邻省甘肃、河南、山西等。特别是她的苦情戏，载誉千里，

张力编著《秦腔皇后余巧云艺术人生》

1948年曾被媒体给予"秦腔皇后"的美誉。这一切，都为她日后自成一家，独擎"余派"旗帜，做了厚实铺垫。

新中国成立前夕，余先生去了陕西东府首邑渭南，一扎根就是60余年，演出遍及渭南十几县的山川平原。我的老家澄城县，属于渭南管辖，我小时候虽然看戏不多，却知道余巧云这个名字。在20世纪五六十年代的渭南地区，她就是明星，是乡党们心目中的女神。每有她的演出，那就是重大新闻，是大喜事，方圆几十里的乡党奔走相告。我在渭南工作过3年，对她有了更多的了解。后来我到了西安，才知道西安人也喜欢余巧云。20世纪90年代中期我在青海工作，又知道她是名震大西北的。到了北京，每看到听到秦腔，我马上就会想到陕西，想到家乡，想到余巧云。

许多年来，很多专家以及热爱她的戏迷，都在琢磨、研究、品评她的艺术何以有这般魅力。人们普遍认为，对她来说，天赋、勤奋固然重要，但时代、社会环境则是造就其成为一代大家的最重要的条件。

自清代乾嘉以来，秦腔数度高潮迭起。20世纪初到60年代中期，是我国戏曲艺术发展的又一个鼎盛期。余巧云是这个鼎盛期的代表人物之一。从唱腔表演上说，她处在秦腔乾旦向坤旦过渡并产生了一批新一代坤旦的时期；从地域上说，由西安去渭南，她经历了秦腔中枢地到次中枢地，更面向秦腔原生态地域的双重实践。从这两个坐标探寻余巧云艺术，可能是比较切实、比较准确的视角。

秦腔的坤旦时代，是随着辛亥革命、中华人民共和国成立而开启的，首批代表人物孟遏云、杨金凤等是直接接过男旦的唱腔和表演，糅进女性嗓音和身态特点而成；紧随其后，余巧云、宏秀云、苏蕊娥、赵桂兰、肖若兰、李夕岚等接踵而起。两代人的积累，标志着秦腔坤角声腔艺术的全面成熟。但男旦前辈如李正敏、何振中等人所创造的"男唱女""男演女"的声腔之美和表演之美，是不可能不深度影响和留存于包括余巧云在内的前两代女演员中的，特别是男性演员对女性之美从性反差角度所产生的独有认识，反映在唱、念、做、舞上，包括发声、行腔、润腔、韵白、节奏、追求个性韵味及身段体现等各个方面，所积累、所结晶的不可逾越之美，更是保留在前两代女演员中。而到了第三代、第四代之后，这些独有的韵味都基本不存在了。这些东西的逝去，由于某些理论的偏颇，很长时间以来我们并不以为意，甚至也未意识到这是不可挽回的损失。现在这个问题已引起人们的重视，进行着认真的自省、探讨，因此总结、研究包括余巧云先生在内的一代秦腔大师的艺术成就，就有着重要的意义。

历史有时在错位之间造成惊喜。我们知道，从20世纪50年代以后，包括秦腔在内，我国戏曲经历过与西方戏剧思维的碰撞、磨合，经历过自身的不断改革创新，一直风风雨雨走到今天。许多传统艺术，越是在小城市、小地方，越是在接地气的地方，原汁原味保存的就越多。秦腔也是如此。1949年8月，余巧云选择由西安去了渭南，由大城市演员变成了小城市演员。这一身份变化，也连带着艺术时空的错位，却让人们没有料到，估计她本人也没有料到，60年后，她成了为数不多的保留秦腔传统旦角精华最多的一位艺术大家，这岂不是历史错位带来的惊喜？渭南的"土"成就了她。在她的身上，在她的艺术成就中，反映着一个秦腔鼎盛期与她同过台的刘毓中、刘易平、李正敏、何振中、苏育民、任哲中、晋福长、张新华、孟遏云、苏蕊娥等一批辉煌人物金字塔顶般的光芒，记忆着广阔的社会基层城乡人民对秦腔如何才叫秦腔的内心向往与渴求，也体现着一个始终忠于艺术、不断进取的人民艺术家的梦想与追求。

要推动秦腔艺术的发展，就要重视理论研究，研究不同时期涌现出来的艺术大家，总结、继承他们的艺术财富。余巧云就是需要认真研究的一位。有关她的研究文章已经不少，她的音像作品也大量出版，现在由张力同志编著的《秦腔皇后余巧云艺术人生》，也是一本用心打造的精品。这本画册不仅有助于人们形象地认识余巧云的成长道路、艺术成就，对于研究秦腔的传承发展，促进这一古老的梆子腔鼻祖焕发蓬勃生机，都是有意义的。这本书即将出版，主编张力同志邀我写序，我欣然答应，便写了以上一些感想。我希望广大读者通过这本书，更多地了解余巧云，了解秦腔；我也诚挚地祝福余巧云，祝福秦腔！

（张力编著《秦腔皇后余巧云艺术人生》，中国戏剧出版社，2017 年）

其来有自　别开生面

　　戊戌年初，强跃先生请我给他的个人文集作序，我稍有点惊讶，又感到欣喜。我对这位乡党比较了解。像我这样年纪的陕西人，大多能懂得像强跃这样年龄人的阅历与情怀。作为从其他行业转做博物馆管理的人，我们多多少少也有些不同于长期在这个行业工作的专业人士的感悟和工作思路。其实，博物馆作为一个包罗万象的百科全书式机构，一门实践性很强的工作，需要多视角、跨领域的综合理念和大格局。强跃做到了这一点，他的工作是出色的。现在强跃又认真梳理工作思路，总结经验，与同行们分享博物馆管理的心得体会，这是难能可贵的，也是值得祝贺的！

　　当我看到强跃书稿的名字《重行子善——强跃文博论文集》时，感觉有些"重"。"重行"二字出自汉代著名文学家扬雄的《法言·修身》。或问："何如斯谓之人？"曰："取四重，去四轻，则可谓之人。""何谓四重？"曰："重言、重行、重貌、重好。言重则有法，行重则有德，貌重则有威，好重则有观。""敢问四轻？"曰："言轻则招忧，行轻则招辜，貌轻则招辱，好轻则招淫。"原意为："不妄动，动必以礼。"

　　"子善"出自《左传·昭公十二年·子革对灵王》："王曰：'是良史也，子善视之。是能读《三坟》《五典》《八索》《九丘》。'"大意为：楚王说，这个人是好史官，你要好好看待他。这个人能读《三坟》《五典》《八索》《九丘》这样的古书。

"重行子善"除了上面的原始意义外，据我了解，还与强跃的家庭有着重要的关系。强跃祖父的字为"重行"，父亲的字为"子善"。他的祖辈们生活在"山环水带，嵌镶蜿蜒"的陕西韩城，这里是"史圣"司马迁的故里，被誉为"文史之乡"。太史公忍辱成就"史家之绝唱"的顽强精神，鼓舞着一代又一代的韩城人。强跃的祖父和父亲将这些宝贵的精神财富一遍遍地教给他，并言传身教地影响他，使他在经历了少年生活之艰辛、青年求学之坎坷、工作环境之多变后，仍能满怀激情地努力工作，不断前行。

像那个时代很多人一样，强跃有着不同寻常的工作经历。他从最基层做起，从偏远地区做起，勤奋、敬业、执着、敢闯敢干等关键词都是他兢兢业业工作的写照。用他自己的话说就是"要把手插在面盆里""跳起来摘桃子"等。正因为他对任何工作都充满激情和创造力，就得到了很多重要岗位的历练机会，如他本人所说，"从事的工作岗位竟然有一十二种之多"。这也是"重行"的另一层含义，即晋左思《吴都赋》"山鸡归飞而来栖，翡翠列巢以重行"所说的"行列非一"。因此，在一次次的工作和岗位变化中，他像鲁迅在《野草·死火》中描写的"使我重行烧起"那样，像叶圣陶《夜》渲染的"重行经验"那样，不断地"重新开始"，以满腔热情投入到新的事业中。

1997 年强跃走上了韩城市文物旅游局局长的岗位，一干就是 8 年，任内开展了全市文物大普查，公布市保单位，申报全国重点文物保护单位，编撰《韩城市文物志》，建设元代建筑博物馆，打造韩城全域旅游，成功申报全国优秀旅游城市，工作可圈可点。

2004 年，正是因为从事多个工作岗位的丰富管理经验，强跃被任命为华山西岳庙文管处主任，在文博行业再次启航，短短几年时间，让这个原来默默无闻的基层文博单位风生水起。强跃因此被调到西安碑林博物馆担任党委书记，一干又是 8 年，成绩有目共睹：用不到两年时间建设了一个"长安佛韵"佛教石刻展馆，馆舍建筑获得全国鲁班奖，陈列展览获得全国博物馆十大陈列展览精品奖，以及利用西安碑林特殊的文化资源建设廉政教育示范基地等。

在这期间，除了繁忙的行政工作外，强跃一方面潜心研习书法，另一方面进行文物博物馆学和书法的理论研究。这两个习惯雷打不动，一直坚持至今。几年下来，他收获颇丰：在书法方面，读完了北京师范大学书法与艺术专业在职研究生，对于不惑之年的他而言，实属不易。现任碑林区书协副主席和陕西省职工书法家协会副主席。在文物博物馆学研究方面，他对碑石墓志和博物馆管理方面的研究，也有不俗的成绩。

2015 年 7 月，强跃履新陕西历史博物馆党委书记、馆长，是这个馆 1991 年以来唯一一个书记和馆长双肩挑的一把手。不言而喻，责任突增。针对多年来陕历博面临的馆舍设施老化与观众体验博物馆需求不能满足之间，展陈面积小与参观人数暴增之间，机制体制滞后与博物馆事业快速发展之间的三大问题，强跃以"五＋二、白＋黑"的模式开始了为期 3 个月的"清单式问题调研"，三上三下征求意见，全馆一盘棋地进行重新规划与谋篇布局，梳理出博物馆管理中的十大辩证关系；建立决策权、执行权和督办权分层化的顶层设计，推行以"四驾马车"为核心的"大"管理理念和"年目标、月任务、日督办"的工作机制；采取向一线和重点工作倾斜的方针，对业务工作和管理工作职能进行重新定位；推倒心中的四堵墙，从自我本位主义向以观众为核心转变，从硬管理向软服务转变；解放思想，树立外向型的大格局，将博物馆事业社区化、国际化。当然，这些思路付诸实施尚需很大的努力。强跃常说，做好一件事情的充分与必要条件是，"要有合理的目标、科学的方法、持之以恒的态度"，同时他也常强调要"相信自己"。

事实上，强跃的重行与自信得到了实际工作的印证，例如为陕西历史博物馆首次争取到国家文物局"壁画基地"，在文博界首次获得全国精神文明单位荣誉称号，多次获得省委工作创新奖，以及他正在谋划陕西历史博物馆的新馆建设得到了实质性的推进等。这些"高难度"的工作，不仅需要扎扎实实地做，还需要认认真真地宣传。他主抓多媒体时代的博物馆宣传模式，不断推出专家人才，他自己也"抛头露面"，亮相很多重要场合，亲自充当陕历博和国宝文物的代言人，比如，央视《国家宝藏》，各种高级研讨会，等等，极大地提升了陕历博的知名度和影响力。

作为央地共建"8+3博物馆"的馆长，工作之繁重、压力之大不言而喻。在就任中国博协副理事长和区域博物馆专委会主任以后，强跃就一直思考如何让陕历博与其他知名博物馆一起，通过区域联盟形式引领中国的博物馆事业发展，并在国际平台上发出中国的声音，讲述中国的故事。当陕西文物局机构改革，陕西文物交流中心和文物信息咨询中心并入陕历博后，他认为，陕历博迎来了发展的黄金时代，因此又有了更多的想法：利用"一带一路"沿线国家博物馆联盟网络，打组合拳，通过展览、流动博物馆、"一对一"精准合作等方式讲好文物背后的中国故事，增进文明交流互鉴，让古老的丝绸之路重新焕发活力。

尽管强跃常常自嘲"我这个人'瓷'得很，会说，不会写"，但有想法的人，灵感来了，往往"下笔如有神"。就像他每天坚持练字临帖一样，写作也成为一种自然而然的习惯。尤其是像他这种物理专业出身的"理工男"，思路和做事就像"一行茄子，一行韭菜"一样"细发""整端"，写起文章来也是"好活"。翻开这本厚厚的文集，共有三大部分：博物馆研究（19篇）、历史文化研究（11篇）和其他（6篇）。关于各部分的内容，有些在上文中已经提到。在仔细阅读完文集后，我感到真是"文如其人"，还有一些想法需要补充：

一是强跃在管理工作和学术研究中格局大，思维活跃，善于规划谋篇。比如，博物馆治理的创新、未来趋势、可持续发展、互联网思维、文化创意产业等大视野、大格局。二是出于学科背景的心思缜密，究事物之机理，善于清"本"，精于理"乱"，强于辨"正"，长于用"情"。比如，博物馆管理的十大辩证关系、顶层设计与基层执行、"三三分流"等操作性方法的总结与提炼。三是提纲挈领，寻得要旨。

强跃说话做事的特点是干脆利落，行动能力很强，每天清晨吃完早饭后，博物馆开门迎接观众之前，自己先要巡视一遍，查找问题，督办项目，检查人员到岗情况。四是对于趋势的预测性和时势的敏感性。比如，他的文章不拘泥于具体细节，更关注对未来趋势的研判，这也是一个大型博物馆领导应有的站位和格局。五是善用"情"与"理"。接触过强跃的人都说，他有对工作和生活的激情，一心扑在工作上，根本没有休息天。有人说他热情，对部下、同行、观众皆如此，他经常通过聊天和谈心来推进工作，这是一个行政管理者非常好的习惯。六是坚强的性格。强跃身上有一股子特别执着的气质，他到碑林后，为了打造特色碑林，带头苦练书法，他曾说，"我要用苦练，争取3年时间达到别人练习10年的成绩"，终于在书法界有了自己的作品风格。除了勤奋好学之外，他常说，"办法总比困难多"，"多打一个电话，多说一句话，也许就能解决问题"。

读完这本文集，在感叹强跃的工作和学术历程的同时，竟有一种"其来有自，别开生面"的感觉。希望这本文集能惠及更多文博同行，让我们一起，共同为中国的博物馆事业添砖加瓦。

（《重行子善——强跃文博论文集》，陕西人民出版社，2018年）

活起来的文物

　　文物所折射出的恒久魅力，已为越来越多的人所认识。今天呈现在读者面前的这套"丝路物语书系"，就是这一魅力生动具体的体现。

　　"要让收藏在博物馆里的文物、陈列在广阔大地上的遗产、书写在古籍里的文字都活起来。"党的十八大以来，习近平总书记担负着实现民族复兴的历史重任，饱含着对传统文化的深厚感情，让文物活起来始终为其所关注、所思考。让文物活起来，就是深入挖掘文物的内涵，充分发挥文物的作用。中国文物是中华民族的文明印记和精神标识，是全体中国人乃至全人类的珍贵财富；它对于激发人民群众对中华优秀传统文化的了解、认同和热爱，坚定文化自信，汇聚发展力

陕西历史博物馆

李炳武主编『丝路物语书系』

269

镶金兽首玛瑙杯（陕西历史博物馆藏）

量等作用是不言而喻的。

近年来，一些优秀的文物类书籍、综艺节目、纪录片、文化创意产品等不断涌现，文化遗产元素成为国家外交的桥梁，文物逐渐成为"网红"并受到越来越多年轻人的青睐，这些都充分彰显着"让文物活起来"已逐渐从理念转化为行动，那些在历史长河中积淀下来的文物珍存正在不断走近百姓、融入时代、面向世界。

说到文物，不能不把眼光聚焦于丝绸之路。人类社会交往的渴望推动了世界文明间的相互交融和渗透，中原文明与亚、欧、非三大洲的古代文明很早就发生接触，相互影响，相互交流。直到 1877 年，德国地理学家李希霍芬（Ferdinand von Richthofen）在他的著作《中国》里首次提出了"丝绸之路"一名。近半个世纪以来，随着丝绸之路考古发现和学术研究的不断深入，极大地开阔了人们的视野。特别是"一带一路"战略的全面推进，丝绸之路研究更成为国际显学。在古代文明交流史上，丝绸之路无疑是极其璀璨的一笔。它承载着千年古史，编织着四方文明，也正因为丝绸之路无与伦比的历史积淀，形成了独特的历史文化遗产，其数量之大、等级之高、类型之丰富、序列之完整、影响之深远，都是世所公认的。神秘悠远的古代城址、波澜壮阔的长城关隘烽燧遗址、精美绝伦的艺术品、气势磅礴的帝王陵墓、灿若星辰的宫观寺庙、瑰丽壮美的石窟寺……数不清道不尽的文物珍宝，足以使任何参观者流连忘返，叹为观止。2014 年，"长安—天山廊道的路网"成功跻身《世界文化遗产名录》，使丝绸之路迎来了新的历史机遇，也对广大文化文物工作者提出了新的要求。

"让文物说话，把历史智慧告诉人们。"这是习近平总书记的谆谆嘱托。中华文化优雅如斯，如何让文物说话，飞入寻常百姓家，是当下无数文化界人士攻坚的课题，亦是他们光荣的使命。客观来讲，丝绸之路方面的论著硕果累累，但从一般读者角度，特别是从当下文化与旅游结合角度着眼的作品不多，十分需要一套全面系统地介绍丝绸之路文物故事的读物。令人欣喜的是，由李炳武先生牵头并亲自担任主编，与西安出版社组织策划了这套颇具规模的"丝路物语书系"，弥补了这一缺憾。李炳武先生曾经长期在文物文化领域工作，也主持过"中华国宝·陕西珍贵文物集成""陕西文物旅游博览""长安学论丛"等大型文物类丛书的编纂工作，得到了业界的充分肯定。加之丛书的作者都是有专业素养的学者，从而保证了书的质量。

如何驾驭丝绸之路这样一个纵贯远古到当今、横贯地中海到华夏大地的话题，对于所有编者来说，都是具有挑战性的。这套书的优点或者说特点，可以概括为以下几个方面：

这套书最大的一个优点，就是大而全，以宏观的视野，简明的线条，对陆上丝绸之路的博物馆、大遗址进行了全景式梳理，精心遴选主要文物，这些国宝的历史、艺术和科学价值在字里行间一一呈现。

丝绸之路文化遗产类型丰富，作者在文中并没有局限于文物本身的解读，还根据文物的特点做了大量的知识拓展，包括服饰的流变，宗教的传播，马匹的驯化，葡萄等水果的东传，纸张的发明和不断改进，医学的发展，乐器、绘画、雕刻、建筑、织物、陶瓷等视觉艺术的交互影响等。其中既有交往的结果，也有战争的推动。总体而言，这些内容是讲述丝绸之路时所不可或缺的内容，使读者透过文物认识了丝绸之路丰富的文化内涵。

舞马衔杯纹皮囊式银壶（陕西历史博物馆藏）

　　值得称道的是，这套书采取探索与普及相结合的方式，图文并茂，力求避免学究气的艰涩笔调，加入故事性、趣味性，使文字更为可读，达到雅俗共赏的目的。通过图书这一载体，能够使读者静静地品味和欣赏这些文物，传达出对历史的沉思、感悟和启迪，完善自己对文物、丝绸之路和文化的认知。在读过这套书后，相信读者都会开卷有益，收获多多，文物在我们眼中也将会是另一番面貌。

　　我们有幸正处于坚持以人民为中心的改革发展伟大时代，每一件文物，都维系着民族的精神，让文物活起来，定会深入人心、蔚为大观。此次李炳武先生请我写序，初颇踌躇，披卷读来，犹如一场旅行，神游历史时空之浩渺无垠，遐思华夏文化之博大精深。兼善天下、感物化人历来是每一个中国知识分子的精神所属，若序言能为一部作品锦上添花，得而为普及民众实现化人起到促进作用，何乐而不为？

　　是为序。

（李炳武主编"丝路物语书系"，西安出版社，2018 年）

教育经济的学问

我和郭华同志相识于 20 世纪 70 年代后期，并一起工作过 10 多年，后来彼此的工作单位都有多次变化，相见少了，但联系从未间断。

20 世纪 80 年代是令人难忘的时代，拨乱反正、改革开放，社会一派朝气蓬勃的景象；而那个时候我们所在的工作单位，更是生动活泼、求真务实，学习的风气特别浓。郭华年龄最轻，学习的劲头最足。当时十年动乱结束不久，大量图书逐渐重新出版面世，强烈的求知欲驱使他总是从微薄的工资中挤出一点来买书。记得那时西安南郊的李家村新华书店，还为我们几位"热心顾客"开了一个"专柜"，每有新书到来先投入柜中，等我们挑选。这样的买书经历坚持了数年，成为今天温馨而美好的回忆。

沉思好学的性格，善于研究问题的特点，宽松自由的环境，使郭华开始了学术的追求。但他选择研究教育问题，则是我没有想到的。他的教育研究完全是个人爱好，与本职工作并没有直接关系。其间他的工作虽几次调整，所从事工作的性质也大不相同，但对教育问题的关注和研究一直没有中断。坚持在学术之路上跋涉，这自然是难能可贵的。

郭华的教育研究始于 20 世纪 80 年代，早在中共陕西省委研究室工作期间，时有相关文章见诸报刊。1989 年又出版了《邓小平教育经济学思想探析》一书，获得陕西省社会科学优秀成果二等奖，新华社还为此书的出版发了消息。该书也引起国内学术界的注意，中国教育经济学研究会会刊《教育与经济》对此书的内容做了介绍，称其出版"填补了国内教育经济学研究的空白"。

之后，郭华把目光放在中国教育的现实问题上。他在搜集和掌握大量国内外有关教育问题材料的基础上，对我国教育事业的希望与忧虑做了宏观的比较、微观的分析，于1993年出版了《报复在21世纪——中国教育若干问题初探》。这本书同样引起学界的关注，普遍认为此书以翔实的材料、具体的数据、真实的记录告知世人：我们在教育上的失误，已造成何等巨大的危害！敲响了一记沉重的警钟！

如果说，《邓小平教育经济学思想探析》是探讨教育理论问题，《报复在21世纪——中国教育若干问题初探》是研究教育现实问题，那么，第三部《中国古代教育经济思想史稿》则是郭华对于教育历史问题的梳理研究。它以教育经济学理论为基础，从浩瀚的历史典籍中，对古代教育家、思想家以及政治家的有关观点进行梳理，再从教育对人的个体发展影响、对提高人的素质、促进科学与技术进步、调整生产力与生产关系等诸多方面进行分析，全面论述教育在促进经济发展、保障社会稳定和维护国家治理中的推动作用。这对我们今天的经济发展、社会进步、民族复兴，都具有重要的现实意义。

据作者介绍，此书1997年就写出了初稿，但自己并不满意，此后的20年间继续收集相关资料，不断修改，使本书在材料搜集、理论探讨、结构安排等方面都有所提高。例如，本书研究的时代起于远古，止于清前期，在参考相关学术著作的基础上，为了便于读者阅读，保持历史的连续性，作者尽可能以朝代分段独立设章。对北宋先有辽、西夏与之对峙，南宋与金相持的这段复杂历史，将北宋、南宋独立设章，历史脉络清晰；五代十国、辽金西夏等存续时间短，彼此交叉存续的王朝，也简述其文教政策及特点，论述教育对经济社会的发展影响；我国学界对元朝教育史研究相对薄弱，成为古代教育史研究的缺憾，作者尽量对现有资料、学者的研究成果进行梳理、提炼，消化吸收，也把元朝教育经济思想单独设章，便于读者对教育经济思想历史形成、发展过程的系统了解。这些都是本书的特点。在以朝代设章的基础上，作者又以人物和学术流派分节，既论述重要学术观点和思想，又结合教育经济思想，对当时经济社会乃至维护社会稳定、巩固王朝统治中的作用进行总结，具有鲜明的特点。

据了解，对于我国古代教育经济思想，相对系统、完整的研究和理论探索还比较少，更没有看到学术专著的出版。郭华经过二十来年的努力，大力挖掘资料，认真梳理研究，终于完成了《中国古代教育经济思想史稿》一书。书中的一些观点也许值得商榷，论述也未必严谨缜密，但这种敢于探索的精神无疑是应该肯定的。该书的出版，亦为关注古代教育经济思想研究的学者提供一些参考。

教育与人才培养紧密相连，教育是立国之本。现在看，郭华同志致力于教育研究是颇有意义的。教育研究的天地又是如此广阔，作为他的一位老朋友，在祝贺新书出版的同时，相信他不会停下研究的脚步，一定会有新的追求，新的探索，新的成果！

（《中国古代教育经济思想史稿》，拟由故宫出版社出版）

中国精神的艺术化书写

　　我在陕西省工作时，因为爱好的原因，与同在大雁塔附近的陕西师范大学中文系的阎庆生、叶舒宪等学者多有往还，留下了美好的印象。因此，即便后来我到青海和北京工作，与他们的交流也未中断。2012年7月，我参加长城保护调研活动到了敦煌，他们的学生、青年作家冯玉雷从兰州专程赶来，与我匆匆见面，说他刚接任《丝绸之路》杂志社社长之职并有很多打算，希望我予以支持，并请我担任《丝绸之路》编委。《丝绸之路》杂志每期都寄给我，也登过我的作品。听玉雷对刊物改革思路的介绍，我觉得很好，便一口答应了。此后我们保持了经常的联系，《丝绸之路》也确有了很大改观。

　　2014年7月，由中共甘肃省委宣传部、甘肃省文物局、西北师范大学、中国文学人类学研究会主办，《丝绸之路》杂志社等承办"中国玉石之路与齐家文化研讨会"暨"玉帛之路文化考察活动"，玉雷邀请我参加。甘肃在中华文明发展史上有过重大贡献，我考察过秦安大地湾等不少著名的文化遗址，穿行过充满魅力的河西走廊，有机会再去一次，自是难得；同时我感到这个活动的主题很好。玉器是故宫博物院的重要藏品，达到3万余件，著名的玉器专家杨伯达先生这些年来就致力于玉文化研究，为学界所重，能在这个活动中增长知识，加深对中华文明起源与发展的认识，当然求之不得。特别当玉雷介绍了前几次玉帛之路文化考察的情况，得知考察活动的领头人是已经成为学术名家的老朋友叶舒宪，我就欣然参加了。

考察团从兰州出发，一路西行，围绕齐家文化主题，考察了民勤沙井子柳湖墩、山丹四坝滩、民乐东灰山、玉门火烧沟、瓜州兔葫芦、玉石山等遗址，我和作家、新疆阿克苏人大常委会原主任卢法政同志在瓜州与考察团会合，然后沿河西走廊东归，经甘肃嘉峪关、民乐、青海祁连、门源到西宁，后来还参加了总结会。我虽然没有全程参与，但还是感到非常辛苦，可以想象叶舒宪和其他考察团成员的艰苦程度。我被他们的精神深深打动了。通过微信和及时发布的考察笔记，我分享了他们其后多次在田野中探索求知的乐趣，并通过他们陆续出版的两套考察丛书，对玉文化有了更多了解。尽管这门影响越来越大的学问目前还在探索阶段，但经过这么多人的执着探求，它的文化价值已经显露端倪，坚持下去，以玉文化为钥匙，很可能开启古代哲学、政治、文化、文学等领域的新境界。

那次考察活动我感触颇深，《丝绸之路》刊出考察专刊时，我写了长诗《玉路歌》。

以上说了这么多似乎是题外的话，与冯玉雷的《禹王书》有什么关系呢？有的，就是通过参加这次玉帛之路文化考察活动，我对冯玉雷的创作历程有了更多了解，或者说，也见证了他这本新书的准备、积累与酝酿阶段。

冯玉雷在陕西师范大学中文系上学期间就开始发表小说、散文。在那个年代，不少中文系学生都有文学梦，难能可贵的是，毕业后，不管工作如何变化，他始终坚持文学创作和艺术表达的探索。1993年、1994年连续两年在《飞天》发表两部中篇小说《陡城》和《野糜川》，后来陆续出版长篇小说《肚皮鼓》、《敦煌百年祭》、《敦煌·六千大地或者更远》、《敦煌遗书》、《野马，尘埃》及文化专著《玉华帛彩》、《玉帛之路文化考察笔记》、《敦煌文化的现代书写》（与赵录旺等合著）。多年来他致力于写同一个题材：敦煌。

著名作家、评论家雷达先生认为，《敦煌·六千大地或者更远》

表达了作者独特的文化情思和历史文化观念。"六千大地"泛指西部大地——帕米尔高原，青藏高原，河西走廊，传统中的西域各地及中亚。六千大地极言其远，包含一个大文化带，而敦煌是它的一颗明珠。雷达在小说序言中因此评价冯玉雷"是一个顽强的文化寻根者，一个试图'还原'丝绸之路文明的梦幻者，一个追寻敦煌文化的沉醉者，一个执拗地按照自己的文学理想来建构文字王国的人"。

《敦煌·六千大地或者更远》之后的《敦煌遗书》，是他写敦煌的第三部长篇。著名符号学家、英国伦敦大学东方学院教授赵毅衡先生在序言中说："《敦煌遗书》确实是敦煌自己的书，冯玉雷用他奇特的小说创作方法延续两千年来绵延不绝的敦煌书写。"并且把冯玉雷的敦煌文化题材小说总结为敦煌的"第四次书写"。

以上列举的玉雷创作、研究成果大多完成于他2012年6月履职《丝绸之路》杂志社社长、主编之前，"转行"后，他会不会就此脱离写作了？繁忙的公务活动和编刊工作会不会消磨掉他的才思？这种顾虑显然是多余的。玉雷工作非常敬业，他们在纸媒生存环境艰难的形势下，另辟蹊径，把《丝绸之路》办得有声有色，但他没有忘记自己的作家身份，没有告别创作，这个即将出版的长篇小说《禹王书》就是一个明证。

玉帛之路文化考察活动始于2013年中国社会科学院重大项目"中华文明探源的神话学研究"结项之后。该项目结论认为新疆昆仑山特产和田玉对华夏国家建构具有实际的推动作用。玉文化发源于新石器早期，绵延至今，是中国传统文化的重要组成部分。玉帛之路是以玉文化为价值皈依的东西文化交流大通道，它沟通了东部玉石信仰观念核心区和西部资源分布带，历史悠久。周穆王西去昆仑山之前，要先循着黄河流向去探索古老的"玉石之路"。张骞两次出使西域所走的"丝绸之路"正是在古代的"玉石之路"上拓展出来的。中华文明的起源与西部玉石资源持续向中原运输密切相联，而相关的系统调查和采样却基本处于空白状态，学术研究薄弱，缺乏基础资料和地理线路数据。于是，叶舒宪和冯玉雷率领考察团用拉网式普查方式对西部与中原交通路线和史前期玉文化传播迹象做全面调研和标本采样。到 2018 年 8 月，考察活动坚持进行 6 年，共完成有组织的 14 次田野调研，覆盖西部 7 个省区的 160 多个县市，驱车与徒步的总行程近 5 万公里，在《甘肃社会科学》《丝绸之路》《民族艺术》《百色学院学报》等刊物发表考察论文和学术笔记共几十篇，提交政府对策报告 3 份。他们通过出土玉器考察"前文字"时代文化史，并把这种实物和图像信息称为"第四重证据"（也称"物的叙事"和"图像叙事"），以补充历史学考古学"二重证据法"和"三重证据法"之不足。作为这项田野考察活动的组织者、参与者，冯玉雷实地考察史前及历朝历代的文化遗址，观摩大量出土文物，并且能有机会与叶舒宪、王仁湘、郎树德、易华、刘学堂、张天恩、马明志等学者、考古学家朝夕相处，甚至在考古现场学习、请教、切磋，这是千载难逢的机遇；从文学创作而言，又是难得的、宏大的采风活动，这些文物蕴藏着丰富的、生动可感的古老文化信息，它们肯定能激发玉雷的创作灵感。果然，他悄悄在公务之余开始构思，以 13 次考察成果为基础，创作出长篇小说《禹王书》。因为我参加过玉帛之路的考察，尽管只有一次，所以可以说我也见证了他这本新书的积累与酝酿。

　　看到这部小说清样，我很激动，为玉雷创作中的又一跨越感到高兴。这部小说以大禹治水、女娲补天、夸父逐日、精卫填海、铸九鼎等神话传说为背景，以最新史前文化考察研究成果为依据，充分展开文学想象，对上古神话进行激情澎湃的"重述"，重塑了禹、鲧、舜、仓颉、夸父、蚩尤等一系列史前人物形象，使这些符号化的神话人物生动可感，并且在当下社会中也有了生命力；通过这些"形象丛林"，我们看到遥远的玉文化如何诞生、如何在夏朝汇聚形成中华文明的核心价值，并进而影响到礼乐。小说不管在语言运用、人物形象塑造还是情节安排上，处处都洋溢着玉文化精神。

　　叶舒宪等学者依据"四重证据法"研究认为，中原地区玉礼器生产伴随着王权崛起而揭开序幕，这个过程中西北齐家文化起到重要推动作用：一方面，齐家文化接受东方玉器崇拜观念，大量生产以玉璧、玉琮、玉斧为主的玉礼器，成为夏、商、周三代玉礼器重要源头；另一方面，齐家文化因占据河西走廊的特殊地理位置，将新疆和田玉输入中原地区，开启商、周两代统治者崇拜和田玉的先河，经过儒家"温润如玉"理念熏陶，和田玉独尊的现象一直延续至今，成为华夏文明发展的巨大动力和核心价值。《禹王书》通过艺术手段生动地展现了这个过程，赋予大禹治水、女娲补天、夸父逐日、精卫填海等经典神话新的文化内涵和象征意义，把大禹治水与政治治理、女娲补天与道德重建、夸父逐日与职业精神结合起来。玉雷对这些经典神话进行了重塑、再造，例如，他对精卫填海的重塑就别出心裁。在《禹王书》中，"精卫"不再是怀着仇恨之心衔着石块填海的形象，而是不辞劳苦，用敦煌三危山玉石到东海换水的爱情守护者。开始读到这些情节时，人们可能有些不理解，甚至疑惑，但再三思虑后，就会感到：玉文化的实质不就是和谐共处、成人之美吗？想一想，先民创造文字时，带斜玉偏旁的汉字基本都与"和谐、美好"之意有关。《穆天子传》中提到"束帛"和"玉璧"，二者结合正体现了华夏民族的核心价值理念："化干戈为玉帛"。由玉文化孕育出的"和"是中华传统文化的精髓，是涵盖政治、经济、文化、社会、生态等诸多领域的核心理念，呈现出极强的包容性，为中华文明的传承与发展奠定了基础。因此，神话的这种重塑就有了重要的文化基础，也提升了《禹王书》的文学价值。

再如，夸父逐日是我们熟知的神话故事。在《禹王书》中，夸父是一位非常独特、非常可爱的人物，同时也是一位富有牺牲精神的悲剧式英雄。玉雷说，这个人物形象的升华，就是一次考察活动中受到的启发。2017 年 8 月，在第十三次玉帛之路考察中，考察队找到并初步确认位于敦煌三危山旱峡的古代玉矿，其开始年代可能早在距今4000 年至 3500 年，这也表明敦煌之所以成为东西方文化交汇的枢纽，首先是西玉东输最重要的枢纽。三危山古代玉矿的发现，将华夏民族对敦煌开发的历史大大提前。这是自 1900 年发现敦煌藏经洞和外国学者大量运走敦煌文书以来，由中国本土学者在敦煌独立完成的具有深厚文化底蕴的探索发现。玉雷依据这次发现，在小说中特别将夸父"渴死道中"的地方安排到属于祁连山系的野马南山之北，并且化身为三危山和胡杨树，又让三青鸟与精卫鸟的复合体每天往返于大漠与东海之间，送去玉石，带来海水。这种构思极具人文关怀思想。旱峡的古代玉矿让玉雷重新审视古代典籍中关于"窜三苗于三危"的记载，把西北齐家文化与东南良渚文化联系起来。如此等等，这些大刀阔斧的创造，都是受到文献记载和出土文献的启发，并非空穴来风。《逸周书》中关于周穆王西巡的记载，多少年来不是被人们当成小说去读吗？可是，研究表明，它蕴含着丰富的史料信息。

《禹王书》折射出的文化精神正是中国精神，讲述的也是贯穿中国核心文化价值的故事。玉雷通过这部小说，完成了西北高原股宏阔的大文化书写，正如叶舒宪在《敦煌文化的现代书写》中所说：

> 张骞来到于阗国的时候，根本没有丝毫提及佛教的内容，只有两种东西引起中原王朝统治者的极大兴趣，这种兴趣甚至驱使汉武帝做出两个非同寻常的举动，都被司马迁如实写在《史记》中：一个是查对古书，为出产玉石的于阗南山命名，那便是在中国文化中一言九鼎的名称"昆仑"；另一个举动是艳羡乌孙和大宛所产的良马，专门为马而写下赞歌《天马歌》。直到明清两代，这条路上最繁忙的进关贸易物资仍然是玉和马。由此看，敦煌的经卷和佛教艺术都是派生的辉煌，华夏玉教神话驱动的西玉东输和玉门关的确立，才属于原初的辉煌。而将中原文明与西域率先联系起来的西玉东输运动，一定和四千年前西北地区的崇玉文化——齐家文化密不可分。这就是冯玉雷近十年来从敦煌书写，转向齐家文化遗迹踏查的内在因素吧。

总之，《禹王书》是通过小说艺术转化文献、学术成果的成功尝试。当前，风云际会，正逢"一带一路"经济文化如火如荼地建设，现代丝绸之路文学艺术方兴未艾，期待越来越多的作家、艺术家能加入到这个创作队伍里来，创造出更多阐释中国崇高文化精神的艺术作品！"春江水暖鸭先知"，如果说《禹王书》是这方面的成功探索之一，我坚信，受过民族文化滋养、秉承中国文化精神的文学艺术家一定能够创造出艺术化书写伟大时代的优美作品！

（冯玉雷著《禹王书》，刊于《大家》2018 年第 6 期）

第三编

家山如梦

西岳雄奇

在中国众多名山方岳中，华山是大自然鬼斧神工的杰作，素以瑰丽奇险而著称。它的主体由一块纯粹完整的巨型花岗岩构成，是世界上罕见的自然奇观；它雄踞关中平原，被古人认作中国南北、东西两大山系和水系的灵气的交会地；它的丰厚的文化内涵及特殊的风貌景观，使其在蕴秘蓄奇中洋溢着神韵殊致；"自古华山一条路"，它的

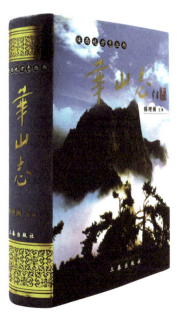

韩理洲主编《华山志》

充盈着阳刚之气的峻险雄奇，成为刚毅昂扬、自强不息的中华民族精神的生动体现。

华山作为著名的山峰，古代文献多有记载，从宋代至清末，仅编修的《华山志》就有十来种，它们虽有不同特色，但都存在不少缺憾。这次新修的《华山志》，洋洋百余万言，规制宏大，体例完备，内容详赡，在旧志的基础上有重大创新和突破。与旧志相比，编修者概括了 5 个方面的特点，我在读完书稿后，感受最深的有以下三点：

首先，全面介绍了华山的地质构造以及与之有关的自然环境。过去《华山志》囿于当时的认识水平，对这方面的内容或付之阙如，或以讹传讹。新编《华山志》则用较多篇幅进行论述，分析了华山的形成以及 30 亿年以来的地质地貌变迁史，并对气候、水文、灾害以及动物、植物等辟专章介绍，使人们对华山的自然环境能有全面而准确的了解。全志还编制了 79 幅图表，如《华山地区区域地质构造略图》《秦岭地区古夷平面一览表》《华山主峰区花岗岩断裂节理构造及成因几何图》《渭河谷地地层表》等，当读者看完文字介绍后，对照这些图表，当会有更清晰的认识，留下更深刻的印象。人们都知道华山的植物很多，到底有多少？据近年科学考察，确认华山植物为 1200 余种，并在《华山主要植物种类资源一览表》中明确地列出了 244 种，不仅分成"以华山命名的植物"、"华山产、国家保护植物"、"具有某种意义的种质资源植物"及"补遗"四大类，而且每种植物都有"名称""生态""分布高度""种质资源"的详细说明；对华山珍稀动物及药用动物也都列表介绍。当然，有的内容或图表专业性很强，不是一般人都能懂，但作为一部高水平的志书，则是不可缺少的部分，这也是编写者严谨的科学态度的反映。

其次，深入挖掘华山的文化内涵。华山所处的关中平原是中华民族的重要发祥地，在与中华民族的文明史同步发展的过程中，华山积累了极为丰富的文化底蕴。华山是一座文化的山。过去的志书在这方面下功夫不少，但记载多是名人逸闻、文人吟咏及仙道传说等。这次修志开阔了视野，努力挖掘华山本身所蕴藏的文化内涵。华山不是孤零零的几座山峰，而是与其周围环境浑然一体，密不可分。华山北麓一带，文物胜迹密集分布，在这本新志中已有充分的反映，例如横阵遗址、西关村遗址、龙窝村遗址等 13 处新石器遗址；告平城遗址、战国魏长城遗址、京师华仓遗址、漕渠遗址、仙峪栈道遗址等 10 多处周秦汉唐遗址；还有众多的书院，显宦名流的园林别墅，名重一时的宫观寺院，煊赫的望族杨家的墓葬，以及久负盛名的西岳庙等，共同构成了华山多彩多姿的文化。新志对此做了充分的论述，丰富了华山的内涵，也更突出了华山的价值。

最后，增加了今天人民政府对华山管理与建设的内容。我国进入改革开放以来，对华山及其周围相关建筑、道路的维修就提上了议事日程，特别是华山成为国家级风景名胜区后，从陕西省到当地政府，更是投入了较多的财力、物力，成立了专门机构，做了一系列基础性的工作。20 世纪 70 年代中期，我在渭南地区工作期间，曾去过西岳庙，当时为其他单位所占用，古建筑遭受极大破坏，一些珍贵的石碑或铺在路面，或嵌在墙壁里，惨不忍睹。1999 年我再次去时，陕西省人民政府投入 2000 多万元，正在进行全面维修，现在面貌已彻底改观。新志用相当篇幅反映了对华山的保护、建设及管理，介绍了华山管理机构的情况。这些都是必要的。

新编《华山志》是华山的通史，是一部颇有特色的华山百科全书。它的成功，得益于各级政府的积极支持，特别是有一支好的编写队伍，阵容强大，具有文理科互相补充、专家学者与实际工作者联合的特色，保证了志书的科学性和权威性。该书从 1995 年动笔，2001 年初步定稿，当读者看到时，已过了 10 个春秋，年复一年地打磨，力求精益求精，相信读者自有评判。

我曾经三次上华山。第一、二次都是攀登而上，当走到回心石时，已气喘吁吁，千尺幢、百尺峡、老君犁沟，一个难关接一个难关，过程的艰险记忆犹新，但其中的乐趣却回味无穷。第三次则已有了缆车，用不了多久，冉冉上升，腾云驾雾，就到了北峰，省却了许多精力，但总觉得减少了品味名山的趣味。我想，这也许是快速发展的现代社会中的"两难"：一切都想快，快了则又感到缺少了什么。华山一直保护得比较好，大概与它的奇险有关。华山只有一个，在快速发展的旅游业大潮中，敬畏这个大自然的创造，保护好它的风貌，这是子子孙孙的责任，当然首先是我们这一代人的责任。《华山志》的出版，对我们强化这个意识，应该是有所裨益的。

（韩理洲主编《华山志》，三秦出版社，2005 年）

不熄的千年窑火

　　位于陕西渭北黄土高原的澄城县,是生我养我的地方,是我的家乡。我曾在县里工作过,到过每个乡镇,但说来惭愧,对于黄河流域这个古老县份历史文化的认识,却是近20年来才逐渐加深的。

　　澄城县现有三处全国重点文物保护单位,这个数字在全国县市级是不多见的。不大的县城,东边建于唐肃宗时的精进寺塔,距今已1200余年,浮屠九级,庄重雄伟,高耸云天,每天沐浴朝阳,见证了澄城的千年沧桑。而西边修于明代的县城隍庙神楼,结构宏大,保存完好,因下临深地而显得更有气势,每当夕阳西下,它总是披着柔和的色彩,使小城充满诗意。县城西北20余里远的刘家洼乡良周遗址,是秦汉时期关中地区内涵丰富、保存较好的大型宫殿的代表性遗址。

　　引起海内外瞩目的还有澄城丰富的民间艺术。在这块土地上,民

澄城尧头陶瓷（贾生华摄）

间艺术源远流长，种类众多，特点也非常突出。1985 年，澄城民间美术展览在北京民族文化宫举办，除过剪纸、刺绣、皮影等外，轰动京城的则是拴马石桩。拴马石桩由整块上等青石凿制而成，做工精细，千姿百态，被誉为中国雕塑艺术的杰出代表。拴马石桩主要产于澄城县，据 20 世纪 80 年代调查，全县尚有拴马石桩 1276 个，为全国罕见。

当时参加展览的还有"尧头陶瓷"。它虽然也引起人们的关注，包括以后多种媒体及刊物的不断介绍，但真正声名大噪，则是 2006 年成为首批国家级非物质文化遗产项目。要知道，公布的全国陶瓷类代表作仅有 6 家，隐没在民间的澄城尧头陶瓷与声名中天的古官窑景德镇是同时上榜的。

尧头陶瓷主要产于尧头镇尧头村。尧头镇古称"窑头"，因瓷窑而得名，又由于古圣人"尧"与"窑"的发音相同，后来古圣人之"尧"这个优雅的字符便逐渐取代了瓷窑的"窑"字。尧头生产瓷器有三大优势：附近是淙淙不息的洛河水，随处可挖的大量的高岭土、白碱土，又有储量丰富的煤炭。据明代《澄城县志》记载，"瓷砂始于唐"。明清为尧头陶瓷的发展盛期，清人有诗咏之：

> 万道玄元蠹绛霄，祝融烧炭鼓尖敲。
> 铸来白碗胜霜雪，奇喜休夸汝宅窑。

澄城尧头窑（贾生华摄）

尧头陶瓷是个民窑、土窑，民间需要什么，就烧制什么。千百年来，这里所烧出的一件件或黑釉或青釉的缸、盆、碗、罐、瓶、灯等，源源不断地进入寻常百姓家。我小时候就听过这么一个民谣："收秋不收秋，等到五月二十六。二十六滴一点，快到尧头买大碗。"买大碗者，意为大丰收，可以放开吃饱肚皮了。

尧头陶瓷造型粗犷、古拙、浑朴，纹饰简练、凝重、天真，瓷胎厚重坚实，釉色纯净细密，具有粗中寓巧、朴而不俗的特点。无论是造型还是纹饰，都继承了我国原始彩陶、汉魏陶塑、唐代三彩的艺术传统，与官窑瓷器之纤巧高雅、洁润甜媚旨趣迥异。

尧头陶瓷品种丰富，风格独特，尤以黑釉白花的剔划器和刻画器最具特色。剔划工艺以线刻剔花为主，线条流畅刚劲，图案纹样多为寓意深刻的吉祥图案，如莲花、石榴、寿桃、团鹤、八卦、暗八仙等，刀法流畅，情饱意满，洗练活泼，自由多姿，千变万化，生机勃勃。在刻画技艺方面，笔触灵活，线条挺拔，充分体现出当地人文风尚的雄健与敦厚。

正由于尧头陶瓷具有很高的历史价值、文化价值和艺术价值，它才跻身于首批国家级非物质文化遗产名录。今天，它也像我国的许多非物质文化遗产一样，在传承上面临困境。澄城人在感到荣光的同时，也充分认识到自己的责任。近年来，县委、县政府已投入大量资金，搜集民间陶瓷精品，筹建尧头陶瓷博物馆，并召开了有国内著名陶瓷专家出席的尧头陶瓷学术研讨会，鼓励、支持老艺人恢复生产，并确定了传承人，制定了恢复、发展的计划，决心使烧瓷技艺世世代代相传下去，使摇曳千年的窑火永远不熄。这是值得称道的。

澄城县文化馆吴来宝先生最近来信，说县上正在选编《澄城尧头窑陶瓷精品目录》，嘱我作序。我以为这是不好推辞的，遂以自己的理解和认识，向读者对此略作介绍，以表达个人对民间艺术的崇敬及对家乡的挚爱。

（《澄城尧头窑陶瓷精品目录》，内部印行，2008 年）

渭南秦腔

2007 年金秋，别克检、谭昭文先生来北京见我，说要出版《渭南市历代戏曲剧作精品选》，我觉得这是个好事情。

丰饶的八百里秦川，其东部为渭南市所辖。在历史上的农耕时代，渭南是个经济文化非常繁荣的地方，名人辈出，如传为汉字之祖的黄帝史官仓颉、秦大将王翦、"史圣"司马迁、"四不"先生杨震、唐代诗人白居易、匡复唐室的大将郭子仪、宋代无第宰相寇准、清代状元王杰、鸦片战争中尸谏林则徐的王鼎、光绪年间军机大臣阎敬铭、爱国将领杨虎城、水利泰斗李仪祉、作家杜鹏程等等，灿若星汉。大约是万里黄河千百年的滋润，险峻西岳华山的映照，悠久的传统文化和民风民俗的积淀，也使渭南地区的戏曲自古以来十分发达。据统计，渭南历代创造的剧种和外域流入剧种近 20 种，居陕西之首。古代有角抵戏、歌舞戏、参军戏、木偶戏、线偶戏、皮影戏、杂戏、竹马戏、秧歌、傩戏等。这些剧种随着历史的发展而不断创新和繁荣。又由于周、秦、汉、隋、唐等朝代建都长安，渭南地处京畿，交流广泛，出现了大撞击大融合的状态。在近数百年间诞生和流入的剧种很多，有同州梆子、阿宫腔、渭华秧歌、韩城秧歌、合阳线腔、石羊道情、朱王秧歌、碗碗腔、老腔、渭华曲子、二华曲子、二华迷胡等。

在中国戏曲史上，秦腔占有特殊的重要地位，至今仍生机勃勃，拥有广大的观众。而在秦腔的发展史上，渭南曾做出过重大的贡献。

清代是秦腔艺术发展的鼎盛时期。在从清初到清中叶近200年的雅部昆曲同花部地方戏争妍斗奇的"花雅之争"中，秦腔被推上"剧坛盟主"的尊位，从而"海外咸知""清游流播大江南北"，并陆续繁衍出一系列乱弹与梆子声腔剧种。当时秦腔流派纷呈，因地域间声调随地而异，出现了东西南北中5路秦腔，其中主要流行在古同州即大荔一带的东路同州梆子最为有名，还有以渭北富平为中心，扩及渭南、咸阳等地的北路秦腔，即阿宫腔。秦腔艺人中最杰出的是魏长生。乾隆中期他在北京演出《滚楼》一剧，饰主角黄赛花，轰动京师；到南方演出，使得"到处笙歌，尽唱魏三之句"。魏三即魏长生，他就曾在西安、大荔学艺5年，与同州梆子有着渊源关系。

明清两代，渭南地区戏曲繁荣，班社众多，演出剧目也繁多，据有关统计即达3000多种。剧目内容十分广泛，从先秦至明清，几乎所有重大政治斗争和历史事件都有反映，当然也包括了一些反映民生民俗的内容，有喜剧，有悲剧，也有正剧，各个剧种又以不同形式表现，深得群众喜爱。许多文人学士进入写戏的行列。据载：合阳李灌，创作剧目30多个，其中《黑水记》直接取材于当地发生的故事，歌颂了人民的反封建斗争。渭南李芳桂，编写了著名的《十大本》，广为流传，20世纪30年代梅兰芳曾演过他写的《春秋配》，60年代他的《火焰驹》走上银幕。西安易俗社也是蒲城人李桐轩创建的，李氏一门三杰，创作剧本很多。

新中国成立以来，渭南戏曲演出活跃，创作力量雄厚，被誉为戏剧之乡，其中有四五十个剧目参加了省地会演、调演或艺术节演出，获奖达300多人次。出现的优秀剧作也很多，在全国和本省获奖的有：红遍全国、至今还在流传的现代迷胡戏《梁秋燕》，常演不衰的为渭南籍人改编的剧作《铡美案》《周仁回府》《白玉钿》《法门寺》《火焰驹》《铜台破辽》等。这些年创作的有现代历史剧《西安事变》，反映改革开放的《酒醉杏花村》以及现代戏《满院春光》、《门官外传》、《猪娃迷》等，古装戏有《玉玦吟》《青丝吟》《大将王翦》《秦王剑》

《长恨歌》等。在本省乃至全国出名的剧作家有晨枫、李斌奎、黄俊耀、鱼讯、袁光、王绍猷、姜炳泰、姬颖、王辅丞、谭昭文等。

　　《渭南市历代戏曲剧作精品选》就是以上成果的充分展示。它的出版，不仅对渭南市戏曲发展起着积极的推动作用，同时对于渭南市整个文化建设也有着重要的意义。我们将拭目以待！

（《渭南市历代戏曲剧作精品选》，中国文联出版社，2010 年）

守望大山

陕西是一个文化大省，围绕着有十三朝古都之誉的古城西安，以秦兵马俑、唐华清宫、法门寺、大雁塔、西岳华山、太白山、革命圣地延安等为代表的自然人文景观共同构成陕西古老而深邃的文化资源特色。这诸多名胜中，我作为陕西澄城人，却对华山怀有一种特别的感情。

对于华山，最初的记忆源自儿时，那时秦腔《劈山救母》的凄美

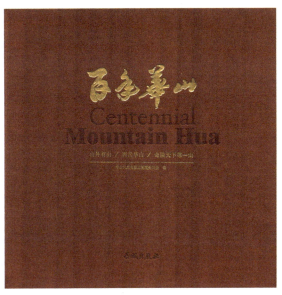

《百年华山》

远眺太华山

故事家喻户晓；老人们手向南一指说，华山就在那边，离我们不远；再长大一些，就是"神兵飞跃天堑，英雄智取华山"的电影传奇了；古人又有"不登华山枉入秦"的说法。这一切便使儿时的我不由得对华山产生了一种向往，引发了攀爬登顶的冲动。但说来惭愧，参加工作前始终没能去登华山，只有闲暇时选择遐想去感受大山的磅礴气势、逶迤绵延和千姿百态，去聆听于风中传递而来的属于它的语言。

　　离开家乡后，我到渭南地区工作，华山就在渭南附近，我也经常从华山脚下经过，后来又到西安工作。20世纪80年代后期与90年代初，我曾两次登上华山，那时还没有缆车，上山是艰难的，但登山的经历却是刻骨铭心，对华山也有了新的感受。

　　华山横空出世，高耸入云，如倚天剑般傲然特立在大秦岭群峰之间。"势飞白云外，影倒黄河里。"大自然鬼斧神工的艺术杰作造就了这享有"奇险天下第一山"的美誉：四季景象异彩纷呈，仙踪遗迹星罗棋布，文化积淀深厚宏丰。在千百年的历史长河中，华山是民族精神和华夏文明的重要象征，奇石、险路、秀水、古树装扮着它的绚丽多彩，"三月三朝华山"，"千尺幢、百尺峡，老君犁沟往上爬"，"过了金锁关，又是一重天"，加之玉泉院、镇岳宫、苍龙岭、仙掌崖、长空栈道、下棋亭等著名景点，使这座风景秀美、充满传奇色彩的大山更使人陶醉，更令人向往。

初识文军同志时，他还是我们渭南的驻京办主任，小伙子以其特有的热情和出色的能力将在京的渭南乡党们联络到一起，在屡次别出心裁的活动中吸引更多的人士为家乡的经济文化发展献策出力，办事处搞得红红火火。去年初，他曾就华山景区发展等诸多问题与我探讨，透出到华山展露身手的想法，我认为这是好事，也深信他能把华山的事做好。果不其然，一年多来，华山景区的各类活动频见报端，更加上华山荣膺国家ＡＡＡＡＡ级旅游景区、全国低碳旅游实验区，通过ISO9001质量管理体系认证，华山旅游歌曲热播等喜讯，使我倍感欣慰，很欣赏文军那种"说到做到，做能做好"的风格。

近日，他又将一本名为《百年华山》的摄影画册放在我的案头，告诉我以百年华山为主题的摄影艺术展已在香港、台湾联展并取得轰动效应，下步还要继续参加各大摄影节展。画册是影展的精华积累，邀我作序。

这本画册记载着华山百年风雨历程和景区发展渐进的脉络，将斗转星移的百年华山定格为一个个精彩瞬间，跃然纸上，内容丰富，时代特色非常明显。据说反映华山春夏秋冬和人文的图片大多出自长年工作在景区一线的职工之手，委实难得，于我内心也产生了很大的共鸣。我相信画册一经问世，必将为世人所关注，进而鼓舞人们更好地去建设华山，为百年后的华山继续谱写新的华章，同时这也是为祖国的大好河山树碑立传！

盛情难却，聊赘感想，并申贺忱。

（《百年华山》，长城出版社，2011 年）

澄城文化

　　陕西澄城县诗词协会编辑了一本《澄城县文化艺术名人作品选集》，邀我作序，我当然很高兴。澄城是我的家乡，我在这里参加工作，而且工作过5年，虽然已离开了30多年，但故土山水，桑梓情谊，犹时时怀想。

　　澄城是渭北高原上的一个县，历史悠久。刘家洼乡的良周古文明遗址，是秦汉时期关中地区内涵丰富、保存较好的大型宫殿代表性遗址，我们可从断垣残瓦中想象当年这一地区的辉煌及重要。位于县城的明

《澄城县文化艺术名人作品选集》

代城隍庙神楼，以其巧夺天工的建筑为人所称道。建于唐代的雄伟壮观的精进寺塔，屹立千年，见证了澄城这块土地的沧桑巨变。这三处都被国务院公布为全国重点文物保护单位。澄城尧头陶瓷又被列入首批国家级非物质文化遗产名录。澄城民间艺术也是多姿多彩。蕴含着丰富文化艺术内涵的渭北拴马桩曾引起美术界的轰动，它也主要分布在澄城。澄城是片深厚的文化沃土，在这片沃土上，文化艺术之花绽放。《澄城县文化艺术名人作品选集》，就是一些花朵的采撷。这本书收录了70位作者的作品，有诗词、书法、绘画、戏剧、小说、摄影、雕塑以及民间艺术等门类，从中华人民共和国成立到2006年，时间跨度长达57年，可谓澄城县这个历史时期文化艺术创作的一个总结。

书中的作者，有一些是我熟悉的人，也有我素所敬仰但无缘承教的前辈，黄俊耀先生就是一位。黄先生是著名的戏剧家，在大荔师范上学时，适值卢沟桥事变发生，他就写了《血溅卢沟桥》一剧，轰动大荔县城。后到延安参加革命，在民众剧团工作，聆听过毛主席《在延安文艺座谈会上的讲话》，1949年在北京出席全国第一次文代会。他写了很多好剧本，最有名的是眉户剧《梁秋燕》。这个戏在西北整整唱了半个世纪，当时无论城市还是农村，男女老少，无处不说梁秋燕，无人不唱《梁秋燕》。

韦江凡先生已届耄耋，为画坛大师，以画马著称。他师承徐悲鸿而有创意，以草书书法画马，骏骨逸姿，独具神韵。10多年前我们在北京同住一个小区，我常去看望先生，他也来过我家。我们的重要话题就是澄城的人和事，澄城的建设和发展。1995年我工作调动，离京远行，韦先生曾画五马相赠，题为《待君千里行》，前辈深情，令我感奋。今年春节我去他家拜年，他仍然笔耕不休。

季清海先生是国家有突出贡献专家，著名山水画家。这几年他偏重黄土高原写意，尤以故乡澄城题材最多。如《唐塔闲云驻，岳楼夕照明》，把两处古建筑集中在一幅画面，谁看了都说这是澄城的象征；《天堑变通途》和《万壑飞虹》，分别画的是澄城西河大桥和茨沟大

季清海作品《秋实图》

桥的雄壮景观；还有《故土秋高》《孙真祠塔话沧桑》，画的就是昔日南社村的古风古貌。这些都充分体现了一个游子的故乡情愫。

诗人张耀武先生的古风《怀总理·代十周年祭》，在陕西省"长岭杯"诗词大赛中曾获一等奖，碑林博物馆又刻石立碑，永作纪念。

作家老村也是我的一个年轻朋友，才气横溢，蛰居京城一隅，潜心创作，影响很大。他的《骚土》等小说，反映的是家乡的人和事，语言也完全是澄城方言，读来倍感亲切。

这本书的其他作品，也都光彩夺目，引人入胜，其中剪纸、皮影等民间艺术，尤引人关注，它们散发着芬芳的乡土气息，体现着传统的力量，反映了一种生动的创造力和不可遏止的生命活力。

文化是民族之魂。文化对一个地区经济的发展和繁荣无疑有着重要的影响和作用。经济是文化的基础，一个地区的经济落后，文化就很难发展和繁荣。十一届三中全会以来，澄城县经济逐步好转，特别是近年来，"一带三园"的建设，多种经营持续发展，工业经济快速起步，人民生活逐步好起来，文化事业也随着活跃。文管所修起来了，古代文物受到保护；拴马桩拔地而起，威武成林；乡村的锣鼓队、社火队、秧歌队，欢腾热闹。澄城县诗词协会、书法协会、绘画协会、摄影协会等社团组织以及戏剧学校，十年如一日，活动不辍，成绩斐然。文化对于一个民族、一个国家有很大的凝聚力，对一个地区来说也同样重要。特别是民族民间文化，更是民族精神的体现，是生生不已的文化传统的动力和源头。文化不能搞突击，文化是个潜移默化的过程，文化需要积累。这些坚持不断、有声有色的活动，正在逐步深入人心，对于陶冶人的性情，提高人的素质，改变人的观念和精神，鼓舞人为了一个共同目标努力奋斗有着积极的推进作用。这种作用难以用数量表达，但它是根本的思想建设，其作用无疑是长久的。

事业要靠人干。在谈到这些年澄城的诗歌创作乃至文化建设时，我不能不提起一个人，这就是姚仲孝同志。仲孝同志曾任县政协副主席，10 多年来主编《澄城诗词》，以他惯有的认真和执着，克服经费、稿源等困难，使这份刊物连续出刊且越办越好。这份杂志团结了一支老中青的作者队伍，为澄城文化建设起了促进作用。30 多年前我与仲孝是同事，只知他文章写得好，前几年他送给我一本《姚仲孝书画集》，使我甚为惊喜，不知他还如此多才多艺。他说是从工作岗位上退下来后才练习的。从仲孝同志身上我受到很多启发，我也似乎从中看到澄城文化建设蓬勃发展的一个原因。

这本书展示了澄城半个世纪文化艺术的风貌，可喜可贺，这说明家乡文化艺术队伍正在发展壮大。我也坚信，随着澄城各项事业的继续前进，这支队伍也会不断扩大，创作出更多更好的作品，为繁荣澄城文化事业做出新的更大的贡献。

（《澄城县文化艺术名人作品选集》，内部印行，2011 年）

写给渭南书画展的话

　　最近，勇格同志告诉我，要在北京举办庆祝中国共产党成立 90 周年的"多彩渭南书画晋京展"，请我为画展写点东西。来自家乡的邀请让我倍感亲切。

　　多少年来，家乡一直是我的骄傲。这是一块备受上苍青睐的地方，黄、渭、洛三河滋养着这里厚重的黄土，秦岭山系护卫着秦川千百年来的安宁。在这块富饶的土地上，先祖们目睹了十三朝的更迭交替，

演绎了无数的风流辉煌。掬一捧黄土，就能够讲出一段传奇的历史；拾一片碎瓦，就可能发现一个远古的遗存。皇天后土之地，诞生了众多永远让我们后辈敬仰甚至膜拜的圣人贤哲。传说与现实，同样反映着中华文明的久远。"酒圣"杜康，用渭南的甘泉酿出了华夏第一杯美酒；"字圣"仓颉，察鸟兽踪迹始创中国汉字，使人类由蒙昧走向文明；"史圣"司马迁，秉笔直书中国第一部纪传体通史《史记》，不屈精神和不朽作品同辉千年史坛。还有白居易、寇准、杨虎城、习仲勋等历史名人，哪一位不曾激扬文字、指点江山、挥斥方遒？

渭南，物华天宝，人杰地灵。虽然离开家乡多年，家乡的一山一水、一草一木时常萦绕在心田，家乡的每一次变革、每一步跨越依然牵挂着我的心。常回去看看，既是家乡人的热情相邀，也是我故土情结的牵扯。高山仰止的司马祠、肃穆庄严的仓颉庙、有"小故宫"之称的西岳庙是我膜拜的圣地，峻险华山、神奇处女泉、唐帝王陵墓都留下过我的足迹。

历史的辉煌让我们敬仰，催我们奋进。深厚的文化底蕴是渭南人自豪的资本，也是激励渭南人前行的源泉。如今的渭南人，承先贤之灵气，正在这块美丽的土地上创造着新的文明。他们开始放眼世界，走向全国，千古雄关潼关不再是渭南走向全国的障碍。辛卯初春，家乡人携渭南书画界名人的精品之作，进京展出，展示的是渭南多姿多彩的文化，是渭南人昂扬向上的风采，是走出关中走向全国的勇气和胆略。看到这些作品，我作为渭南人心潮澎湃，很是激动，字圣传人在书画领域里取得的成就让人欣慰、感慨。一大批书画艺术家享誉国内外，古老的书法艺术在渭南得到传承和发扬光大。书画艺术，是文化心理的诉求，是审美情趣的表达。这些书坛圣手、丹青妙手倾激情于笔端，抒心声在画纸，用他们擅长的艺术手法表达对祖国的热爱、对家乡的热恋。他们的心，和着社会前行的脉搏跳动；手中的笔，书写着对这个时代最美好的赞歌。参展的这些妙笔丹青，件件呈现独特个性，幅幅蕴含炽热情怀，解读的是家乡的风情和雅韵，彰显的是渭南人的精神和气质。

衷心祝愿这次书画精品展圆满成功！

祝愿我深爱的家乡更加美好，我深爱的人民更加幸福！

（《多彩渭南书画晋京展作品集》，内部印行，2011 年）

澄城风情

　　澄城风情编委会编辑了一本《澄城风情》，邀我作序，我很高兴。一来澄城是我的故乡，这里的父老乡亲，这里的山山水水，和我有着深厚的感情；二来我在澄城工作多年，和负责编辑这本书的梁永洁、雷森全、秦尚谦等同志是老熟人，更是义不容辞。这几位老同志已年逾古稀，余热生辉，他们关心家乡的民俗文化，搜古阅今，通过征集、挖掘、整理，不到一年时间，编成了30万字的《澄城风情》，实属不

《澄城风情》

易，值得祝贺！

澄城是一片古老的土地，具有悠久的历史和灿烂的文化。据史料记载，秦始置北徵县。北魏太平真君七年（446 年）始建澄城县，沿用迄今。2000 多年前的良周秦汉宫殿遗址、关则口魏长城遗址，1200 多年前的乐楼（原名城隍庙神楼）、精进寺塔，均为全国重点文物保护单位。澄城的民间艺术源远流长，海内外瞩目。1985 年，澄城民间美术在北京民族文化宫展出，除过刺绣、剪纸、皮影等外，轰动京城的则是拴马石桩。拴马石桩由整块上等青石凿制而成，做工精细，千姿百态，被誉为"中国雕塑艺术的杰出代表""渭北高原的兵马俑"。有着 1000 多年烧制历史的澄城尧头窑烧制技艺，2006 年列入首批国家级非物质文化遗产名录，与声名中天的古官窑景德镇同时上榜。时隔两年，澄城刺绣又被公布为国家级非物质文化遗产。澄城古老的山河、寺庙、古会、窑洞、村落等，书中都有文章记之，仔细品读，令人神往。

澄城人杰地灵，名人辈出。太贤是唐朝宰相魏徵的封地。良辅人魏谟是魏徵五世孙，他位居宰相，忠心为国，刚正不阿，颇有祖风，受到朝野敬重。遮路人潘友直，元末秀才，随朱元璋与陈友谅作战，策划有功，明初任工部尚书。他为官处事勤谨，衣食俭朴，告老还乡时，朱元璋赏赐甚厚，尽都散给军士，仅携书数卷与妻乘驴上路。他居乡不进官府，不涉官政，依薄田数亩度日，出门乘瘦驴，且怡然自得。西观人韩一良，明朝崇祯年间任佥都御史，人称"清官第一"。他在陈留做知县时，作有《劝农歌》，同时兴办学校，推行教化，使陈留面貌焕然一新。当地有位诗人作诗颂其功德："花城循吏廉平少，二百年来无此官。"还有清朝天官尧头人白意，固原提督、振威将军、串业人石生玉，监察御史、为官清廉、不畏权贵、被称为"姚大架子"的业善人姚塈，以及陕西靖国军招讨使、副司令、在与军阀陈树藩交战中英勇牺牲、年仅 23 岁、孙中山亲笔题词"为国捐躯"并追赠为陆军中将的十甲沟人耿直等。当代的名人有省部级领导干部郑拓彬、严佑民、韩忠学等，军旅人物有少将刘懋功、丁本淳、雷起云、党国际、

澄城拴马桩

侯清民等，文化名人有著名戏剧作家黄俊耀、国画名家韦江凡等，还有后起新秀雷增光等人。他们都是让澄城人民引以为荣的风流人物。

澄城是孕育着红色热土的革命摇篮。1925年加入中国共产党的永内人王超北，是澄城党团组织的创始人之一。解放战争时期，他在西安从事情报工作，先后向党中央发回国民党，特别是胡宗南集团大量的军事、政治、经济情报。毛泽东主席曾经赞扬说："庞智（王超北化名）是无名英雄。"贺龙元帅在一次会上称赞王超北是"情报专家"，并说："超北同志的一个情报，抵得战场上的一个师。"《古城铮铮一铁汉》一文，高度评价了王超北光辉而坎坷的一生。

1936年12月，爱国将领张学良、杨虎城发动了震惊中外的"西安事变"。民族危亡的紧要关头，澄城县保安大队大队长张绍安和胞弟、时任中共澄城县委书记张鼎安，武装响应"西安事变"，带领部队进驻崖畔寨，后遭盘踞在赵庄、刘家洼一带的地方反动势力和驻防合阳县、背叛杨虎城将军的旅长柳志俊部围攻。在浴血奋战中，张绍安、张鼎安、张德安三兄弟和共产党员袁子厚、潘书堂、刘仲棣等11人英勇牺牲，在澄城革命斗争史上留下壮烈的一页。

1948 年 8 月，彭德怀司令员和习仲勋副政委率西北野战军在澄城的太极、雷家庄、南社等地驻扎了 9 个多月，并于 9 月在雷家庄主持召开了前敌委员会扩大会议，先后部署并发起了澄（城）合（阳）、荔北、永丰三个战役。通过这些战役，歼敌 5.9 万余名，彻底粉碎了胡宗南的"机动防御"，把胡宗南集团军拖在西北战场，有力地配合了其他野战军进行战略决战。

这本书用很多篇幅写了澄城的乡风民俗。其中水盆羊肉、麦子泡、三翻饼以及寺前的辣子豆腐，尤有地方特色和风味，不但本县人津津乐道，外地人也赞不绝口。澄城县曾经是"西北农业四十面红旗单位"之一。陕西省在澄城县召开了"陕西关中旱原地区农田基本建设现场会"，推广澄城"椽帮埝"的经验，本省和外省前来参观的干部群众络绎不绝。

在《热土乡情》栏目中，《烽火连三月，家书抵万金》——革命烈士李育才抗日战争时期的家信和《寻找父亲的英灵》的文章，字里行间，民族灾难、报国志向、父母之恩、妻女之爱、战友之贤、乡土之情，无不跃然纸上，感人至深，催人泪下。还有《澄城，我的第二故乡》《一声老哥好亲切》《再品家乡红柿香》《绣花鞋垫》《父亲》《快乐外婆家》《一百年后游澄城》等文章，浓浓的亲情乡情，记忆犹新，有感而发，值得一读。

这些文章较为全面地反映了澄城的人文历史、民俗文化、风土人情，也给人留下亲切、真实、生动、朴素的印象。我觉得，本书对于人们了解澄城大有裨助，如果作为学校教育的乡土教材，对青少年进行牢记历史、不忘过去、面对未来、奋发进取的教育，更能发挥其应有的作用。

（《澄城风情》，内部印行，2012 年）

渭南历史上空的灿烂群星

渭南是我的家乡，是生我养我的地方。我 1970 年在澄城县参加工作，以后还在渭南地委（即今天的市委）工作过，因此与渭南有一种特殊的感情。或许就是由于这个缘故，家乡人进京办事，常爱到我这里小坐，关于家乡的变化，除了报刊等媒体外，便是在与他们聊天时获知的。去年冬，渭南市文化促进会来人，说是在市上组织、宣传、

《中国·渭南文化名人风采录》

311

文化等部门支持下，他们正在筹办渭南文化名人宣传评选活动，我说这是一件好事，很有意义。今年春，他们又来电告我评选活动圆满成功，宣传活动仍在进行。近期，他们正准备在评选的基础上，编辑出版《中国·渭南文化名人风采录》一书，并邀我作序，我感到却之不恭，只好从命。

　　渭南这片沃土历史悠久，文化灿烂，在中华民族发展和社会变迁的历史长河中，政治、军事、文化名人之众多，业绩之辉煌，影响之巨大，像西岳华山一样挺拔、峻秀，像黄河一样源远流长。

　　在这片土地上，曾经走出过6位皇帝，80多位宰相，300多位将军。"字圣"仓颉、"酒圣"杜康、"史圣"司马迁、"诗魔"白居易、秦代大将王翦、被誉为"关西夫子"的东汉太尉杨震、隋文帝杨坚、"初唐四杰"之一的杨炯、"再造唐室"的大将郭子仪、北宋政治家寇准、清代状元宰相王杰、爱国名相王鼎、军机大臣阎敬铭、爱国将领杨虎城、老一辈无产阶级革命家习仲勋、著名政治家屈武、著名作家杜鹏程等历史人物，以及一代又一代文化名人，名烁古今，彪炳千秋。他们用智慧和勇气，谱写了渭南文化卓越的成就，照亮了渭南历史文化的星空，影响了中华文明发展的进程。

　　编辑出版《中国·渭南文化名人风采录》是打造"文化渭南"的重要举措，如同评选活动一样，也是渭南的一件大事、盛事。首先，这表现了渭南文化的自觉和自信。人类的历史可以说就是文化发展史，人类发展不仅创造了多种物质形态的文化产品，而且发展出越来越丰富的观念形态的文化。其次，这是对文化的敬重和敬仰。一个不敬重和敬仰文化的民族是没有希望的民族，人类正是借助于历史和文化传统，才面向未来创造发展的。谁忘记了文化的历史，谁就失去了文化的未来；谁拥有了文化的传统，谁就有了文化发展的希望。最后，这是对渭南文化名人风采的系统展示。书中较为全面地展示了300余名渭南文化名人在文化艺术领域所取得的灿烂成就和产生的影响。

　　该书展示了渭南文化在中华文化发展乃至世界文明史中具有的特

殊作用、重要影响和渭南这片热土上一代又一代文化之星光辉的群体形象。渭南在文化大发展大繁荣的浪潮中，将文化融入区域经济发展、城市建设综合发展的总体战略规划，体现了渭南领导层与有识之士的卓识与远见。我相信，这部书的出版发行，对宣传渭南精神，整合人才资源，推动文化繁荣，促进经济发展，宣传渭南形象，提升渭南的品质和内涵，必将起到重要的引擎推动作用。

编辑出版《中国·渭南文化名人风采录》是渭南文化事业、文化产业与经济建设协调发展的迫切要求。当代社会正处于大发展、大变革、大调整时期，中华民族也进入了全面建设小康社会的关键时期和深化改革开放、加快转变经济发展方式的攻坚时期。文化越来越成为民族凝聚力和创造力的重要源泉，越来越成为综合国力竞争的重要因素，越来越成为经济社会发展的重要支撑，丰富精神生活越来越成为我国人民的热切愿望。《中国·渭南文化名人风采录》是一部反映渭南文化发展、浓缩渭南文化精髓的书典，是了解渭南文化发展历程与渭南文化人才、传承渭南文化精神的一张鲜亮名片。

我深深地祝福家乡的明天更美好，渭南文化的星空更加璀璨夺目，绽放异彩。

（《中国·渭南文化名人风采录》，陕西人民出版社，2012 年）

上华山去！

　　龙年初，在渭南市委市政府举办的北京同乡联谊会上收到了一份包装精美的《华山旅游》DM 杂志，触动了我的思乡情结。我的家乡便在华山脚下的渭南，儿时的诸多美好记忆都与被炎黄子孙尊为华夏之根的西岳华山息息相关，我不由得对这份杂志产生了十分的爱意。

　　任何一个伟大的事物都开端于尝试。

　　据我所知，《华山旅游》DM 杂志是华山景区有史以来第一份面向全国进行全方位宣传报道的杂志，对推介华山旅游资源，传播华山旅游文化，引导华山旅游消费，提升华山旅游品牌具有划时代的深远意义。这种推动华山宣传走向纵深、走向高端的作为是华山景区的气魄和智慧，是可喜可贺的事情。

　　华山是世界的。

　　随着旅游事业的蓬勃发展以及小友文军的不懈努力，华山景区将旅游与文化产业高度结合，旅游资源得到全面开发，发展速度不断加快，已经完全具备了世界名山的地位。就好像美国的大峡谷、澳大利亚的大堡礁、印度的泰姬陵、古埃及的金字塔一样，只是我们的宣传力度和纵深拓展没有登上这样的高点。但是，随着华山旅游歌曲的热播，《百年华山》摄影艺术图片的展出，景区各类大型文化活动频见报端，家乡的这座大山知名度越来越高，逐步成为了渭南最响亮的城市名片，绝佳的旅游胜地，深受海内外游客所青睐，我倍感欣慰。

314

　　基于这样的情愫，我眼中的《华山旅游》DM 杂志便有了不同于一般杂志的创刊理念，"华夏之根，民族之魂"就是我们要向世界表达华山的理由，华山是我们中华民族的根系所在、魂魄所在、文明所在。

　　华山是充满文化的。

　　华山的文化建构应该成为一个体系，这种体系是中国文化领域里不可或缺的。它不仅表现在中华民族起源的文化根基上，而且周秦汉唐的文化继承和遗存深深嵌印在了这座文化名山之上。从历代帝王对华山的朝觐到全真道教文化的缘起，从《尚书》《史记》对华山文化的启承到至亲至孝文化和民族的血脉贯通，真可谓"阅三坟五典早书成恢恢宝册，览竹简编钟独绘就皇皇鸿篇"。

　　适逢盛世，党的十七届六中全会已经吹响文化进军的号角，这是天时造就了《华山旅游》DM 杂志推介华山的绝佳时机，也是文化立山、文化兴山、文化强山的最好时光。

　　我期待着文化气息扑面的《华山旅游》DM 杂志的成长与成熟。

（《华山旅游》DM 杂志 2012 年卷首语）

315

渭南光影

　　去年初春，来自家乡的"多彩渭南书画晋京展"，以厚重的秦风秦韵蜚声京华书画界。今年初冬，在举国上下欢庆党的十八大胜利召开的日子里，渭南市委、市政府带着家乡570万人民的喜悦，带着华山、渭河的云岚波光，带着浓缩数千年历史风雨的摄影作品，又一次来到北京，用一幅幅多姿多彩的摄影作品为首都各界近距离地了解渭南、感知渭南提供了一个窗口。

　　渭南，这块神秘的土地，是中华文明的发祥地之一，是史前传说的英雄故里。仓颉在这里始创了中国汉字，杜康在这里酿造了天下第一杯美酒，大禹在这里带领先民凿开龙门引黄河东去，结束了洪荒时代的连年水患。继史前英雄之后，这块土地上又相继走出了一代代彪炳史册、扭转乾坤的英雄。有为秦王朝统一天下立下汗马功劳的王翦，有"再造唐室、功盖天下"的郭子仪，还有司马迁、白居易、寇准、王鼎、杨虎城、习仲勋等。他们如一颗颗灿烂的星星，升起在渭河两岸，闪烁在中华民族历史的天宇。这些凝聚着数千年历史烟云，弥散着渭南灵气的深景区的乡贤，是渭南摄影家得天独厚的艺术资源。展品中那一幅幅弥足珍贵的"历史绝版"照片，是摄影家们用探索的长镜头伸向岁月深层、聚焦中华文明历史的基因切片。漫步在展室，如穿越历史，令人骄傲，给人启迪，更使后来者感到责任重大。

　　渭南，也是一块美丽而充满生机的地方。华山峥嵘，渭水泱泱。

太史祠，依山傍水，古柏凝翠；西岳庙，檐牙高啄，钩心斗角；处女泉，碧波荡漾，十里荷花；少华山，烟柳画桥，千峰竞秀；仓颉庙，庄严肃穆，存圣贤之懿德；唐王陵，气势磅礴，遗盛世之雄风。科学发展，万象更新；高速路网，风驰电掣。工业在提速，农业在提速，城乡建设在提速，渭南人的生活在提速！秦东山川如歌如画，黄土地上千红万紫。这一切一切，都走进了摄影家的大视野、大广角。这一张张精美的作品，是古今渭南的浓缩，是渭南山水的工笔长卷，是渭南父老乡亲风采的大特写，是渭南精神的写意，也是摄影家们对故土的大爱。

摄影是色彩、光电和审美的综合艺术。摄影家在取舍中把瞬间变成永恒。一张精美的照片，用无语的影像给人思考，给人启迪与教益。这次摄影展，是摄影家用自己的作品把"渭南"带到了北京，我相信她会给参观者留下美的享受，留下长远的思考。

祝这次摄影作品晋京展圆满成功！

愿家乡更美，愿父老乡亲更幸福！

（"多彩渭南摄影作品晋京展"祝词，2012 年）

翰墨华山

　　阖卷长思，我想，华山的魅力在于它的气势，华山的神韵在于它的内涵。千百年间，无数名人雅士登临华山，于西岳之巅观山之景色，探山之奥秘，悟山之灵气，书山之瑰丽，其乐无穷。传承着花开花落，云卷云舒，写下了一段又一段美丽的故事，留下了一段又一段永恒的记忆。

　　陕西是一个文化大省，围绕着有十三朝古都之誉的古城西安，以

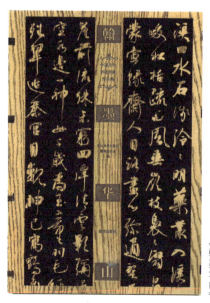

《翰墨华山》

秦兵马俑、唐华清宫、法门寺、大雁塔、西岳华山、太白山、革命圣地延安等为代表的自然人文景观共同构成陕西古老而深邃的文化资源特色。在这诸多名胜中，我对地处家乡渭南的西岳华山始终怀有一种特别的情感。

华山横空出世，高耸入云，如倚天剑般傲然耸立于大秦岭群峰之间。"势飞白云外，影倒黄河里。"大自然鬼斧神工的艺术杰作造就了华山享有"奇险天下第一山"的美誉：四季景象异彩纷呈，仙踪遗迹星罗棋布，文化积淀深厚宏丰。在千百年的历史长河中，华山是民族精神和华夏文明的重要象征，奇石、秀水、古树、神话传说装扮着它的绚丽多彩，"千尺幢、百尺峡、老君犁沟往上爬"，"过了金锁关，又是一重天"，加之玉泉院、镇岳宫、苍龙岭、仙掌崖、长空栈道、下棋亭等著名景点，让这座风景秀美、充满传奇色彩的大山更使人陶醉，更令人向往。

《翰墨华山》充盈着整个华夏历史的沧桑，记载着华山百年风雨历程，将华山深厚的文化内涵更加发扬光大，于我内心也产生了很大的共鸣。我相信此书一经问世，必将为世人所关注。因为，这是一份珍贵的史料，也是历史给予我们厚重的礼物。愿因此能让更多的人了解华山，热爱华山，在推动华山旅游文化事业发展的同时，也为祖国的大好河山树碑立传！

最后，要感谢文军同志，继2010年一本制作精美、内容丰富的《百年华山》摄影艺术作品集出版后，2012年的开端之时，他以那种"说到做到，做到做好"的行事风格，别出心裁地与中国书协联姻，再为华山文化旅游事业的传承与发展奉献出一桌丰厚夺目的文化大餐。感谢家乡那些为华山文化旅游事业做出贡献的团队，感谢中国书协的鼎力相助，同时也感谢深圳市新翔广告印务公司为本书的倾心设计和精心印制。

（《翰墨华山》，故宫出版社，2012 年）

正月里的年味

　　2012 年是壬辰龙年，这年大年初二到初九，凤凰卫视在我的家乡渭南、华阴、合阳、韩城、白水、富平等 6 个县（市）拍摄春节大型特别节目《正月里》，真切反映渭南独特的过年风俗。我因未能回到家乡过年深以为憾，但在元宵节期间看到凤凰卫视中文台播出内容后，不由感慨万端。

　　渭南市地处陕西省东部、陇海铁路沿线，东濒黄河，西临西安，南倚秦岭，北接延安，渭水横贯其中，是八百里秦川最宽阔的地带，是中华民族发祥地之一。渭南历史悠久，源远流长，自周、秦到汉、

《正月里——渭南春来早》

华阴老腔

唐 2000 多年间，一直是 12 个朝代的京畿之地。古老的黄河孕育了渭南灿烂的文化和悠久的历史。从大荔猿人到沙苑、龙山文化遗址，从春秋时代的古长城残垣到隋唐时代的帝王陵冢，从秦汉时期的王室行宫到元明清的古建筑群，文物古迹遗存 1200 多处，仅国家和省市保护的文物就有 619 处。优越的地理位置，悠久的历史文化，壮丽的山川河流，使渭南的旅游资源斑斓多姿，得天独厚。著名的华山风景区誉满中外，奇险峻秀居五岳之首，成为融休养、度假、娱乐、游览为一体的综合旅游胜地。国家级历史文化名城韩城，流金溢彩的古建筑与鳞次栉比的高楼大厦交相辉映，游客可敬仰、谒拜司马迁祠墓，欣赏元代建筑"禹王庙"，观赏中国目前保存最为完整的元明古建筑群和被誉为"东方民居村寨活化石"的党家村。宏大的渭北帝王陵墓群，引发思古之幽情，激起振兴中华之豪情。

《正月里》以平民化的视野，以渭南当地的地域风情、过年风俗、文化景点、传说故事和特色产业为看点，合阳东雷村社火，岔峪村河灯、花馍、祭河神，处女泉的爱情传说故事、线戏；华阴玉泉院拜山祈福、演练太极、春节集市，华山北峰吼老腔；韩城古城历史故事、行鼓、阵鼓、围鼓、抬神楼表演；富平的风水传说、阿宫腔、舞龙、高跷、杆火；

还有四地特色年夜饭以及现代农业发展情况，令人神往。这些反映了近年来渭南的新发展，充斥其中的是渭南深厚的文化积淀和渭南人昂扬向上的奋斗激情！无论是策划、取点、现场采访，还是后期的制作，都堪称上乘之作。特别是凤凰卫视主持人刘珊玲，无论是在华阴和华阴老腔传人张喜民弟兄四人拉家常，在合阳黄河边岔峪村和88岁老人话家常，同花馍制作的巧妇自然地手拉手，随老人去看抗战遗址时的对话，还是在富平乘坐农民两轮摩托去大棚观看圣女果……一切发自于内心，是那么的自然，那么的随和，充分展现了凤凰台的"大台风范"！

在中国传统文化中，龙有着重要的地位和影响。从新石器时代先民们对原始龙的图腾崇拜，到今天人们仍然多以带有"龙"字的成语或典故来形容生活中的美好事物。上下数千年，龙已渗透到了中国人的心中和各个方面，成为一种文化的凝聚和积淀。龙是中华民族的象征、中国文化的象征。对每一个炎黄子孙来说，龙的形象是一种符号、一种意绪、一种血肉相连的情感！每12年才过一个龙年，龙腾虎跃，龙马精神，龙凤呈祥。在这个特殊的龙年，迎来凤凰卫视对这片神奇与古老热土的关注。我佩服凤凰卫视目光的睿智，在这华夏文明的发源之地，传承流淌着龙的血脉的人群之中，孕育着希望和梦想的龙年来临之时，敏锐地捕捉到了春天的希望。在龙的故乡，田野里播种的是"中国梦"，成长的是大国崛起的希望，收获的将是中华民族的伟大复兴。在这华夏文明的发源之地，在拍摄与播出一周年之际，大型画册《正月里——渭南春来早》在渭南市政府高度重视下，在华山管委会精心编排下得以问世。在此，我表示热烈祝贺，同时，也衷心地祝愿家乡父老安居乐业，生活富足，播种希望，实现梦想。

（《正月里——渭南春来早》，长城出版社，2013 年）

叩读渭南

横亘800里的渭河平原是中华文明的重要发祥地，在其东部渭南，这种文明的踪迹不只是古老的遗址、陵墓、建筑，而且反映在那些无数流传至今的各类珍贵文物上，它们一起构成了渭南的重要文化遗产。

文物是什么？是文明的载体，是历史的见证，是创造的记录。因此，它是渭南古老而弥新的灵魂，是渭南悠长而鲜活的文脉，也是认识渭南厚重而生动的历史文化的钥匙。

渭南需要叩读。说叩读，是因为我们需要向文明表达崇敬，向文

《渭南文物精粹》

323

化展示传承，向未来亮出豁达。

人们把渭南文化定位在"字之源、史之源、酒之源、情诗之源"这样的高度，盖皆缘于对历史的认真研读和深刻认识。从此，在泱泱中华文化的坐标中，有了渭南尺度和渭南视角。仓颉造字，杜康酿酒，司马迁著史，"关关雎鸠，在河之洲"的《诗经》情诗吟唱，无不具有雄踞文化高地的品格。

因为文字，才使我们超越了时间和空间，有了坐拥文化怀抱的安全之感。在结绳记事的忆想中，畅想新的文明达途；在篆、隶、行、草的转换中，品读人性的张扬，抒发我们的翰墨情怀；在正史、野史、稗史、志怪、杂曲及唐诗宋词的意象意趣中，探寻历史最美的风景；在陶瓷器、青铜器、金银器、石刻、书画、玉器等渭南出土馆藏文物的鉴赏中，领略与品味人类利用、改造自然的滚滚足迹。拴马桩的出现和存在，见证着渭南这块土地乡民生活的殷实、纯朴、精致和对美好生活的把持、品玩。崖石上的书法博物馆——华山摩崖石刻，以及以唐帝陵石刻为经典代表的石刻群，不仅历史悠长，且散布四畴，让我们在徜徉中感受美的历程，在鉴赏中增益文化的自觉和自信。

在中国传统文化的脉络中，我们时刻体味到渭南文脉的流动、情脉的丰满，时时仰望到文化背影中的渭南元素，感受到渭南这块土地孕育的文化的张力和超凡的传承力。今日渭南，以"风追司马"的执着，"华山论剑"的豪迈，张扬文化道义，担当传承责任，树立"陕西东大门、西北大门户"的新形象，使渭南成为文化之门、繁荣之门、开放之门。

渭南需要叩读！

（渭南市文物保护考古研究所编《渭南文物精粹》，三秦出版社，2013 年）

澄城新篇章

从新编《澄城县志》问世以来，倏忽已 20 余载。这 20 多年，是我国改革开放深入发展的重要时期。惠风时雨，草木皆春，神州大地发生了巨大变化，澄城也是如此。我几乎每年都要回家乡，对于这些变化，耳闻目睹，感受是深刻的。

但感受毕竟只是感受，往往难免零碎、感性，庆幸的是，《澄城县志（1987—2005）》一书，则为我们提供了这 18 年间澄城变化的准确的、全面的情况。

作为新编《澄城县志》的续志，《澄城县志（1987—2005）》洋溢着强烈的时代气息。洋洋 80 万字，反映了澄城人民在 18 年中创造新的生活、新的历史的不朽业绩，记录了澄城在现代化建设中坚定的前进步伐。一连串的数字似乎是枯燥的，但这些数字却是 35 万澄城人民奋斗、创造和不断克服困难而取得的成果，有着无数可歌可泣的动人事迹，包含着充盈在澄城这片热土上的精、气、神。

方志为一方事物的志书。我国方志的编纂，至明清达到兴盛。澄城有志，始于明嘉靖年间，清代则有顺治、乾隆、咸丰诸本，进入民国又编有《澄城附志》，加上 20 世纪 90 年代的新编本与这次的续编，450 年赓续不断，从中可见澄城数千年历史文化、社会经济，使生于斯、长于斯的澄城儿女更加热爱桑梓，亦可从中感受整个社会的发展与时代的变迁。掩卷沉思，感慨万端。

复修精进寺塔（贾生华摄）

志书以其宏富博大的内容，成为一部地方百科全书，有其多方面的价值与作用。它既是供历史研究的文献资源，也是裨益外人了解一个地方情况的可靠资料；对于本地人民来说，借助志书更可了解本地的历史，特别是能使当政者在更为广阔的时空视域中得到启思，吸取经验教训，做出更加符合实际的决策，推进社会经济的全面发展，写出光辉的篇章。这也是我对《澄城县志（1987—2005）》一书作用的一点期望。

（《澄城县志（1987—2005）》，陕西人民出版社，2013年）

精神的家园

甲午初夏，由澄城县政协组织、收集、整理的《澄城县非物质文化遗产名录图典》即将问世，并邀请我为之作序。作为一个久居异乡的澄城人，在看过此书后，高兴之余，更多了几分感慨，几分期待。

此书的出版，既是对辖区内非遗项目保护工作的阶段性总结，也是为澄城人民做了一件功在当代、利在千秋的好事，体现了守望和呵护广大群众精神家园的历史责任。

书中所记载的这些在全县具有较大影响力的非遗项目，其地域性的特点十分鲜明，它涵盖了县南和县北不同的民风民俗、传统理

《澄城县非物质文化遗产名录图典》

李兰芳剪纸《蝶花百子图》

念、文化内涵、表现形式，其内容纷杂、包罗万象，几乎涉及当地人民生活的方方面面。书中所收录的24个保护项目中，有国家级保护项目2个，省级保护项目8个，市级保护项目8个，县级保护项目6个。这些非遗项目有一个共性，那就是它将那古朴、典雅、厚重、鲜活的黄土文化底蕴展现得淋漓尽致，更将澄城老哥那粗犷、豪迈、憨厚、朴实的性格和澄城妇女那种含蓄、细腻、睿智、创新的一面蕴含在书中。它的个性按其社会功能可以归纳为实用性、随众性、娱乐性三大类。所谓"实用性"，是指所保护的项目现在或过去曾经在人们的日常生活中发挥了其他物品无法替代的作用。如尧头的陶瓷、砂器至今还经常出现在农村每一户的厨房或堂屋里，大到水缸、粮瓮，小到盛放油盐酱醋的罐罐以及熬药的砂壶、炖肉的砂锅等等。所谓"随众性"，即指所保护的项目客观地反映了人们对精神生活的向往和追求。在项目的内容中巧妙地将传统的儒家思想、伦理道德和当地百姓的美好祈愿融合在一起，让人从陶情中得到启发，在创新生活内涵中有所寄托。如澄城刺绣、手绘门帘、澄城面花、剪纸等。所谓"娱乐性"，即指非遗项目活跃了人们的业余生活，使群众从厚重的民俗文化中寻找到了乐趣。如刘家洼一带的"洪拳鼓"、澄城民间吹鼓乐、堡城的民间杂技"上刀山"、北棘子的寿圣寺大佛锣鼓、魏家斜的"耍龙灯"和良辅村的"武帝庙会"等。这些项目个性色彩突出，表现内容各异，越来越受到当地人民群众的喜爱和推崇。

纵观此书，构思新奇、内涵丰富，它几乎将几千年来流传在古徵大地上的乡土文化囊括其中。它以精美的图片、简洁的文字，向读者全方位、多视角地介绍了故乡的每一种非物质文化遗产的历史沿革、传承范围、基本特点、文化价值以及现阶段传承人简要的艺术经历。这些耳熟能详的非遗项目至今依然鲜活地萦绕在我的脑海之中，勾起了我对故乡的无穷思念，对书中这些充满着浓郁乡土气息的传统文化也充满感情。虽然我已经从工作岗位上退了下来，但我对文化工作的热情依然如故，对家乡的非物质文化遗产的保护工作关注和支持未改初衷。愿此书的出版能为活跃本土文化带来新的契机，愿此书的出版能将故乡群众对非物质文化遗产的挖掘和整理工作引向深入。

（《澄城县非物质文化遗产名录图典》，内部印行，2014 年）

第四编

故人如玉

八秩丰神

　　在人生旅程中，80 岁无疑是个很有意义的阶段。过去所谓"人生七十古来稀"，80 岁当然就更为"稀"了。孔夫子回顾自己一生，从"吾十有五而志于学"说起，也只到"七十而从心所欲不逾矩"，因为他没有活到 80 岁。《礼记》中说，古代官吏 80 岁后，国君派人致送食物，告问其人是否健在，叫作"告存"。现在科学昌明，人的寿命普遍提高，但对一个人来说，80 寿诞仍是值得纪念的一件喜事。

赵文海著《漫漫人生路》

赵文海同志今年八十大寿，又逢盛世，自然要庆贺一番，也免不了亲朋好友的聚会，但有意义的是，他的回首80个春秋的《漫漫人生路》一书要在这时出版，给喜庆增添了新的气氛，也引起我的许多感想。

文海同志早年参加革命，"文革"前就担任县级领导，工作勤恳，作风实在，待人真诚，话不多，颇得上下好评。从领导岗位退下来后，积极参加一些社会活动，干了不少力所能及的事情。《漫漫人生路》从苦难的童年、慈母情深、投身革命、走上领导岗位、幸福时刻、夕阳无限好等6个部分，记述了自己的风雨历程，话语朴实，剖开心怀，娓娓道来。我们好像聆听一位长者面对面讲故事，感到自然、亲切。

这些年，我读到不少曾身居高位的人士的回忆录，当然很有价值，有的使我们了解到一些历史大事件的来龙去脉，但是看得多了，总觉得所述太大，也比较概括、宏观。历史是众人创造的，历史也是鲜活的，是有细节的。我们需要这些大人物的回忆录，同时也需要其他不同层次、不同身份的人士的历史记忆。

县是中国古代地方行政区划中的重要层次，像文海同志这样在县级领导岗位长期工作的人士，他们都有丰富的经历，其中的顺利与挫折、成绩与失误、经验与教训等，整理出来，都是宝贵的精神财富。特别是这些人见识过无数的风雨，从叱咤风云到习惯于晚年的优哉休闲，心态更为平和，他们写回忆录、写其他东西，当然有种责任感，但并不视其为"藏之名山"的事业，往往更多的是兴之所至，因此笔端更为从容，记述中也不自觉地多了几分反思。读者从这些生动的事实、切身的体会中，自会受到启发和教益，也从一个侧面体会到60年来我们对中国特色社会主义道路的探索。这就是这类回忆录的重要价值，也是口述历史。

赵文海同志与我的父亲相识于1951年，曾是多年同事，是我的父执，是我的前辈。我20世纪70年代初在澄城县工作时，他是县上领导。当时的县领导班子，本县籍人士似不多。在我们这些普通干部心目中，问尚贤同志、赵文海同志，不仅是领导，而且被视为能够维护澄城利益即为澄城人说话的代表人物。现在看来，这种认识不无狭隘之处。20 世纪 80 年代后期，有次我从北京经山西到潼关，意外地见到了文海同志，原来他已调到这个陕西的东大门工作。后来他叶落归根，回到澄城，在家乡欢度晚年，因我常回家探亲，我们也有见面的机会。在我的父母先后去世时，他都来我家致哀，令我很为感动。

"八秩康弦春不老，四时健旺福无穷"，"寿过古稀多十载，预祝期颐仅廿年"，这些都是过去人们庆贺八旬寿诞的常见佳句，我想不出更好的词句，也借此祝贺赵文海同志健康长寿！

（赵文海著《漫漫人生路》，内部印行，2009 年）

感受生活　感悟人生

　　我认识冯振雄同志已经多年了。当年他在汉中地委政策研究室工作，我则在陕西省委政策研究室，于是自然就有了工作上的联系。后来我们的工作各有变动，他调到西安，我也离开了陕西，但仍有不少联系，保持着一种同志加朋友的情谊。

　　2006 年，振雄同志寄给我一本他自己写的《感悟人生》，我读后感到十分亲切，也使我看到每天按部就班、忙于公务的冯振雄的另一面，看到了他洋溢的文采、丰富的内心世界和多才多艺的灵性。

　　最近，振雄同志的《感悟人生（第二集）》将要出版，嘱我写篇序言。翻阅了这部长达 30 多万字的书稿，我感到他的勤学博识，做事的执着，做文章的平实，都是难得的。这不是一本单纯的散文随笔集，而是他用人生实践写成的关于一个人应该怎样活着、怎样学习、怎样工作、怎样热爱祖国、怎样孝敬父母等等的感悟。

　　振雄同志自幼勤奋好学，又有汉中人的灵气。他曾教过书，教过小学、中学，也教过大学。1978 年从政后，先在县上、市上，后来调到陕西省委办公厅，30 多年一直在党政机关从事文字工作。一路风风雨雨，工作几经变动，有顺境也有坎坷，有欢乐也有苦闷，但他态度达观，矢志不变，遇到再大的困难，都不放弃，无怨无悔。正如他在书中写的："回首几十年的经历，透过或深或浅的脚印，感到除了科学理论的引领，保尔的精神在我的人生坐标上打下了深深的烙印，影响着我做人做事的态度。到今天，不敢说为党、为人民、为社会有多大贡献，但我敢说自己是勤奋努力的，自信每一步都是踏实的，感到人生没有虚度。"更难能可贵的是，工作之余，他始终没有放弃业余写作，几十年笔耕不辍。特别是后来走上领导岗位，工作更忙，仍一如既往。《感悟人生（第二集）》便是他的这些文章的结集，内容丰富，时间跨度达 20 多年。不论是回忆往事，记述师长亲友，还是写物抒情、感时言志，都充溢着至深的真情。

　　人生需要感悟，有感悟的人生才可能变得睿智，才可能变得快乐、幸福，也才能变得完美无憾。振雄同志的这些感悟文章，相信也会使读者从中受到启迪，受到感悟。

　　[冯振雄著《感悟人生（第二集）》，陕西人民教育出版社，2009 年]

更喜此身强健

　　白玉林同志今年八十大寿，又逢共和国六十华诞，普天同庆，喜上添喜，自当庆贺一番，也免不了亲朋好友的聚会。值此吉庆时刻，还有一件有意义的事，就是他的回首八十载生命历程的回忆录《岁月回眸》一书，同时出版发行，无疑会给八十寿庆增添气氛。本书分为童年岁月、学徒生涯、工作经历、退休生活4个部分，既是他个人成长和发展的历史记忆，又包括了不少较为翔实的历史背景材料，使本书的意义得到进一步的拓展。这些回忆文章，话语朴实，情感诚挚，将个人80年的经历娓娓道来，让人感到自然、亲切。

　　玉林同志出身于贫苦家庭，13岁远赴宁夏、甘肃当学徒，18岁参加解放战争时期澄合、扶眉等战役的支前工作，投身革命。特别是在户县涝峪口战斗中，冒着枪林弹雨抬伤员，同行数人负伤，有人逃跑，他坚持4个月直到战斗胜利，很有传奇色彩。后来的数十年革命工作中，他由一般干部成为县级中层领导，工作吃苦耐劳，作风雷厉风行，有特点，有实绩，多次受到上级表扬和群众好评。

　　20世纪60年代，澄城县开展了以水土保持为重点的农田基本建设，全县抽出20%的劳力组成1400多个专业班子，长年战斗在田间，农闲时节，上劳更多，在塬沟梁峁间展开大规模的群众性的"椽帮埝"，使坡地沟壑变成蓄水保土的层层梯田。"椽帮埝"是澄城县在农田基本建设中的一大创造，受到了地、省乃至西北局的重视，成为黄河中游地区的一面红旗，时有"学大寨，赶澄城"的口号。当时，白玉林同志就担任县水土保持工作站的站长，一干就是五六年。这一经历，不仅给了他做出成绩的机会，也使他成为这方面的专业人士和能人。进入 20 世纪 70 年代后，石堡川水库动工修建。刚从"文化大革命"批斗对象"解放"出来的白玉林同志，又被组织派到石堡川水库建设工地，一干就是两年多。在缺技术无设备施工难度非常大的情况下，组织民工完成了 1300 米石渠段开挖衬砌和律津河渡桥建设，受到上级好评。后来，他又被组织任命为县水电局领导，任期内全县完成了不少水利建设项目和农村打井建设。因之，玉林同志在数十年的工作经历中，以不少精力围绕水做文章，奔波劳累，为旱原农业生产的发展立下了功劳。

1985 年，他退休以后，不愿闲下来，以一个老党员老干部的襟怀，继续为群众特别是离退休老干部办实事办好事办乐事。20 世纪 90 年代初，澄城县城南区没有幼儿园，老干部接送孙子孙女十分困难，他和几个退休干部组织募捐，筹集资金办起了"城区离休老干部护花幼儿园"。玉林同志在书法方面有特长和爱好，于 1991 年和几个老干部一起，发起成立了澄城县老年书画学会（原名澄城老年书友学社），被推举为会长。10 多年来，他热心组织离退休干部职工习字绘画，举办展览，活跃了退休生活，为离退休干部职工展示才艺提供了活动平台。近年来，他还组织出版了《澄城老年书画集》两册，不少作品在全省、全国甚至在国际比赛中获奖。高龄又肯倾注如此精力，取得如此业绩，确实令人欣慰。

我们两家的村子不远，白玉林同志和我父亲曾是多年同事，数度工作于同一个领导班子中。1957 年，我的父亲任雷家洼乡党委书记时，他担任乡长。成立人民公社后，雷家洼、交道、庄头、城关合为红旗公社，他们又在一个班子里工作，分别担任社长和副社长。白玉林同志是我的长辈，我对他一直很尊重。我在澄城工作时，经常和他见面，有过一些交往。后来，我的父母相继去世，他都来我家致哀，令我很为感动。

"富贵从来自有，人生最羡长年。骎骎八秩未华颠，更喜此身强健。"在此，借宋人姜特立词《西江月》句，祝白玉林同志健康长寿！

（白玉林著《岁月回眸》，内部印行，2009 年）

踪迹亦崚嶒

　　永谦同志寄来他写的《风雨年华》书稿，书名就很有诗意，篇幅不长，缕述自己的家世、经历，语言质朴，读来倍觉亲切，既能感受到作者的心声，也留下大时代的一些鳞爪。

　　我与永谦同志曾共事5年。那是20世纪70年代前半期，我刚走上工作岗位，而他已有十六七年的工龄，还有几位同事资历更长，我们一起为报纸、电台写稿。这几年对我很重要，我对中国农民、中

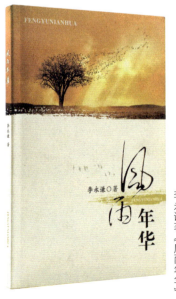

李永谦著《风雨年华》

国农村的认识主要是这个时期形成的。那时候物质条件很差，经常骑着自行车跑来跑去，也许因为年轻，总感到人际关系很简单，留下的都是美好的记忆。后来听说一起住过的"县长楼"拆了，觉得十分可惜。

名如其人。永谦确是个表里如一的谦谦君子，待人诚恳，极易相处，性格散淡、平和，遇事不怎么着急，总是笑眯眯的，也没有过分的热情。这种感受相隔愈久，愈值得咀嚼，别有味道。这也是我们数十年来保持很好关系的重要原因。

这些年我们直接来往并不多，但通过他的大公子晓锋，彼此却都很了解。晓锋很有出息，出版社的编审，编辑部主任，常为图书评奖或组稿一类事找我商量，我也常向他要新书。晓锋的成就，自然是永谦同志的一个欣慰，也是我们这些朋友议论的话题。

永谦同志离开工作岗位已整10年，这10年他都忙些什么？看了回忆录，才知他过得很充实，很潇洒，他临帖，写诗，打球，旅游，我想恐怕也少不了摄影，当年搞通讯报道时他的照相技术就很出色。他有着很好的艺术天分，在人生的秋天才充分展现出来，也使灵性得到张扬，弥补了人生的些许缺憾，我真为他高兴！

书稿中又碰到一些熟人，李正英的诗，姚仲哲的题词，姚炳旭的序，鱼云峰、温天祥的文章。他们或是我的师长，或是我的同学、朋友，他们谈与永谦的交往，称赞永谦的为人，这便使得我与他们在书中重逢，勾起对那曾经经过的共同岁月的回忆，这也是十分难得的。

子曰："七十而从心所欲不逾矩。"风雨年华，人间沧桑，70岁的永谦早已世事洞明，进入新的境界。我们相信，虽是桑榆晚景，也会云霞满天！

临末，以小诗一首祝《风雨年华》付梓并贺永谦同志七十寿辰：

古稀凝一帙，踪迹亦崚嶒。

故里迎风柏，长天沐雨鹰。

寸心原可剖，逸兴恰才腾。

楼小今安在？宁忘子夜灯。

（李永谦著《风雨年华》，内部印行，2010 年）

让生命的秋天多姿多彩

　　最近回了一次陕西渭南，不期见到久违的王宏谦同志，自然十分高兴。当听到他要举办个人书法展，则始而惊奇，继而感奋不已。

　　40 年前，宏谦同志作为"文革"前西北局宣传干部，下放到我们公社一个村子，我当时是刚从学校回家的返乡知青。因缘际会，我们竟然有了一些接触、来往的机会。他与我曾被当时渭南地区"革委会"临时借去，在招待所的小窑洞里修改有关会议材料，那时我还未正式走上工作岗位。我们又在南云瑞同志带领下，一起到澄城县石堡川水库工地进行采访，撰写先进人物的事迹。宏谦同志长我许多，我们之

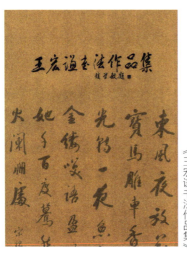

《王宏谦书法作品集》

王宏谦书法

间可谓"忘年交"。他"文革"前就任过县委领导，阅历、经验相当丰富，因此我一直把他看成难得的老师。后来他离休，我的工作也多次变动，我们联系少了，他的情况我还是时有所闻。他给我最深刻的印象，是为人爽快，做事认真。

我对他离休快20年来执着书艺并不清楚，因此惊奇于他要办书展，但当我看到他秀美俊逸的书法作品时，不禁为之一震，在了解了更多情况后，我颇为感奋。

宏谦同志小时候就喜欢书法，有一定的基础，但真正把习书作为一种追求，并和对传统文化的继承结合起来，则是离休以后的事。他是一个认真做事的人，有了目标，也就有了动力，坚持不懈，临帖不辍，他悟性好，善于揣摩，常有心得；尤为可贵的是，他能不断突破自己，因而在省内外书法大展赛中获奖数十次，亦成为陕西书协会员。正所谓功夫不负有心人，20年的刻苦练习，使他在通向书艺的堂奥中领略着无穷的趣味。

我这次回陕，其中一项活动是参加重阳节长安雅集，重阳节是老人的节日，玉露金风，秋色正好，登临纵目，舒啸放怀，自觉其乐融融。宏谦同志今年八秩大寿，虽白发萧然，却声朗气清，谈笑风生，我也过了花甲，两鬓斑白，我们都迈入人生的秋天。从宏谦同志要办书展，我受到的启示是，一个人离开工作岗位而进入生命的秋天，仍有可为，仍会让秋天变得绚丽多彩。只要有乐观平和的人生态度，有自己的爱好追求，当然不一定成名成家，却都会得到慰藉，感到愉悦。这就是令我感奋的原因。

祝宏谦同志继续在书艺的追求中感受人生的美好，体验艺术的魅力。

（"王宏谦书法艺术展"祝词，2010年）

星斗依然

　　白浪同志的《昨夜星空》书稿，是他对自己 60 多年生命历程的回眸与自述。逝去的岁月，对他自己来说，仿佛是刚刚过去的昨夜星空，长空明月，星斗闪烁，诗意而又美丽，既有对已往经历的留恋，也是过来人曾经沧海、栉风沐雨后的总结和喟叹。

　　我和白浪同志虽然没有在一起工作过，但相识很早，交情不薄，印象深刻。

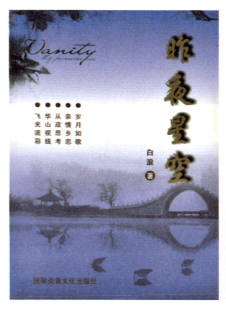

　　白浪和我都是澄城人，两家相距仅三五公里。我在澄城县委工作时，他在县教育局教研室工作。当时，澄城县没有图书馆，只有教研室和几所中学有一些图书资料。我因多次去教研室借书，与白浪同志相识。那时的白浪，就被称为教研室的笔杆子，很受教育局领导的器重。记得他特别喜欢调查研究，常常跟着领导下乡，写了不少很有影响的调查报告。1975年8月，我离开澄城到渭南地委工作，县委领导征求新闻干部人选意见时，我推荐了白浪。1990年夏季，我曾应白浪之约去参加潼关县经济社会发展战略研讨会。当时，我在陕西省委政策研究室工作，白浪同志是潼关县的县委书记。潼关是全国著名的黄金县，但那时却是端着金饭碗的穷县。白浪到潼关不久，就成立了潼关县经济社会发展战略研究领导小组，并亲自担任领导小组组长。请专家学者对县域经济发展进行战略研究，在当时是很超前的，也是不多见的大手笔。那次会议，吸引了不少专家和学者，作为县委书记的白浪的眼界和魄力给与会者留下了深刻印象。2005年，白浪在渭南市政协担任副主席之后，创办了《政协论坛》。他同电视台的记者到北京拍片时，曾到故宫，我们又一次见面，谈及许多往事，还在一起合影留念。年近花甲的白浪身体康健，思维敏捷，活力不减，还亲自撰写专题片脚本，让我甚感欣慰。

　　书中"岁月如歌"一章，是全书的主体部分，缕述他自己贫寒的家庭出身，刻苦的学习经历，不期而来的从政苦辛，以及家庭生活故事，语言实在，文笔流畅，扣人心弦。特别是如实记叙了不少担任领导干部时鲜为人知的事情，胸怀坦荡，实话实说，仍可感觉当年工作时的勇气、激情和做人策略。就书中所论，特别是担任潼关县委书记时对发展县域经济的调查研究，其目标、意见和做法，是改革开放中县域经济发展的经验和生动记录。这些经历，尤其是"从政思考"部分收集他撰写的论文，凝结着一个领导干部数十年来改革、进取、探索的精神。在潼关的黄金生产秩序整顿中，作为县委书记的白浪，亲自上山指挥，其魄力、胆略和智慧，受到上级领导和干部群众的肯定和好评。书中写到他的父母兄弟及同学同事朋友，心境平和，屡屡述及别人长处。特别是写到他的家孙外孙时，无论是充满爱意的笔触，还是引人的故事情节，对同辈人都有很强的感染力。我的妻子也对白浪熟悉，我曾让她看了书稿中关于孙子、外孙一节，孙儿们的聪明、活泼、可爱、淘气，鲜活生动，如在眼前。

白浪同志性格开朗，思维活跃，爱好广泛，喜欢快节奏做事，即使退休后，生活也安排得丰富多彩。他到老年大学学习电脑，到北京摄影函授学院学习摄影，参加体育舞蹈学习班，学习摩登、拉丁舞，还到驾校学开车取得驾照。他喜欢摄影，又喜欢旅游，国内国外跑了许多地方，拍了不少质量上乘的照片。平时，他还喜欢弹琴唱歌，打乒乓球，去年代表渭南市政协参加省上的乒乓球比赛。最让人感慨的是，退休后的白浪，到企业当顾问，走进自己陌生的领域，学习研究企业的经营和管理，给年轻的企业老总出谋划策，继续为社会经济发展献出余热。

谨以此文贺《昨夜星空》付梓并愿白浪同志晚年生活更加绚丽多彩！

（白浪著《昨夜星空》，国际炎黄文化出版社，2011 年）

往事堪回首

　　我和任先政同志认识于"文革"中，那时我是临潼华清中学的学生，兼在《新临潼报》当编辑，先政同志是县委干部，在县革委会生产组工作。他熟悉农村工作，也善于写作，经常给报社投稿，这样我们就有了来往。我离开临潼后，与先政较长时间没有联系，但我在渭南地委和省委工作期间也偶尔见过他的文章。有一年在渭南地区经济发展研究中心的课题研究成果评审会上，先政同志和我一起参加了评审工作，这时他已是高级农业经济师了。这次相遇，使我加深了对先政同志的认识，他的刻苦自学和艰辛实践，尤其是吃苦精神，令人佩服。

　　几十年来，先政同志先后在报刊发表文章400多篇，还编著了十几部农业经济技术专著和多本农业经济培训教材。他的作品数量多，有些质量也比较高，如于20世纪80年代初的《客观地看"包产到户"》、1989年的《关于强化与改革农业管理体制的浅见》、1992年的《农村改革与发展中的八个不协调》、2004年向国务院领导提出的《解决以农业税为主的13个不公问题是农民减负增收的重要途径》的建议等，都曾引起相当影响，对国家有关政策的制定与调整起了积极的作用。他不仅文章写得好，且为人正直，品德高尚，直接管理多年经济工作而一尘不染，自己经济并不宽裕而好善乐施，历次政治运动刚直不阿，实事求是，工作中原则问题从不让步。

　　先政同志年近八旬，他人退心不退，笔耕不辍，最近，他又将出版《心路回眸》一书，书中涉及农村改革，农村政策和产业结构调整，农业经济区划研究，农业经济效益，农业的集约经营、立体发展、循环经济、体制改革和农村经济发展战略等 20 多个课题，内容相当丰富。这些文章虽然时间跨度较长，但在发表时所发挥的作用是客观存在的，有些至今还有一定的参考价值。在本书出版之际，我谨向先政同志表示祝贺，也希望读者能从他的这本书中获得教益和启发。

（任先政著《心路回眸》，内部印行，2012 年）

耕耘者的足迹

我认识超武同志在 20 世纪 90 年代后期，那时他是我的家乡澄城县的领导，是我的父母官。我们有较多来往则是他到白水当县长、书记以后，其中的重要缘分是仓颉庙的保护。

仓颉传为轩辕黄帝的史官，白水人，说他首创"鸟迹书"，被尊为"文字始祖"。仓颉庙有文字可考的庙史已 1800 余年。澄城与白水毗邻，

雷超武著《躬耕集》

20世纪50年代末这两个县与蒲城合并为蒲城县，那时我曾在白水上过完小，时间不长，却留下很深的"白水情结"。70年代中期，我曾在中共渭南市委（当时叫地委）工作，也常到白水去。超武同志到白水工作，在抓经济发展的同时，十分重视文化遗产工作，特别是仓颉庙的保护，争取多方支持，做规划，搞维修，抓得实在，也很有声势。2001年，仓颉庙被国务院公布为全国重点文物保护单位。当时我在国家文物局工作，多次到白水考察、调研，对仓颉庙保护的过程比较了解。文化遗产的价值是客观存在的，关键是人们能否有所认识，认识到了能否付诸行动，即认真地保护并充分地利用。我感到在超武同志带领下，白水县努力发掘仓颉庙的文化内涵，重视发挥它的积极作用，使之成为当地经济社会发展的重要历史文化资源，下了一番功夫，是难能可贵的。

我用较多篇幅谈仓颉庙保护，因为这给我留下了很深的印象，但对超武同志来说，这只是他数十年工作历程中的一件具体事。他说过，到现在他已在20个岗位上干过，从生产队记工员、队长干起，一直到渭南市常务副市长，市委副书记，市人大常委会党组书记、常务副主任，一路走来，干过的事自然不少。即如在白水6年，当然不只是修仓颉庙，白水在整体上发生的重大变化，有他的思路和手笔，他给老百姓留下了好多"作念"。到渭南后，他的干劲、智慧和才能得到更充分的发挥，渭南中心城市通过创卫、创文、创模发生的变化和一批医疗、体育、文化、教育等民生工程建设，其中就凝结着他在分管工作抓落实上付出的心血。

几十年的工作阅历，超武同志积累了丰富的工作经验。而当年届花甲时，他在回顾中有了更多的思考。最近，超武同志选录了百余篇文章，均是他在白水县和渭南市工作期间的所干所思，编成《躬耕集》一书。我读了该书样稿，颇有感触。这是作者从政实践的产物，通过一件件的具体事，可见他的工作思路、领导方法，也反映了他的探索、创造以及凝结在其中的智慧。我特别欣赏他的一些富有个性的语言，例如他重视创新，自己也勇于创新，用他的话说，就是"不创新步，原地踏步""思路决定出路""创新是灵魂，是动力，是源泉""精神变物质，观念出财富"等。又如，超武同志提倡为人实、谋事实、干事实的"实"的作风，他常讲："真抓不唱高调，实干不放空炮""一竿子插到底""只干不说，高效运作"等。这些闪耀着思想火花的话语，通俗、生动又富于哲理，是工作经验的总结，也是思想认识的升华。

超武同志《躬耕集》就要付印，我很高兴为之作序，一来他为人实在，做事实在；二来这些内容来自实践，来自群众，值得一读，值得分享。

（雷超武著《躬耕集》，内部印行，2015年）

前尘历历

读着梁永洁同志的自传书稿，我的思绪一下子回到了 40 多年前。

1970 年我在家乡参加工作，搞通讯报道，一直到 1975 年调离澄城。反映情况，总结经验，发现问题，这是我们的主要任务。当时全县 17 个公社，我们经常在村、社跑，西社是去得较多的公社之一。永洁同志时任西社公社党委书记，他这里的工作富有创造性，点子多，经验也多。西社在澄城西北一隅，交通不便，我们去一趟颇为不易，其中的小河西等一些村子我还有印象。20 世纪 70 年代前半期，西社有两件事在陕西全省出了名：一是改善农村卫生状况和旧习惯的"两管五改"。我记得当时布鲁氏菌病在渭北一带多有发生，这是由布鲁氏杆菌引起的一种人畜共患的急、慢性传染病，主要传染源为羊，其次为牛和猪。因此，抓好管水、管粪、改水窖、改猪圈、改鸡窝、改炉灶、改厕所的"两管五改"，不仅是防治布鲁氏菌病的主要措施，对于树立农民良好健康的生活习俗也有重大意义。西社公社的这一经验，自然引起社会的很大关注。二是一户一窖。澄城地处旱原，人畜饮水困难，一直是困扰许多地方的大问题。我这个年龄段的人对此都有很深切的体会。鼓励群众打窖，公社、大队供给水泥、沙子，一户一窖，基本解决了用水问题。现在随着水利事业的发展，想来用水问题已有了根本性改变，但在当时，这确是一个好办法，因此曾在全省引起重视并广为宣传。永洁同志在自传中提到了这两件事，但说得有些简单。

梁永洁著《来路无悔》

他在西社公社 10 年，干的好事自然不少。通过这两件事，也可见他是一个工作有思路、善于决策，又有办法，并且勇于抓落实的领导干部。

以后永洁同志又到冯原公社当书记，到县城建局当局长，这都是很重要的岗位，他也都干出了令人称道的业绩。这时我已离开澄城，但我们的联系一直未断，他的情况大致都知道。他个性强，工作作风硬，做事有担当，不怕困难，也善于克服困难。他说话直率，快人快语，心里想什么就说什么。太直率了，就难免得罪领导，围绕他也有过一些议论，但他不大在乎，我行我素，最后还是拿工作实绩来说话。曾任过澄城县委书记的张宏图同志看重他的也正是这一点。

人类的可贵之处，就在于能够不断地思考和总结。永洁同志在耄耋之年，回顾自己走过的道路，形诸笔墨，写成此书，述说自己做过的工作及经历过的事情，同时感恩师长与朋友，抒发心得感想，话语朴素，实实在在，娓娓道来，很有可读性。于他个人，这是人生的一个总结，但这个总结不是信手拈来，而是有思考，有感悟，因此就有了一定的意义。例如，在他文章中人们能够领略到一个西北农业县在特定时代发生的诸种变化，可以丰富大历史的细节；他个人的从政经历及成长史，不啻是研究县乡干部队伍建设的一个生动案例；他的工作作风与工作方法，对今天也不无启发。有意思的是，本书的结构安排，正如永洁同志鲜明的个性一样，也打破了常规的文体要求。全书共6个部分，其中3个部分（"来路无悔""难忘恩师""筚途回眸"）为他的自述，1个部分（"任由评说"）为他人文章的汇集，其余2个部分（"挚友情谊""浓浓亲情"）则是自己文章与他人有关文章的合编，例如第四部分"挚友情谊"共8篇诗文，4篇是他写别人，另4篇是别人写他。在第一部分（"来路无悔"）中，又附录了11份材料，有文章，有图表。这种编排方式，不拘常规，我还没有见到过，但感到挺新鲜，信息量大，相信读者是会欢迎的。

这里，我还想谈谈与永洁自传有关的一点感想。

现在的乡镇，在人民公社化时期统称为"公社"，这是我国农村地区的基层行政建制单位。我是"文革"中的"老三届"，回乡知识青年，1969年至1970年，曾在雷家洼公社（2014年底，我才知道雷家洼乡已撤销，合并到了庄头乡）当过一段社办干部，每月领3元钱的补助。正式参加工作后，5年多的日子，经常打交道的还是乡镇。我对于中国西部农村、农业、农民问题的认识，对于乡镇这一级机构、干部情况的了解，主要是20世纪70年代前期在澄城形成的，对此有着亲身的深刻体会。

几十年过去了，随着社会进步、时代变迁、经济发展，现在的农村与乡镇肯定有许多变化，但40多年前的许多往事，犹历历在目。由梁永洁同志在西社当书记我又想到了当时的一些公社书记，如冯原公社的孟昭德同志、善化公社的王长安同志、王庄公社的张生文同志、交道公社的王保洲同志、业善公社的宋志仁同志等，他们都是当时澄城县中层领导的骨干，是一批优秀的基层领导干部，有的以后还成为县级领导。在当时十年动乱的特定历史条件下，他们虽然对于上面的风云变幻不清楚，也有困惑、有疑问，但却都怀着革命的理想主义，对自己的工作无比认真，充满着热情；他们都是从农村走出来的，了解实际情况，在工作中也多重视法、理、情的结合；他们各人成长的环境、条件不尽相同，爱好有异，也形成了各自的性格特点，但都是我的师长。在多年的交往中，我从他们身上学到了好多东西，有的甚至对我的一生产生了影响。

永洁同志的自传就要付梓，嘱我作序，这当然不能推却。遂回忆前尘，写了自己的一点感想，我也向读者推荐：这是一本带着泥土气息的有意思的好书，是一位长期担任县中层领导、在工作岗位上有过作为的老人的心灵剖白，他的映照着大时代的生命轨迹会给人们带来许多启发，值得一读！

（梁永洁著《来路无悔》，内部印行，2015 年）

成功的人生

　　《吴成功诗文选》编讫，成功同志嘱我为之作序，我感到荣幸，也衷心地祝贺他这一著作的出版。

　　成功同志 20 世纪 70 年代中期在陕西省委编《陕西情况》，70 年代末到大学教书，90 年代中期以后任陕西教育报刊社总编辑，可谓一直是文字生涯，但却多是为人作嫁。这部 50 万字的书，是他的诗文选集，有诗歌，有论文，有随笔，有访谈，分为"青春放歌""史论探索""老迁狂咏"三部分，所收作品始自 1958 年中学时代，直到 2014 年，时间长达 56 年，凝结着他一生的心血，记录着他的心路历程，于他有着重要的意义。正如他所说："不但基本上勾画出我今生一世个体生命运行的轨迹，而且也反映出这一生命个体是在什么样的社会历史场中运行的。"我在翻阅过程中，也深有体会，对他的才情、真诚以及敬业精神有了更多的认识。

　　选集收录的 700 余首诗歌令我们看到了成功的才情。诗歌是感情不可遏止的抒发。许多人年轻时都喜欢诗歌，因为诗歌总是和青春、热情联系在一起，但难得的是一辈子保持着诗情。成功同志则做到了。年轻时的新体诗创作，进入老年后的旧体诗探索，始终有着热烈的诗怀和激情。他写诗主要抒发所思所感，不在乎是否能公开发表。新体诗的质朴，旧体诗的深沉，总是自我心声的流露，充满着深情。人们是需要诗的，需要诗的情怀、诗的境界、诗的纯美。因此我以为，诗

吴成功著《吴成功诗文选》

歌对于成功，还有着特殊的意义，即是他精神生活的一个重要方面，他在创作吟哦中获得精神的享受、愉悦，人生境界也得到了提升。

　　成功同志的朋友多、人缘好，一个重要原因就是他为人坦诚，光明磊落，总是掏心窝子与人交往。这本选集也充分体现了他的这一性格特色。他特别提到卢梭《忏悔录》对自己出版这部诗文选集的启迪作用。卢梭是法国18世纪伟大的启蒙思想家，他的自传性的《忏悔录》，追述了自己过去半个世纪的往事。在他笔下，生活中违背道德良心的小事被披露无遗。这种大胆地把自己的经历公之于世的做法，在当时还不多见。吴成功同志已走过70多年的人生历程，经历过多次政治运动，从少年、青年、中年直到老年，成长过程中有不少教训，认识也在不断提高。这些都已成为历史。成功同志没有"悔其少作"，而是将这些原原本本呈现给了读者，既有"青年时期的恋情包括情书"，也有"老年时期的愚昧与狂放"，请读者批评，还有"老年时期的诗文批评教育文化界的名人较多，期望也能得到他们的反批评"。他说这是"整理出版这部诗文选集的目的"。这无疑是可贵的，但也是需要勇气的。

选集还展现了成功同志理论探索的努力和成果。他在大学工作时，正是我国改革开放后以市场为导向的经济改革冲破计划经济体制的束缚，要求理论创新的时期，即邓小平理论形成的时期。这个时期他写的论文大多是这方面的内容。特别是对于传统的社会主义与中国特色社会主义的关系、马列主义毛泽东思想与邓小平理论的关系、市场经济的运行机制与高等教育育人机制的关系等重大问题，做了程度不同的探索，发表后在高校系统反响较大，曾获省部级奖多项。20 世纪 90 年代中期他调任陕西教育报刊社总编辑后，正是我国教育改革由应试教育向素质教育转变的时期，为了适应这种转变，他密切地关注教改形势的发展，以教师报、陕西教育报刊编辑部名义写了不少评论员文章，强调素质教育是德智体美劳诸素质的综合，其中劳动素质是最基本的素质，它影响和制约着其他素质形成和发展。这些研究成果至今仍然有着启示借鉴作用。

我与吴成功是老朋友。1977 年我由渭南地委调到陕西省委，我们同在省委办公厅工作，此后数十年，两人各奔东西，且工作多有变动，见面的机会不算多，但仍然保持着联系，两个家庭彼此都很熟悉。我很佩服成功同志的敬业、奉献精神。1997 年，他要我为教师节写首诗歌，拟在《教师报》发表，我遂填《鹧鸪天》一首：

又到清秋庆令辰，神州五色有卿云。层楼惟赖根基好，国计攸关师道尊。

歌老圃，颂劳辛，刈除莠艺绛帷春。教鞭无悔红颜老，嘉木葱茏慰寸心。

末两句"教鞭无悔红颜老，嘉木葱茏慰寸心"，是对全国教师的致敬，在我内心中，也包括了成功同志。

这几年成功同志患病，心情受到影响，编选这部文集给了他莫大的慰藉，也使他有机会仔细地回顾所走过的路，同时为社会献出这份心血的结晶。他的儿子吴军在给我的一封信中曾这样说到他的父亲：

> 父亲一生责任为先，为子女弃政从教，勤勉一生，谦卑一生，单纯质朴，正直简单，一生不会打牌不会麻将，只会看书写字，他没有给我们留下存款和房产，但给我们留下的是无比的精神财富，特别在这个物欲横流、浮躁奢华的世界，我们深感骄傲和荣幸！

这一评价，相信成功同志的朋友都会有同感。在《吴成功诗文选》出版之际，我在千里之外的京华向成功同志真诚地祝福致意：你的人生是成功的！

（《吴成功诗文选》，陕西人民出版社，2015 年）

人生踪迹 光影瞬间

　　樊光鼎兄长我9岁，是从我的邻县蒲城走出去的知名学者、教育家和产业经济领域的管理者。在陕期间，与光鼎兄多有接触，后来我到外地工作也经常与他保持着联系。今年适逢光鼎兄八十寿诞，作为庆祝，寿诞活动组织方拟出一本影集，嘱我作序。作为他的老朋友，我也很高兴能借此机会表示自己的贺意。

　　光鼎兄于1960年7月在西北大学经济系毕业后留校任教。西北大学经济系独立出来成立陕西财经学院后，他先后任该院工业经济系的助教、讲师、副教授、教研室主任、系副主任、系主任。1987年元月任西安基础大学（后更名为陕西工商学院）校长，1996年7月任陕西经贸学院（由陕西工商学院、陕西商业专科学校、陕西财政专科学校合并成立）院长。他还先后任西安市第十一届、十二届人大代表，西安市人大常委财经委员会委员、副主任以及西安市科协副主席等职，1992年获"国务院特殊津贴专家"称号。

　　作为知名学者，光鼎兄思想解放、勇于创新，在承担并主持完成的国家社会科学"六五"规划项目和国家体改委重点课题"社会主义国有企业的多种经营方式问题"中，创新性地论述了股份制的优越性及其经营方式特征，首次提出股份制经营方式将成为我国国有企业经营方式的主体形式（《管理世界》1986年第2期），具有重要的学术价值和实践指导意义。作为经济学家，光鼎兄立足企业实际，长于实践研究，在缩小东西部经济发展差距的研究中，从制度创新的角度探幽发微，强调指出企业制度创新是缩小差距的突破口；同时，他结合国外参观考察心得，视野开阔地在银行与企业产权融合及银行参与公司监管、关税与汇率方面进行了卓有成效的比较探索研究。

作为教育家，光鼎兄治学严谨、功底深厚、基础扎实、知识渊博。在教学方面，他精心组织教学，注意言传身教，深受学生欢迎与好评，多次被陕西省、西安市评为"优秀教师"；在科学研究方面，他从事教育和科研工作50多年，先后出版教材、专著30余部，在国内外报刊发表论文280多篇，出版有《樊光鼎文集》（上下卷）；在育人方面，他精心培植，奖掖后学，桃李天下，门下学生或从教，或从政，或从商，不少人成为国家栋梁之材；其科研成果曾获全国企业管理优秀论著奖、国家体改委优秀成果奖、中宣部优秀论文奖、中央人民广播电台优秀节目奖、陕西省社会科学奖等。

作为经济领域的管理者，光鼎兄曾任中国企业改革与发展研究会理事、中国企业管理研究会总干事、中国西部大开发经济顾问、陕西省人民政府宏观专家咨询组成员、陕西省上市公司专家委员会副主任、西安市上市公司专家委员会副主任、陕西省独立董事协会常务副会长等职；担任陕西秦岭水泥股份有限公司、西安民生股份有限公司、陕西长岭（集团）股份有限公司、西安达尔曼实业股份有限公司、西安饮食（集团）股份有限公司、长安信息股份有限公司、西安金花股份有限公司、中国标准缝纫机集团公司、宝鸡秦川机床集团股份有限公司、陕西煤航数码测绘集团股份有限公司等单位的董事、监事和顾问；还多次应邀参加全国经济工作会议、全国工交会议和省市重要会议，以及一些重要法规、条例、文件的起草、修订、论证工作，提出的研究建议受到国务院及有关部门的重视和肯定。

光鼎兄在教学、科研、行政管理之外，还组织、参与或从事了大量的会议、外事及其他社会活动，尤其对中国企业管理教育研究会倾注了大量心血。1981年成立的中国企业管理教育研究会，是我国唯一专门从事企业管理和企业管理教育的全国性群众学术团体，是中国社会科学院130多个学会中唯一设在外地（陕西财经学院）的学会。研究会先后召开了10多次年会和5次顾问、干事会，进行了多次理论研讨会及国际学术交流活动，在每年年会的召开城市，专家们都会为当地政府和企业进行咨询诊断活动，深受政府和学界的肯定和好评。作为研究会的总干事，光鼎兄功莫大焉！

风生水起，虎跃龙骧。光鼎兄数十年纵横教育界、经济学界、企业管理界，学术科研为世所重，桃李门生渐成国栋，其成就不可谓不伟不丰。事业之外，光鼎兄也是家庭幸福的收获者，其夫人王晓虹女士与之同庚，两人于1967年成婚，至今情深意笃，恩爱有加。所以，这本影集既是光鼎兄从教57年的辉煌展示，也是他与晓虹女士共享八十寿诞、同贺金婚之喜的美好纪念。

影集分类再现了光鼎兄从事公务、社会、外事活动的历史场景，传达了与老师、朋友、同学的情谊交往，也展示了与妻子儿孙幸福怡然的天伦之乐。翻览之间，既可见沧海云帆的瑰丽雄奇，也可观抒情温婉的云蒸霞蔚，真是光影流转，留下了一个个永恒的瞬间。

八十朝枚，草绿玉璞。是为贺，亦代为影集之序。

（《樊光鼎从教57周年纪念影集》，内部印行，2017年）

好人连峰

  我的家乡是陕西省澄城县，但我对相邻的白水县却有一种特殊的感情。那是 20 世纪 50 年代末，全国到处合县，即几个县合并成一个大的县，白水、澄城就与蒲城县合并，叫作蒲城县。我父亲由澄城调到白水工作，我也在白水的辛化小学上学，考上了白水中学，不久又分县了，我便转回到澄城中学。虽然只有两年时间，但白水作为我的一段经历，留下了深刻的印象，以后也喜欢与白水人来往。70 年代后期，我在渭南市工作，白水没有少去。80 年代中期，因老朋友王欣的介绍，我认识了刘连峰。

  30 多年来，连峰与我一直有来往。他长期在白水县人民银行做领导工作，我不懂金融，我们似乎也从来没有谈过这方面的话题。我后来在文化文物部门工作，关于白水县仓颉庙的保护，我写过文章，又专门去过白水几次，这多与连峰有关。他热爱家乡，热爱文化遗产，为了白水的文物事业，虽然不是本职工作，也投入了很大精力，到处鼓动宣传，受到县上的好评。

  连峰与我家的人都很熟悉。有 10 年左右时间，我母亲一个人住在老家，遇到的困难不少，连峰经常看望照顾，坚持不断，令我们很感动。

  时光如飞，连峰也退休几年了。最近，他把自己 30 多年里写过的文章、工作报告以及存藏的多种材料，还有大量照片等，收集在一起，编为《筚路文萃》一书，要我写几句话，我感到义不容辞。

多年来，虽然和连峰有联系，但对于他的一些事，了解并不很多。读了这本书，我对连峰有了更多的认识。比如他的名字，为什么叫连峰？过去没有想过，现在看了他的文章，才知道他出生在甘肃酒泉，因河西走廊南临祁连山，与青海省接壤，因此父母给他起名连峰，就是希望他像祁连山一样，挺拔而直立云端。我也知道连峰的童年是在辛酸和艰难困苦中度过的。而他最后能有所成就，全靠自己的努力，这是很了不起的。

连峰喜欢与人交往。他重感情，心地善良，待人厚道，因此朋友多，好朋友也多。他热爱家人，有一个和睦、幸福的家庭。他谨遵孝道，对父母始终怀着感恩的心情；他重视子女教育，孩子都有出息；他尊重妻子，相敬如宾。他个人在工作上也是认真负责，堪为表率。

看完这本书，我回思了一番，感到连峰做人是有原则的，是有其道理的，也是成功的。他是一个好人。

他父亲去世时他才5岁，他是由继父和母亲抚养长大的。对于继父的养育之恩，他难以忘怀。继父晚年，特别是卧病床上时，他精心侍奉，受到邻里赞扬。他在文章中这样说：

> 1996年11月继父因医治无效病故，享年76岁。亲爱的父亲，我们永远怀念您！社会上人常说，骨肉情重，血浓于水，其实我不以为然。人都是有感情的，既然走到了一起，在一个家生活，就相互尊重，相互谅解，寸有所长，尺有所短。进了一家门，便是一家人。大爱小，小尊老，百善孝为先，如果连生养自己的父母大人都不尊敬和孝敬，那怎么在社会上与领导和同事相处工作？生意场上如何与别人打交道？这是人一生最起码的思想道德品质和标准要求。所以在家庭里争当一个好儿女，在社会上当一个遵纪守法好公民，在单位做一个敬业、勤恳工作的好职工，敢于奉献，乐于助人，教育好子女，尽到一个中年人应尽的义务和责任，不管您官大官小，钱多钱少，人生就可以问心无愧，心安理得。

这段话何等质朴，道理何等简单，我们似乎可以从中找到连峰人生成功的原因。

今年的国庆长假，我没有外出，翻看了连峰的这本书，并写下以上一些话，聊记我的一点感想。

（《筚路文萃》，内部印行，2018 年）

澄潭映月典型在　玉树临风气象和

　　在朱平同志逝世 30 周年之际，收录朱平同志的文章、诗词以及一批他的老同事、老朋友、老部下撰写的回忆文章、口述实录等在内的《无私奉献的人》一书正式出版，这是对朱平同志最好的纪念，也了却了大家多年来的一个心愿。

　　朱平同志年轻时即投入革命工作，参加学生运动，后长期在马栏的中共陕西省委（后改为中共关中地委）工作，主办《关中报》，在

宣传党的方针政策、反映边区的革命和建设方面做出了重要贡献。新中国成立后，朱平同志长期在中共陕西省委工作，参与重要政策的研究与制定，经历了许多重大的政治事件，为陕西的建设与发展倾注了自己的心血，做出了卓越的贡献。

长期的革命生涯，朱平同志经受了严峻的考验，其中既有你死我活的敌我斗争，也有严酷的党内斗争，特别是在"文化大革命"中受到百般折磨，但他都以坚定的共产主义信仰和大无畏的革命精神，度过了这些劫难，更以其光明磊落的品格，赢得人们的尊敬。

党的十一届三中全会后，朱平同志担任中共陕西省委常委，并主持新组建的中共陕西省委政策研究室的工作，为省委的决策服务。我认为，他的贡献，不仅是在他领导下研究室完成了一系列具体政策的制定、一些重大问题的研究与重要文稿的起草，更可贵的是通过他的言传身教、严格要求，使研究室形成了有利于人才成长的好环境，树立了良好的风气，出现了人才辈出、成果斐然的局面，而且余泽绵绵，至今为陕西省委的许多同志所重视、所称道。

朱平同志是革命前辈，我有幸在他身边工作过几年。虽然时间不算长，但留给我的印象却是刻骨铭心的。人们都知道朱平同志的政策水平高、文字功夫好，对此我深有体会。在他晚年，我与几位年轻的同志曾随他去农村、城市调查研究，他相当重视掌握第一手材料，而且善于归纳概括，注重从个别的分散的材料中找出共性的东西，得出新的结论，或形成新的理论。他的调查研究，不人云亦云，不看风向，也不故作惊人之论，完全是从实际中来，因此往往有重要的指导作用。这是调查研究的最高境界，靠的是真功夫，因此颇为不易。

政策和策略是党的生命。在晚年，朱平同志根据我党在政策和策略上的经验教训，加上自己毕生的心得体会，决定组织编写两部书，一部是《调查研究概论》，一部是《工作辩证法》。《调查研究概论》写出来了，曾被中共陕西省委组织部推荐给各级党政干部，在国内也产生了相当的影响。当时《红旗》杂志以《一本探讨调查研究工作的新书》为题向全国推荐，《光明日报》也发表了评论员文章，给予好评。这本书虽然是多位同志执笔，但全书的结构、思路以及各章的要点，都是朱平同志所确定的，并且他做了认真的修改。《工作辩证法》已有了一个大纲，并且组织人讨论过几次，但因他的患病及以后病故，没有了牵头人，遂成了永久的遗憾。

朱平同志去世时才 68 岁，如果天假以年，他会做出更多更大的贡献。这是无可挽回的损失。也正因此，他的同事、朋友、部下，一直深深地怀念着他。近 30 年过去了，中国已起了翻天覆地的变化，我们每个人也在发生着巨大的变化，而朱平同志却栩栩如生，活在我们心里。他所为之奋斗的事业，仍然在继续着，发展着。每个时代都有新的任务、新的追求，但是他那坚忍不拔的意志，与人为善的态度，清廉正直的品质，求真务实的作风，光风霁月的胸襟，却是永远不会过时的，是永远使人感动、温暖的东西。这就是朱平同志价值的所在，是许多人念念不忘的原因。

朱平同志逝世以来，一些同志陆续写过纪念文章，1990 年陕西人民出版社还曾出版过《无私奉献的人——深切怀念朱平同志》一书，作为对他的怀念。尔后又有一些纪念文章问世，有关朱平同志的多种资料也逐步得到整理。而编辑一本全面反映朱平同志一生及收集这些怀念文章的文集则成为许多人的心愿。但是物换星移、人世沧桑，此事就延迟了下来。多年来，一批有心人总是在做着有关的工作，特别是他的子女更是执着地进行着搜集整理工作。他们深知这不仅是亲情的力量，其实也是在为社会留下一笔精神财富，因而是有意义的一件事情。他们在这个过程中也加深了对父亲的了解，受到了教育。

朱平同志的一生都与文字有缘。20 世纪 40 年代他在关中报社工作过 3 年多，采编了大量生动深刻的通讯报道和评论文章；新中国成立后直至 1966 年 5 月"文化大革命"开始，这 17 年中他主要负责政策研究和重要文件的起草工作；1978 年以后他担负了更为重要的领导职务，但主要还是从事调查研究，为省委决策服务。他一生致力于调查研究、反映情况、起草报告等工作，可谓是文字生涯。但他所写的这些倾注着大量心血的文章、报告等，多已转化为各种文件、领导讲话或者供领导参阅的资料，就是说已经发挥了重要作用。这些已不可能收到这本文集里。文集里我们看到的他的文章包括三个方面：一是关于党史的回忆；二是在几个会议上关于政策问题的发言；三是一些政策研究报告，这些报告又多是他离开领导岗位后的成果。因此这些数量不算太多的文章就相当珍贵，也会使我们领略到他的政策理论水平、研究问题能力和锤炼文字的功夫。此书除过收录回忆朱平同志的文章外，还有对朱平同志怀有深厚感情的一些老同志的口述实录，其中许多丰富的细节，保存了生动的鲜活的资料，是一个很好的形式，也构成了本书的一个特色。

本书书名为《无私奉献的人——朱平同志的一生》，其中"无私奉献的人"这6个字，是常黎夫同志为1990年陕西人民出版社出版的《无私奉献的人——深切怀念朱平同志》那本书题写的书名。我想，现在仍然袭用这个书名，不是说想不出其他书名来了，而是这个书名是朱平同志精神的高度概括，而且相当朴实，已为大家所高度认可，同时用此书名也是对常老的怀念。因此，我们认为这是一个十分恰切的书名。

对于朱平同志的人格、精神以及贡献，许多同志在纪念文章中都有详细的生动的描述，我读后也深受教益，进一步加深了对朱平同志的认识。现在纪念朱平同志的文集将要出版，此书的主编刘云岳同志，曾长期受朱平同志的熏陶，也是我的前辈，大约是因为我曾为朱平同志服务过，对他的为人处世接触较多，他说一些同志希望我在书前写点东西，我实在感到惶恐，却又觉得不好推辞，遂匆匆忙忙写了上面一些话，多是粗线条的回忆，并就本书做了一些说明。意犹未尽，又赋长句，以抒对朱平同志的怀念之情。

其一

风雷一自起秦川，意气由来属少年。

危处披肝可涂地，舛时放胆不求天。

一腔血沥马栏路，寸管情留牛喘篇①。

遭历几多堪返顾，蓝关雪拥未成烟②。

其二

经世文章重任肩，能从脚下觅真诠。

陌阡已著千钧力，笔翰才看万选钱。

一纸流澜调研策，九泉怀憾运筹编③。

日斜却喜雨方霁，但惜天公不假年。

其三

既许今生一寸丹，事功残岁更斑斓。

关中鹊起凤凰笔，雁塔钟传玉笋班④。

有力秋霜评骘里，无声春雨润滋间。

嗟哉零落二三子，廿五年来憾未删。

其四

有幸我曾亲炙多⑤，梦中形影尚嵯峨。

澄潭映月典型在，玉树临风气象和。

畎亩曾祈嘉谷瑞，康衢犹望庆云歌。

长怀余泽心香远，人世苍茫叹逝波。

自注：

①马栏在陕之旬邑，1940年至1949年为中共陕西省委（后改为中共关中地委）驻地，曾办《关中报》，1950年停办，报名先后为习仲勋、毛泽东同志题写。朱平同志曾任《关中报》副社长。

②蓝关在陕之蓝田，朱平同志为蓝田人。

③朱平同志曾主编《调查研究概论》一书，陕西人民出版社1983年出版，影响甚广。朱平同志又拟主编《决策概论》，终因病逝而未能如愿。

④朱平同志曾任中共陕西省委常委、省委研究室主任，培养造就一批调研人员。

⑤作者于20世纪80年代初曾任朱平同志秘书。

（《无私奉献的人——朱平同志的一生》，陕西人民出版社，2018年）

勇于格致　善为筹谋

　　勇格同志退休后，整理编撰《足迹》一书，请我作序，我非常愿意，也非常高兴。

　　我和勇格同志相识于 1987 年。那时他是中央党校的研究生，我也在中央党校学习，有过几次交流，感到他是一个有思想、有品位的人。多年以后，勇格同志又在我的家乡澄城县担任县长、县委书记，因为咨询县上的一些事情，我们便多了一些交往，之后他担任市级领导，

郭勇格著《足迹》

分管文化工作，我们来往更多了。30 多年的交流交往，我对他有了深入的了解。

勇格同志是从基层一步步走上来的领导干部，他为人正直，有很深的为民情怀。2002 年底，刚到澄城县委工作，他就提出"一切向人民负责"的工作原则，并作为县委向人民的承诺，竖立在县委办公大楼楼顶，这 7 个大字至今还矗立在澄城县委的大楼上。当时，澄城对外是全省的明星县，但实际财政收入仅仅能够保证日常运转，勇格同志顶着压力，毅然打破财政泡沫，拧干收入水分，并申请到省级贫困县，使澄城的经济发展走向了正常化，干部群众生活的幸福指数也得到有效提高。

在澄城县工作期间，勇格同志以创新的思维、先行者的勇气，大胆探索，积极作为，先行先试，做出了至今让澄城人津津乐道的成绩。澄城是一个农业县，工业发展落后，经济发展潜力不足，勇格同志提出"工业强县"的发展思路，学习沿海先进经验，建立了全省第一个县级工业园区，成立了中小企业孵化基地，以工业带动经济发展。在促进工业发展的同时，重视城市基础设施建设，修建兴澄大道，也就是今天的古徵街，拉大了城市框架，为后来城市发展奠定了基础。同时，勇格同志以发展的眼光，关注群众精神需求，在县城南征地 300 亩，修建古徵公园，还利于民。至今，古徵公园仍是澄城县最大的公园，也是群众休闲娱乐的理想之地。担任澄城党政主要领导期间，结合澄城实际，他提出了"人是事业的灵魂"的管理理念，在工作中提出强化招商引资，以经营企业的理念经营县域经济发展，以较小成本获取最大效益，建十座庙不如修一座塔，洼地效应、强强联合，放大优势、扬长避短等发展思路，给我留下很深的印象。实践也证明，他的这些理念和观点，在澄城后来的发展中起了指导性的作用。

勇格同志不仅在发展经济方面有独特的思路和方法，在促进文化发展中，也有独到之处。勇格同志非常重视文化产业发展，早在 2006 年，他就充分挖掘澄城尧头窑的文化底蕴，抓住千年窑火不熄的文化传承，积极申请，尧头窑被列入第一批国家级非物质文化遗产名录，在全国引起强烈反响。到渭南市委宣传部工作以后，他积极打造渭南文化名片，在全省首家开展了"多彩渭南书画晋京展"，全面梳理渭南历史文化，主持编撰全套 8 册 120 万字的"渭南历史文化丛书"，包含自然风光、历史文化、民情风俗等，是一部生动厚重的乡土教材。主持编撰《渭南诗词大全》，收录了渭南诗人的诗作和歌咏渭南的诗歌，为探索渭南文化提供了基础材料。在文化产业发展中，他提出要促进文化与旅游、金融、科技融合发展，打造文化产业园，建立文化产业发展基金，把文化潜力转化为经济动力，有效促进了渭南文化产业发展。同时，在他的主持推动下，向全国广泛征求意见，提炼出了渭南精神——"华山风骨，渭水襟怀"，成为渭南人民的精神家园。

几十年的工作经历，勇格同志积累了丰富的工作经验。回首过去，他选录了百余篇文章，编撰《足迹》一书，这既是他工作期间的所思所想所悟，也是他思想的可贵之处。读了该书样稿，我颇有感触，也深受感动，既有感于他清晰明了的工作思路、开拓创新的奋斗精神，也有感于他不忘初心、心系群众的为民情怀。

《足迹》的付印，是值得祝贺的一件喜事。这不仅是作者对自己所走过道路的回顾、对数十年工作经历的梳理，更可贵的是贯穿其中的理论思考，因此书中体现出来的思路、方法、理念，就有一定的典型性，可供许多正在工作一线的年轻人和后来者学习借鉴。同时，我也希望更多的读者喜欢这本书，相信会从中受到启发和教益。

（郭勇格著《足迹》，内部印行，2018 年）

华原遗风

孙宏东为我50年前华清中学的同学，陕西耀县人。

耀县是个有名的地方，有不少古迹名胜，例如，药王山是唐代著名医学家孙思邈长期隐居的地方，耀州窑遗址是传承至今的我国"宋代六大窑系"之一，照金镇则是20世纪30年代初中国共产党在西北地区创立的第一个山区革命根据地，等等。此外，耀县还出过中国美术史上两个著名人物，一个是一代书法宗师的唐代柳公权，一个是北宋北派山水画的领军人物范宽。耀县古称华原，华原柳、范，翰墨遗风，千秋沾溉，书画之乡，代有传人。孙宏东喜欢书画，自然就不奇怪了。

宏东是农家子弟，自小喜欢书法和绘画，显示出可贵的艺术潜质。小学时就在村里土墙上用白石灰刷写大标语。当时农村穷困，记工分、分口粮要用印章，农民无钱刻印，他就用废旧钢锯条在废砖块上为不少乡亲刻印。学校的黑板报、墙报，编写带插图，一直由他负责。1968年从学校回乡后，他为不少单位画领袖像，写主席诗词语录，每日报酬3元，一个月竟达90元。在那个年代，这是一笔了不起的收入，于是全家添新衣，置家具等，改变了一贫如洗的面貌。书画特长给他带来实实在在的好处。

肯定是天公的美意。1969年元月，陕西省作家协会的杜鹏程、美术家协会的修军和刘旷三家下放到他们村。杜鹏程是《保卫延安》的作者，是个大作家。修军是著名的版画家，1948年毕业于北平艺专，曾任中国美协西安分会副主席、中国美术家协会理事、中国版画家协会理事等。孙宏东迎来了老师。修军经常到各村的墙上画画写字做宣传，

孙宏东作品

每次必带宏东为其助手。在小丘供销社画宣传养猪的连环画，修军用铅笔勾出大样，然后是宏东上色细描。这套连环画 60 余幅，在小丘集会多次展出，受到广大群众好评，也为推动当地养猪起到促进作用。而这 60 余幅画的创作过程，却是孙宏东永志难忘的学习过程。宏东抓住一切机会，处处留心，刻苦学习，画艺得到较快提高。修军、杜鹏程也充分认可这个勤奋好学、正直向上的回乡知青，便向生产大队推荐让他当了村小学民办教师，宏东由此走出了为社会服务的第一步。

令宏东始料不及的是，本来只是业余爱好的写字画画，却与他的人生踪迹联结在一起。他感慨地说，自己这一辈子，因书画和写作参加了工作，也因写字，又从市公安局调到市政府机关。1971 年，耀县文化馆举办书法绘画展览，宏东用真、草、隶、篆四体书法写的主席诗词以及所绘制的领袖像、山水画等作品，引起多方关注，加上他的写作能力，便进入铜川市公安机关工作。又因字的缘分，调入市政府。当时乡镇企业局刚成立，有指标，他就被安排在市乡镇企业局。可以说是阴差阳错吧，他人在乡镇企业局，市委市政府召开全市大会，却总在秘书组忙碌，承担写奖状、锦旗以及整理典型材料等工作。从1977 年到 1985 年，宏东在乡镇企业局待了 8 年。这期间他还在《陕西日报》《陕西农民报》《中国乡镇企业报》等发表过短篇小说、诗歌、散文、通讯、漫画等。此后他在铜川市王益区政府城建环保局的领导岗位干到退休。他虽然书画创作名气大，但业务工作从不马虎，敬业，认真，受到同事的尊重和领导的好评。

宏东退休后专心于书法绘画，画些梅花、竹菊、山水、牡丹。多年来，他自购宣纸和颜料，为群众免费赠送书法绘画作品近千幅。还自购石料，免费刻制印章百余方。他也参加过一些全省、全国性的书画比赛，获得过奖项，但总不大在意。他是一个真诚的人，感恩社会，崇敬艺术，认为乐趣就在创作中，就在为群众的服务中、为社会的奉献中。

宏东努力学习书画名家的精神，但绝不简单地临摹，而是从中仔细体味，有所借鉴和吸收；他更重视师法自然，去感受真山实水，品赏千姿百态的名花古木，从源头活水获得灵感与启发。宏东在长期的创作实践中，不断提高着笔墨水平，也在形成自己的画法。他的绘画介于写意与工笔之间，可以说是小写意。他也在色彩方面进行探索，如画竹，历来多是画墨竹，也有朱竹，或朱红色加墨的，而他却试着画金红色的竹子，别有意味。

从骊山脚下的华清中学分别以来，转眼整整 50 年。在这漫长的岁月里，我们有来往，不算多，但从未中断，我们互赠作品，分享创作的乐趣，留下了温馨的回忆。我还多次收到他寄来的耀县土特产。耀县颇负盛名的是辣椒，为秦椒中上品，用耀县艳红的线辣椒做的油泼辣子，那才叫绝了。2014 年底，春节前夕，宏东从老家寄来一幅山水画与一些辣椒、蒜，并在信中说，辣椒和蒜都是他到乡下亲自挑选的。我很感动，便写了一首《鹧鸪天》表示谢意：

　　　　已是残年草木凋，乡间清野室中饶。一堆新买青皮蒜，几串亲挑红辣椒。　　　心绪静，笔情高，范宽山水又相邀。依稀五十年前事，梦里分明不觉遥。

（"孙宏东书画展"祝词，2018 年）

跋

　　这本小书编成现在这个样子是出乎我的预料的。数十年来，因为工作原因或朋友的抬爱，我曾陆续为一些艺术家、作家等的作品写过序或跋，积累下来数量不算少，遂有编个集子聊作纪念的想法。文章集中起来了，又提出可否加点书影？

　　我过去出过不少书，多是学术或诗词之类的，未有过配图，也不大在意。2011年台湾艺术家出版社出我的散文集《游艺者言》，出版社提出要加一些图片。后来书前加了与内容有关的15幅彩图，文内有6幅黑白图片，有图有文，翻阅起来，感觉确实好多了。这使我对书籍插图的作用有了新的认识。图像本身有着丰富的信息。适当的配图，不仅使书籍显得活泼，而且是内容的点睛，重点的提示。2015年陕西人民出版社出的《畎亩问计：郑欣淼陕青调查撷拾》，所用照片不少，插排在文章中，虽然都是黑白的，但是文章与照片浑然一体，效果很好。2016年文物出版社出版《从红楼到故宫：郑欣淼文博文集》，也用了不少照片，书前是彩照，每部分前都有一些黑白照，以插页形式排列，反响也不错。

　　这本《咀华漫录》，所谈都是书籍或有关展览，因此我提出可否配一些书影，既给读者留下较深印象，也可使拙作增色。经与编辑多次沟通，最后出版社决定用四色印刷，不仅同意多用作品封面，也同意可选登一些书画作品。因为其中有不少是名满天下的书画大家。为书画家写的序跋，又刊用他们的作品，那效果肯定是不一样的。对我来说，这不啻是个奢望，当然是求之不得的。

但这便带来了新的工作量，也遇到过困难。笔者写过序跋的这些书籍，出版时间前后有二十来年，大部分我都保存着，有一些也找不到了。找到的就请人帮助拍照或扫描，找不到的就联系作者，请他们重寄大作，或拍照发来。但有人是用手机拍摄，分辨率不高，只好重来，甚至三番五次，才解决了问题。有的作者，已经多年没有联系，电话变了，遂托朋友辗转相询。这样前后花了好几个月时间。

在本书的出版过程中，还有一些朋友在多个方面给予了帮助，在此一并致谢。当然，我也希望读者能喜欢这本书。

郑欣淼

2018 年 12 月 1 日

《郑欣淼文集》书目